「ハリー・ポッター」Vol.4 が英語で楽しく読める本

クリストファー・ベルトン

渡辺順子・訳

はじめに

　このすばらしいシリーズの4冊目 *Harry Potter and the Goblet of Fire* にようこそ。これまでの3冊よりかなり長い巻ですが、だからといって尻込みすることはありません。長ければ長いほど、楽しみも増すというものです。

　ハリー、ロン、ハーマイオニーたちはみな1歳ずつ年齢が増えています。そしてJ.K.Rowlingは、こうした年齢の子どもたちに特有な、形づくられつつある人格の成長を描くことに心を砕いています。また、女の子と男の子の成熟度の違いにも注意を払っています。ご自分の学校時代を思い出してみてください。思春期の痛みを経験するのは、女の子のほうが先でしたね。男の子は1年ほど遅れて、やっとそれを経験するようになるのです。男の子と女の子の感情のずれは、物語全体にわたって描かれ、J.K.Rowlingが細部にまでよく気を配っていることがわかります。物語の中には、通りかかった男の子の陰で女の子たちがクスクス笑っている場面や、女の子たちの話していることの意味がわからなくて、男の子が頭を抱えてしまっている場面などが出てきます。またハーマイオニーの中には、かすかな虚栄心や花開こうとする女性らしさが見受けられます。

　また、注意深く読めば、ある女の子の姿を見るたびに、ハリーの

心臓がドキドキ高鳴っているのにも気づくでしょう──そうです。わたしたちのハリーは、これまで感じたことのない心の動きにとまどっているのです。

　しかし、こうしたことはみな、ケーキにかかった砂糖衣のようなものにすぎません。*Goblet of Fire* の真骨頂は、読者をまどわすできごとも含めて、さまざまな筋の絡みあう複雑な物語が、息をのむばかりのクライマックスになだれこんでいく点にあります。まさに物語文学のジェットコースターと言ってもいいでしょう。

　それでは、席について安全ベルトを締め、ジェットコースターを楽しんでください。

　Enjoy, and good luck...!

クリストファー・ベルトン
Christopher Belton
2004年4月

CONTENTS

はじめに ———————————————————————————— 2
原書を読む方へのアドバイスとJ.K.ローリングの文章作法 ———— 8
読む前に知っておきたい必須語彙 ————————————————— 16
本書の構成と使い方 ———————————————————————— 20
参考資料 ———————————————————————————————— 22

「ハリー・ポッター」Vol.4
*Harry Potter and the Goblet of Fire*を
1章から37章まで読み通す

第1章について   Chapter 1   The Riddle House ———————— 24
……庭師が見た館の秘密とは？

第2章について   Chapter 2   The Scar ————————————————— 34
……頼みはシリウス

第3章について   Chapter 3   The Invitation ———————————— 39
……これでやっと解放される！

第4章について   Chapter 4   Back to The Burrow ———————— 45
……暖炉の中からこんにちは

第5章について   Chapter 5   Weasleys' Wizard Wheezes ——— 50
……フレッドとジョージがいたずらをすると……

第6章について   Chapter 6   The Portkey ———————————————— 58
……ポートキーで到着！

第7章について   Chapter 7   Bagman and Crouch ———————— 62
……キャンプ地でバグマンとクラウチに会う

第8章について   Chapter 8   The Quidditch World Cup ———— 70
……クィディッチ・ワールドカップ、始まる

第9章について   Chapter 9   The Dark Mark ———————————— 80
……「闇の印」と死喰い人

第10章について　Chapter 10　Mayhem at the Ministry ────── 87
……大騒動の後始末

第11章について　Chapter 11　Aboard the Hogwarts Express ── 91
……休暇を終えて

第12章について　Chapter 12　The Triwizard Tournament ──── 96
……ダンブルドアの大発表

第13章について　Chapter 13　Mad-Eye Moody ─────────── 106
……ケナガイタチに変身させられたのは？！

第14章について　Chapter 14　The Unforgivable Curses ──── 111
……アバダ・ケダブラ

第15章について　Chapter 15　Beauxbatons and Durmstrang ── 117
……マダム・マクシームとカルカロフ

第16章について　Chapter 16　The Goblet of Fire ─────── 121
……罠

第17章について　Chapter 17　The Four Champions ─────── 126
……代表選手は3＋1

第18章について　Chapter 18　The Weighing of the Wands ── 129
……リータ・スキーターの取材と杖調べの儀式

第19章について　Chapter 19　The Hungarian Horntail ──── 134
……ハグリッドがこっそりマダム・マクシームに見せたもの

第20章について　Chapter 20　The First Task ───────── 140
……第一の課題……自分に必要なものを手に入れる

第21章について　Chapter 21　The House-Elf Liberation Front ── 146
……ウィンキーはクラウチが好き？

第22章について　Chapter 22　The Unexpected Task ────── 149
……ダンスパーティ、ハリーのお相手は？

第23章について　Chapter 23　The Yulc Ball ───────── 153
……ハーマイオニー、激怒する

第24章について　Chapter 24　Rita Skeeter's Scoop ──── 157
……ハグリッド、辞表を出す

第25章について　Chapter 25　The Egg and the Eye ──── 161
……金の卵が大声で泣き出した！

第26章について　Chapter 26　The Second Task ──── 164
……第二の課題……取り返すべし　大切なもの

第27章について　Chapter 27　Padfoot Returns ──── 169
……シリウスを囲んで

第28章について　Chapter 28　The Madness of Mr Crouch ── 174
……クラウチに何が起きたか

第29章について　Chapter 29　The Dream ──── 178
……激痛を伴う不吉な予兆

第30章について　Chapter 30　The Pensieve ──── 182
……僕はやっていない！

第31章について　Chapter 31　The Third Task ──── 185
……第三の課題……「武器を去れ！」と「麻痺せよ！」

第32章について　Chapter 32　Flesh, Blood and Bone ──── 190
……復活

第33章について　Chapter 33　The Death Eaters ──── 192
……欲しいのはハリー・ポッターの血

第34章について　Chapter 34　Priori Incantatem ──── 195
……決闘

第35章について　Chapter 35　Veritaserum ──── 197
……狂気のはてに

第36章について　Chapter 36　The Parting of the Ways ──── 200
……ついに袂を分かつときが来た

第37章について　Chapter 37　The Beginning ──── 202
……来るもんは来る……来たときに受けて立てばいいんだ

コラム：What's More

1　パブの名前 ＜32＞
2　ピッグウィジョン ＜44＞
3　猫に関連する言葉 ＜56＞
4　ワールドカップ ＜79＞
5　汽車の歴史 ＜95＞
6　イギリスの暮らし ＜116＞
7　ふくろうに関連する言葉 ＜133＞
8　ドラゴン ＜145＞
9　クリスマスの季節(1) ＜152＞
10　クリスマスの季節(2) ＜156＞
11　エレファントマン ＜160＞
12　イギリスの浴室 ＜163＞
13　犬に関連する言葉 ＜172＞
14　ネズミに関連する言葉 ＜181＞
15　ヘビに関連する言葉(1) ＜191＞
16　ヘビに関連する言葉(2) ＜194＞
17　おわりに ＜204＞

＜巻末資料＞

なまり ───────────────────────── 205
　＜ハグリッド＞ ─────────────────── 205
　＜ボーバトン校＞ ──────────────── 209
　＜ダームスタラング校ビクトール・クラム＞ ─── 211
　＜屋敷しもべ妖精たち＞ ───────────── 212
心に残る「ハリー・ポッター」からのひとこと ─── 214
Harry Potter and the Goblet of Fire の語彙分析から　長沼君主 ─── 216

INDEX ─────────────────────── 223

原書を読む方へのアドバイスと J.K.ローリングの文章作法

　この章では、*Harry Potter and the Goblet of Fire* の読み方についてのアドバイスと、J.K.Rowlingが用いている文章の書き方の決まりを記しました。以下は『「ハリー・ポッター」が英語で楽しく読める本』ですでに書いたことの概要ではありますが、ここでもう一度、英語の本（とくに「ハリー・ポッター」シリーズ）がどのような約束事に基づいて書かれているのかを確認しておく必要があると思います。

1. 原書を読む方へのアドバイス

　語彙力を高めるのはとてもたいへんで、時間も努力も必要です。本を最初から最後まで読み通すだけの語彙を即座に身につける方法は、残念ながらありません。しかし、その過程をより楽しくするテクニックならあります。そのヒントを以下にあげてみました。

1. 知らない単語をいちいち辞書で調べないこと

　知らない単語が出てくるたびに辞書で調べていたら、最初の1章も読み終わらないうちに挫折してしまうにちがいありません。物語がたびたび中断されておもしろさが半減してしまうだけでなく、3ページ目を読むころには、1ページ目で調べた単語をもう忘れてしまっているのに気づくはずです。こんな読み方をしていると、すぐに退屈してしまいます。そして物語への興味を失ったとなれば、本を投げ出すのも時間の問題でしょう。

2. 前後の文から単語の意味をつかむこと

　知らない単語なのに、文脈から意味が自然にわかることがよくあります。手元にノートを置いて知らない単語を書きとめ、その脇に、

意味を推測して書いてみてはいかがでしょう。あとでまたその単語が出てきたときにメモを見直し、必要があればいつでも修正や追加をしてください。

3. 推測していた単語の意味に確信が持てたら、そのとき初めて辞書を引くこと

　知らない単語の多くは、本全体の中で1、2回しか出てきません。そんな単語を辞書で調べても、物語全体の理解にはそれほど役立ちません。けれども、中には繰り返し出てくる単語があります。何度も見かけるうちに、その意味を確信できるようになったら、そのときに初めて辞書を引き、意味を確かめてみることをお勧めします。

4. 個々の単語にとらわれず、物語全体の流れをつかむこと

　本とは、読者の心の中に一連のイメージを再現してくれるもの。ひとつの単語の意味が、そうしたイメージを大きく左右してしまうことはありません。もしもあるイメージがたったひとつの単語に依存していると考えるなら、その単語の意味を調べてみるとよいでしょう。しかし一般に、ひとつの単語の意味を知ったところで、文全体、あるいは物語全体の理解にはそれほど変わりがないと気づくはずです。

　「ハリー・ポッター」シリーズは、子どものために書かれた読み物なので、物語を追っていくのはそれほど難しくないはずです。実際、本の中で使われている単語の80％は、中学・高校レベル。つまり、辞書なしでもほとんど理解できるということです。しかし現実には、学校で習った単語をすべて覚えているわけではないでしょうから、最初のうちはなかなか先に進まないかもしれません。けれども、読み始めるとともに単語を思い出し、ページが進むにつれて理解度も増していくことに気づかれるでしょう。大切なのはあきらめないこと。多少つらくても、読み続けることです。そうすれば、決して後悔することはありません。

2. 文章の書き方の決まり

　Harry Potter and the Goblet of Fire の文章に用いられている書き方の決まりは以下のとおりです。

①*Harry Potter and the Goblet of Fire* は三人称で書かれています。つまり、作者は物語の登場人物のひとりではありません。そのため、作者はより広い視野で、物語を客観的に描くことができます。もしも一人称で書かれていたら、視野は限定されてしまっていたでしょう。

②地の文は過去形で書かれています。

③文体はどちらかといえば快活で会話的。そのため、ただ物語が述べられているというより、読者は作者から直接、語りかけられているような感じを受けるでしょう。その例をいくつかあげてみます。

[例] And who had the old man been? [Chap.2]
　　　それに、あの老人はだれだったのだろう？ [邦訳・上巻 *p.*29]

　　＊以下、邦訳は『ハリー・ポッターと炎のゴブレット』上・下（松岡佑子訳、静山社刊）から引用しています。説明の都合上、新たに訳をつけたものは＊で示します。

　これは、実際にはハリーが心の中で自問したことです。しかし、まるで読者が問いかけられているかのような書き方でもあります。物語はこうして読者をいっそう引きこんでいきます。登場人物のせりふ以外の疑問文を、さらにいくつかあげてみましょう。

[例] Who would be writing to Uncle Vernon about him? [Chap.3]
　　　いったいだれが、僕についての手紙をおじさん宛に書いたのだろう？ [邦訳・上巻 *p.*46]

[例] Was he studying, or was he looking for things to help him through the first task? [Chap.19]
　　　勉強しているのだろうか？　それとも、第一の課題をこなすのに役立ちそうなものを探しているのだろうか？ [邦訳・上巻 *p.*489]

④時には、論理的でない表現もあります。そんなときは厳密な意味

にこだわらず、そこから思い浮かぶイメージを大切にしましょう。

[例] The start of December brought wind and sleet to Hogwarts. [Chap.21]
十二月が、風と霙を連れてホグワーツにやってきた。[邦訳・下巻 p.12]

　ここでJ.K.Rowlingは、ホグワーツが荒れた天候に見舞われているのは、12月という月が意地悪をしているせい、としています。もちろんこれは、想像力を働かせた表現ですね。この短い文の中で、天候の状態だけではなく、それがどんな季節であるかまで語っているのです。もしもほかの表現で書かれていたら、なんのおもしろみもなく、ただの天気予報のように聞こえていたかもしれません。

[例] There was a pleasant feeling of anticipation in the air that day. [Chap.15]
その日は心地よい期待感があたりを満たしていた。[邦訳・上巻 p.374]

　期待感は人の心の中にあるもので、あたりの空気の中にあるものではありません。しかし、この文のねらいは明らかです。生徒や教師の多くが期待に胸をふくらませているので、ホグワーツの雰囲気が盛りあがっているのです。

⑤上記で述べたことの延長になりますが、ある動きを表す動詞や形容詞の中には、他の語と組み合わされた結果、ふつうに考えればありえないことを表現している場合があります。こんなときもやはり、使われている語にあまりとらわれず、そこから受けるイメージを大切にしましょう。

[例] ...but cruel winds skinned their hands and faces every time they went out into the grounds. [Chap.27]
校庭に出ると風が情け容赦なく手や顔を赤むけにした。[邦訳・下巻 p.232]

　風は残酷でもなければ、手や顔を赤むけにすることもできません。しかし、ここでJ.K.Rowlingが伝えようとしているイメージは、はっきりと伝わってきます。たしかに皮膚にはそのように感じられますからね。

[例] As he said it, his stomach flooded with a wave of molten panic. [Chap.19]
そう言ったとたん、ドロドロに溶けた恐怖感が、ハリーの胃にドッと溢れた。[邦訳・上巻 p.492]

　恐怖感は溶けることもなければ、胃に溢れることもありません。しかし、恐怖に襲われたときの胃が締めつけられるような感じは、誰でも覚えがあるでしょう。この文は、恐怖を感じたときの体内のメカニズムを説明されるより、真に迫って感じられます。

　上記のことをしっかりと心にとめて、個々の単語の教科書どおりの意味ではなく、文章からイメージをとらえるように心がけるならば、だんだん容易に読めるようになっていくはずです。記述全体を理解する鍵は、ひとつひとつの単語の中にあるのではなく、単語の組み合わせの中にあるのです。そして、こうした単語の組み合わせを文法的に分析するのではなく、それをもとに、あなたの想像力で生き生きとした絵を描きだすようにしましょう。J.K.Rowlingは、読者の心の中にイメージを呼び起こす文章の達人です。木（単語）を見て森（文章）を見ない読み方をしてしまっては、物語全体の美しさを味わえないし、Rowlingさんに申し訳ないですよね。

3. せりふの書き方と特徴

　英語のせりふを読むには、いくつか知っておかなければならないことがあります。以下に、その基本的な約束事をあげてみました。

①すべてのせりふは一対の引用符（‘ ’）で囲まれています。

[例] 'Vernon Dursley speaking.' [Chap.4]
「失礼ったらありゃしない」[邦訳・上巻 p.63]

②コンマ（,）でせりふが終わったあとに続く文は、せりふの話された状況を示しています。感嘆符（！）や疑問符（？）で終わり、次の語が小文字で始まる場合も同様です。

[例] 'We've got a bit of a walk,' said Mr Weasley. [Chap.6]
「結構歩かなくちゃならないんだ」おじさんが言った。［邦訳・上巻 p.104］

[例] 'All right, all right!' said Uncle Vernon loudly. [Chap.3]
「もういい、もういい！」おじさんが声を張りあげた。［邦訳・上巻 p.50］

[例] 'Feeling up to a long journey?' he asked her. [Chap.3]
＊「長旅ができるかな？」彼はヘドウィグにたずねた。

③せりふの直前にある文がコンマで終わっている場合、その文はせりふの話される状況を示しています。

[例] ...and began banging his head on it, very hard, squealing, 'Bad Dobby! Bad Dobby!' [Chap.21]
……思い切り頭を打ちつけながら、キーキー声で叫んだ。「ドビーは悪い子！　ドビーは悪い子！」［邦訳・下巻 p.33］

④せりふの段落の終わりに閉じる引用符（'）がない場合、同じ話し手のせりふが次の段落に続いていることを示します。この場合、次の段落は引用符（'）から始まります。

[例] '...Nobody under the age of seventeen will be able to cross this line.
'Finally, I wish to impress upon any of you wishing...' [Chap.16]
「……十七歳に満たない者は、何人もその線を越えることはできぬ」
「最後に、この試合で競おうとする者にはっきり言うておこう。……」［邦訳・上巻 p.397］

⑤せりふ自体は、過去形で話されることもあれば、現在形や未来形で話されることもありますが、その話された状況を表す動詞は常に過去形です。

[例] 'I shall call the Headmaster!' shouted Professor McGonagall. [Chap.12]
「校長先生を呼びますよ！」マクゴナガル先生がかなり立てた。［邦訳　上巻 p.268］

⑥せりふには話し手の話し方の特徴が反映されますから、必ずしも文法的に正しいとは限りません。文から一語か二語、抜け落ちて

13

いることもあります。以下はその例と、それを文法的に正しく書き直したものです。

[例] 'Horrible temper,' [Chap.1]
　→ '<u>He had a</u> horrible temper,'
　　「ひどい癇癪持ちなのさ」［邦訳・上巻 p.8］

[例] 'Out in the garden, I expect,' [Chap.5]
　→ '<u>He is</u> out in the garden, I expect,'
　　「庭だと思うわ」［邦訳・上巻 p.87］

[例] 'Must be nearly time,' [Chap.6]
　→ '<u>It</u> must be nearly time,'
　　「そろそろ時間だ」［邦訳・上巻 p.112］

[例] 'Morning, Basil,' [Chap.7]
　→ '<u>Good</u> morning, Basil,'
　　「おはよう、バージル」［邦訳・上巻 p.116］

⑦「……は言った」を意味する動詞とコンマ（あるいは動詞＋副詞＋コンマ）のあとに文が続くときは、話し手の行動について説明を加えています。

[例] 'Never been this crowded,' he said suddenly, <u>looking out over the misty field again.</u> [Chap.7]
　　「いままでこんなに混んだこたあねえ」霧深いキャンプ場にまた目を向けながら、ロバーツさんが唐突に言った。［邦訳・上巻 p.119］

[例] 'Yes?' said Moody, <u>his magical eye rolling right over to fix on Neville.</u> [Chap.14]
　　「何かね？」ムーディは「魔法の目」をぐるりと回してネビルを見据えた。［邦訳・上巻 p.333］

⑧イタリック体（斜字体）で書かれた語は、話し手がその語を強調していることを示します。

[例] 'You're not by any chance writing out a new *order form*, are you?' [Chap.10]
　　「まさか、新しい**注文書**なんか作ってるんじゃないでしょうね？」［邦訳・上巻 p.237］

[例] 'Where are *they* sleeping, then?' [Chap.16]
「あの人たちは、どこに泊まっているのかな？」[邦訳・上巻 *p.*407]

　また、英語以外の語（「ハリー・ポッター」シリーズの場合、そのほとんどは呪文）と本や新聞のタイトルも、イタリック体で書かれていることを覚えておいてください。

[例] '*Accio Firebolt!*' he shouted. [Chap.20]
「アクシオ　ファイアボルト！」[邦訳・上巻 *p.*544]

[例] Harry and Ron took their copies of *Unfogging the Future* back down to the common room,... [Chap.14]
ハリーとロンは「未来の霧を晴らす」の教科書を持って談話室に戻り、……［邦訳・上巻 *p.*343］

[例] ...as she threw *Witch Weekly* onto the empty chair beside her. [Chap.27]
ハーマイオニーは……隣の空いた椅子に「週刊魔女」を放り出した。［邦訳・下巻 *p.*237］

⑨すべて大文字で書かれている語は、話し手が大声で叫んでいることを示します。

[例] 'OH, NOT AGAIN!' [Chap.5]
「ンまっ、またダわ！」[邦訳・上巻 *p.*90]

[例] 'TROY SCORES!' roared Bagman... [Chap.8]
「トロイ、先取点！」[邦訳・上巻 *p.*166]

⑩引用符（' '）に囲まれたせりふの中に、二重引用符（" "）に囲まれた語や文がある場合、誰か別の人が話したことや、どこか別のところに書かれたことを、話し手がそのまま引用していることを示します。

[例] 'You heard old Winky back at the match... "House-elves is not supposed to have fun"... that's what she likes, being bossed around ...' [Chap.9]
「ウィンキーちゃんが競技場で言ったこと、聞いたじゃないか……『しもべ妖精は楽しんではいけないのでございます』って……そういうのが好きなんだよ。振り回されてるのが……」［邦訳・上巻 *p.*193］

読む前に知っておきたい必須語彙

　「ハリー・ポッター」シリーズには頻繁に出てくる単語があり、その意味を理解しなければ、物語の楽しみが十分に味わえなくなってしまいます。ここでは、*Harry Potter and the Goblet of Fire*を理解するうえで欠くことのできない、重要な単語をまとめてみました。ここに載せた単語はそれほど多くないので、最初にすべて覚えてしまってもいいでしょうし、本を読みながらその都度、参照してもいいでしょう。

bewitch　bewitchedという受身形で、charm、curse、enchantmentをかけられた状態を示す動詞。spellと同様、それが「よい」魔法か「悪い」魔法かにはかかわりなく使えます。

cauldron　火にかけて調理をしたり、魔法薬を煮詰めたりするのに使われる大きな鍋。素材は真鍮、錫、金、銀、銅など、さまざまです。現在ではめったに見られなくなりましたが、スーパーマーケットも自家用車も冷蔵庫もなかった数百年前、田舎の日常生活には欠かせない炊事道具でした。時間がたつと腐ってしまう肉や野菜も、cauldronに入れてぐつぐつ煮こみ、スープやシチューにしておけば、日持ちがするというわけです。しかし時代の流れとともに、cauldronは実用品というより、魔女を連想させる道具と考えられるようになりました。子どもたちはよく、cauldronをかき混ぜている魔女たちの絵を描きます。

charm　「よい」魔法（"good" spell）。charmをかけられる人にとっては、役に立つ場合もあれば、あまりありがたくないいたずらの場合もありますが、どちらにしろ、相手に危害を加える悪意のある魔法ではありません。

cloak　肩をおおってあごの下で結び合わせる「マント」のこと。魔女や魔法使いの多くは、cloakをはおっています。

curse　「悪い」魔法（"bad" spell）。相手を呪い、傷つけたり殺したりする目的で使われます。

Diagon Alley　Diagon Alley（ダイアゴン横丁）は、ホグワーツの生徒たちが教科書や学用品を調達する場所です。ロンドンのパブ、The Leaky Cauldron（漏れ鍋）の中庭にあるゴミ箱の上の、左から3つ目のレンガを叩くと、この横丁に入ることができます。

　Diagon Alleyをふつうにしゃべる速さで発音すると、diagonally（対角線上に、斜めに）と聞こえます。これは、Diagon Alleyの世界がマグルの世界と対角線上にあることを示しています。ＳＦ小説ではよく「パラレル・ワールド」といって、わたしたちの世界とparallel（平行）の世界が描かれますが、それとは異なる位置関係にあるのです。こうして考えてみると、diagonalな世界というのはきわめて論理的です。もしも魔女・魔法使いの世界がマグルの世界とparallelの関係にあるのだとしたら、いつまでたっても平行線をたどるばかりで、ふたつの世界が出会うことはありません。対角線上にあればこそ、ふたつの世界はどこかで交わることができるのです。

enchantment　魔法の中でも最良のもの。人であれ、ものであれ、場所であれ、対象をよりよいものに変えます。enchantmentをかけられたものは、神々しいほどの魔法の美に輝きます。たとえば、ホグワーツの大広間の天井では、黒いビロードを背景に星がまたたいていますが、これはenchantmentによるものでしょう。

hex　spellと同義語で、よい魔法にも悪い魔法にも使うことができます。また、動詞として用いることもできます。

incantation　魔法をかけるときに唱える呪文。たとえば、離れた場所にあるものを自分の手元に呼び寄せるSummoning Charmのincantationは*Accio!* です。

Invisibility Cloak　亡き父ジェームズがハリーに遺してくれたマント。銀色の布製で、これをからだにまとうと、他の人からはまったく姿が見えなくなります。邦訳は「透明マント」。

jinx hexやspellと同義語。よい魔法、悪い魔法どちらにも使えますが、悪意のある場合やいたずらの場合に使うことが多いようです。動詞としても使われ、受身形jinxedは「魔法をかけられた」という意味。

Muggle 魔法使いの血が混じっていない人間を指す、魔法界の用語。つまり、あなたやわたしのような普通の人のことです。

parchment 紙の祖先である羊皮紙。羊の皮をなめして作った薄く柔らかなシートで、さまざまな事柄の記録に使われていました。やがてparchmentは「書き記すためのもの」を示す語として定着したため、紙が発明されてからもこの語は残り、現在でも綴じられていない文書（証書など）をparchmentと呼びます。現代の人々がこの語から思い浮かべるのは、ざらざらした手触りの厚手の紙に書かれた古文書でしょう。その古めかしさのせいか、内容が何であれ、現代の文書より重要なことが書かれているように思えてしまいます。

potion さまざまな原料を混ぜあわせた液体で、「薬」や「魔法薬」として使われます。

prefect public schoolでは、校長によって選ばれたprefect（監督生）と呼ばれる生徒たちが、学校の風紀を維持するため、学内をパトロールします。他の生徒たちに権威を示すため、prefectは、襟につける小さなバッジを与えられます。

quill ペンの祖先である羽根ペン。鳥の羽根の軸先にインクをつけて文字を書きます。

robe 通常、儀式などで使われる長い外衣（ローブ）。ホグワーツ魔法魔術学校に到着した生徒たちは、Sorting Hat（組分け帽子）の儀式に出席するにあたって、robeの着用を義務づけられています。

spell 目的の善し悪しを問わず、charm、curse、enchantment を含む魔法・呪文全体について用いられる語。そのため、呪文全般に関する本のタイトルに使われています。たとえば、呪文学の授業では *The Standard Book of Spells*（『基本呪文集』）という教科書を使っていますが、もしもこれが *The Standard Book of Charms* というタイトルだとしたら、この教科書には「よい」呪文しか載っていないことになり、「悪い」呪文については別の教科書が必要になってしまいます。

wand 魔女や魔法使いは、魔法の呪文をかけるときにwand（杖）を使います。ふつうは木製で、さまざまな木が用いられます。

warlock 黒魔術を行う男の魔法使い。

witch 魔法を使うことができ、魔法に関するさまざまなことを行う女性（魔女）。

witchcraft 魔女の使う魔法、魔術。

wizard 魔法を使うことができ、魔法に関するさまざまなことを行う男性（魔法使い）。

wizardry 魔法使い（男性）の使う魔法、魔術。

本書の構成と使い方

本書は、さまざまな読み方に対応できるように構成しました。必須語彙の章と英文の記述規則の章、そして*Harry Potter and the Goblet of Fire*の全章に対応する37章に分かれています。その各章は次の構成です。

◆この章の中で使われている語彙のデータ
- 語数……この章の総語数
- 会話の占める比率……この章の総語数に対する会話の語数と比率
- CP語彙レベル1、2 カバー率……CP語彙レベルはコスモピアが作成した語彙リスト。中学生、高校1、2年生くらいまでに学習する基本的な語彙の数がこの章の総語数の中に占める比率
- 固有名詞の比率……この章の総語数に対する固有名詞の比率

原書の章題です。

日本語の見出しです。

◆章題
タイトルに秘められたその章の内容について解説するパートです。

◆章の展開
物語の筋立てからはずれないように、特に注意すべきことを取り上げます。全体的なストーリー展開にとって核心ではない描写や叙述部分は飛ばし読み、流し読みをしようとする人に役立つと思います。また一般の読者が、その章において重要な部分に注目する助けになるでしょう。

◆登場人物
その章で初めて登場する人はすべて紹介しています。
固有名詞のあとの[ ]の中のカタカナは、英語での読み方の参考です。
→のあとの巻と章はその人物が初めて登場した巻と章です。

さらに詳しい説明が書かれているページを指します。

◆語彙リスト

　「ハリー・ポッター」シリーズは子どもから大人まで、さまざまな人に愛読される物語ですから、原書を読もうとする方もさまざまなはず。できるだけ、多くの方の便宜を図れるように考えました。
　まず、その章で物語が展開する場面ごとに分けて、読者がひっかかりそうな単語・熟語などを取り上げて解説します。Harry Potter and the Goblet of Fireを英語だけで読み通そうとする人のためには同義の英語を、完全に読み解いていきたい人のためには日本語訳を紹介しました。
　▶▶のあとの巻と章は、その語が初めて登場した個所を示しています。

物語の場所を中見出しにしています。
<英>はBloomsbury社発行のペーパーバック版（ISBN 0-7475-5099-9）のページ数と行数
<米>はScholastic社発行のペーパーバック版（ISBN 0-439-13960-0）のページ数と行数

追加のワンポイント解説です。

◆語句の説明
　見出し語は、原書の中で使われている形のまま引用しています。訳も原書の流れに沿った訳になっています。

必要に応じて、ことばや名称の詳しい解説や背景情報、イギリスおよびハリー・ポッターの魔法世界の社会文化について解説しています。「ハリー・ポッター」シリーズが、よりおもしろくなる情報です。

「語彙リスト」では説明しきれなかった語句の説明を「地の文」「せりふ」「魔法の道具」「呪文」などの項目に分けて説明しています。

＊本書は、J.K.Rowling氏、または、ワーナー・ブラザーズのライセンスを受けて出版されたものではなく、本書著作者および出版社は、J.K.Rowling氏、または、ワーナー・ブラザーズとは何ら関係ありません。
＊「ハリー・ポッター」シリーズの文章・固有名詞などの著作権は、現著作者のJ.K.Rowling氏に、日本語訳は訳者の松岡佑子氏と翻訳出版元の静山社にあります。
＊本書は既出の固有名詞などの訳は松岡佑子氏の訳によっています。

参考資料

Harry Potter and the Philosopher's Stone (by J.K.Rowling)
Bloomsbury Publishing Plc, UK. 1997　ISBN: 0-7475-3274-5

Harry Potter and the Chamber of Secrets (by J.K.Rowling)
Bloomsbury Publishing Plc, UK. 1998　ISBN: 0-7475-3848-4

Harry Potter and the Prisoner of Azkaban (by J.K.Rowling)
Bloomsbury Publishing Plc, UK. 1999　ISBN: 0-7475-4629-0

Harry Potter and the Goblet of Fire (by J.K.Rowling)
Bloomsbury Publishing Plc, UK. 2000　ISBN: 0-7475-5099-9

Fantastic Beasts & Where to Find Them (by Newt Scamander)
Bloomsbury in association with Obscurus Books, UK. 1998
ISBN: 0-7475-5466-8

Collins Gem Latin Dictionary
HarperCollins Publishers, UK. 1996　ISBN: 0-00-470763-X

『ハリー・ポッターと賢者の石』　松岡佑子・訳　静山社

『ハリー・ポッターと秘密の部屋』　松岡佑子・訳　静山社

『ハリー・ポッターとアズカバンの囚人』　松岡佑子・訳　静山社

『ハリー・ポッターと炎のゴブレット』上下巻　松岡佑子・訳　静山社

「ハリー・ポッター」Vol.4
Harry Potter and the Goblet of Fire を
1章から37章まで読み通す

第1章 について

基本データ	
語数	4189
会話の占める比率	33.5%
CP語彙レベル1、2 カバー率	83.0%
固有名詞の比率	2.2%

Chapter 1　The Riddle House
——庭師が見た館の秘密とは？

章題

The Riddle House
これまでの各巻は必ず、プリベット通り4番地のダーズリー家でのできごとで始まっていましたが、今回J.K.Rowlingは、初めてそのパターンを破りました。このタイトルは物語の始まる館の名前を示しています。でも、「ハリー・ポッター」ファンの読者なら、Riddleという名前に聞き覚えがあるはずですね。

章の展開

この章で語られるできごとは、これから始まる物語と大きく関わっています。もちろん、一般的な状況をただ伝えているだけの部分もありますが、Riddle House（リドルの館）で何が起こっているかをしっかり把握することが非常に重要です。以下の点に注目してみましょう。

1. リドルの館の歴史と現在の状況。
2. Frank Bryceの地元での評判。
3. Frankが屋敷の中を調べてみようと思った理由。
4. 暖炉の燃える部屋から聞こえてきた会話。
5. Ministry of Magic（魔法省）の職員の失踪について、Frankが耳にしたこと。
6. Frankが部屋に入ってから起こったできごと。

●登場人物 〈♠新登場あるいは#ひさびさに登場した人物〉

- ♠ **Mr Riddle**［リドル］元リドルの館の持ち主。故人
- ♠ **Mrs Riddle**［リドル］Mr Riddleの妻。故人
- \# **Tom (Marvolo) Riddle**［トム・マーヴォロ・リドル］元ホグワーツの生徒。Riddle夫妻の息子→第2巻13章*
- ♠ **Frank Bryce**［フランク・ブライス］リドルの館の庭師
- ♠ **Dot**［ドット］パブThe Hanged Man（首吊り男）の客（DotはDorothyの略称）
- \# **Wormtail**［ワームテール］リドルの館の主に仕える下僕→第3巻18章
- ♠ **Nagini**［ナギニ］リドルの館の主の蛇→p.30
- \# **Harry Potter**［ハリー・ポッター］主人公→第1巻1章
- \# **Lord Voldemort**［ヴォルデモート］闇の魔法使い→第1巻1章
- ♠ **Bertha Jorkins**［バーサ・ジョーキンズ］魔法省の職員

語彙リスト

リドルの館の歴史
〈英〉p.7　l.1　　〈米〉p.1　l.1

villagers (people who live in villages) 村人
boarded (covered with wood) 板が打ちつけられた
ivy (climbing plant) ツタ
face (front) 正面
grandest (most impressive) 最も立派な
derelict (broken down) 荒れ果てた
Little Hangletons (people who live in Little Hangleton) リトル・ハングルトンの村人
creepy (eerie, spooky) 不気味な、薄気味悪い
inhabitants (occupants) 住人
scarce (rare) わずかな
picked over (discussed in detail) 詳細にわたって話された
embroidered (exaggerated) 誇張した ▶p.29
daybreak (sunrise) 夜明け
roused (awoken) 起こした
dinner things (formal dinner clothes) ディナーのための正装
summoned (called) 呼ばれた

seethed (been excited) 沸きたった、騒ぎたった
ill-disguised (obvious) 隠しきれない、明らかな
pretending (faking) ふりをする
Elderly (old) 年老いた
snobbish (acting in a superior manner) 尊大な、気取り屋の
plainly (clearly) 明らかに
apparently (clearly) 見るからに
roaring trade (very good business) 大繁盛
turned out (arrived) 現れた
in their midst (amongst them) 彼らのいるところに
run-down (broken down) 荒れ果てた
odd (strange) 奇妙な
Unfriendly, like 愛想がない、っていうか ▶p.30
cuppa (cup of tea) 1杯のお茶
barked (said angrily) ほえるように言った、いきりたって言った
forced (opened illegally) こじ開けた
creep (go silently) 忍びこむ
nasty (unpleasant) 不快な
funny (strange) 胡散臭い、怪しげな
get on the wrong side of ...

*以下、初出の巻・章を示します。

(make an enemy of ...) ……の機嫌をそこねる、……を敵にまわす
fervently (passionately) 熱意をこめて
dingy (gloomy) 陰気な
stubbornly (obstinately) がんこに
invented him (created him out of his imagination) そんな人物がいたという話をでっちあげた
concluded (decided) 結論を下した
stabbed (pierced with a knife) 刺殺された
strangled (murdered by applying pressure to the neck) 首を絞めて殺された
suffocated (murdered by blocking the mouth and nose) 窒息死させられた
bewilderment (confusion) 困惑
determined (intent) 決意した
terror (fear) 恐怖
frightened (scared) 脅かされた
proof (evidence) 証拠
graves (tombs) 墓
curiosity (interest) 興味、好奇心
amidst a cloud of suspicion ▶▶*p.29*
'S'far as (= as far as) ……の限りでは
concerned (worried) 気にかける、心配する
decency (goodness) 良識
knowing as how we knows he did it (considering the fact the we know he is guilty) 彼が殺したとわたしたちが知っていることを考えれば
tend (look after) 手入れをする
fall into disrepair (become broken down) 荒れ放題になる

フランク・ブライス、リドルの館の中へ
<英>*p.10 l.9*　<米>*p.4 l.26*

wealthy (rich) 金持ちの
pottering (moving slowly) だらだらと動きまわる

weeds (wild grass) 雑草
creep up on him (grow faster than his ability to remove them) 彼が草取りをしても追いつかないほどの早さで生い茂る
contend with... (fight against...) ……と戦う
habit (custom) 習慣
lawns (grass) 芝生
dare (challenge) 挑戦
devoted to (loved) 愛情を注ぎこむ
amused (entertained) おもしろがらせた
limping (walking unsteadily) 足をひきずって歩く
brandishing (waving) ふりまわしながら
croakily (with a husky, broken voice) しわがれ声をあげて
on his part (from his point of view) 彼としては
tormented (teased) 苦しめた、嘲った
merely (only) 単に
assumed (guessed) 推測した
punish (penalize) 罰する
paining (hurting) 痛めつける
hot-water bottle 湯たんぽ　▶▶*p.31*
glimmering (shining) ちらちらと輝く
flickering (unsteady) (光が) 揺れる、ちらつく
mistrusted (had no trust in) 信用しなかった
taken him in (arrested him) 彼を逮捕した
rusty (corroded) さびついた
propped (leaning) 立てかけられた
set off (departed) 出発した、出かけた
bore (showed) (ある性質などを) 持っていた
cavernous (huge) がらんとした、だだっ広い
nevertheless (in spite of this) にもかかわらず
groped (felt) 手探りをした
nostrils (nose holes) 鼻の穴
decay (rot) 腐敗

ears pricked (ears alert) 耳をそばだてて
mullioned (window panes separated by slender vertical bars) 垂直の細い枠で仕切られた窓ガラスの
blessing (thanking God for) 感謝しながら
muffled (dampened) (音を) 消した
landing (area at the top of the stairs) 階段の踊り場
intruders (trespassers) 侵入者
ajar (slightly open) わずかに開いて
casting (throwing) 投げかける
sliver (thin slice) 細長い一片
edged (moved slowly) じりじりと動いた
grasping (holding) 握りしめて

リドルの館の暖炉の燃える部屋で
＜英＞p.12　l.1　　＜米＞p.6　l.25

grate (fireplace) 暖炉
intently (carefully) 注意深く
timid (cowardly) おどおどした
fearful (frightened) 恐れおののいた
high-pitched (squeaky) 甲高い
blast (rush) (風の) ひと吹き
sparse (thin) まばらな
chink (noise) (ガラスなどのたてるチリンという) 音
dull (muffled) 鈍い、くぐもった
scraping (dragging) こする
dragged (pulled) 引きずられた
glimpse (quick look) ちらりと見ること
bald patch (area with no hair) 禿げた部分
set out (departed) 出かけた
explore (examine) 探索する
milk (verb to describe extracting milk) 搾る
retire (go to bed) 寝にいく
Brow furrowed (forehead lined) 眉を寄せて、額にしわを寄せて
inclined (leaned) 傾けた
moderately (comparatively) 比較的、まあまあ
Quidditch クィディッチ ▶▶ *p.77*
gnarled (bony) 骨ばった
rotated (revolved) 回転させた
build-up (collection) 蓄積、たまること
earwax (substance that collects in the ear) 耳垢
dug (searched) 掘りすすんだ、深く食いこませた
vigorously (strenuously) 力をこめて
wizards 魔法使い ▶▶ *p.19*
pouring into (arriving in great numbers) あふれるほど大勢やって来る
meddler (interfering person) おせっかいな人
Ministry of Magic 魔法省 ▶▶ 第1巻5章＊
obsessed (preoccupied) 取りつかれた、夢中の
lest... (in case...) ……しないように、……の場合に備えて
Muggles (non-magic people, normal people) マグル ＊魔法使いではない、ふつうの人間。
distinctly (clearly) はっきりと
menace (danger) 脅し、危険なもの
tumbling (rushing) 転がり出る
protracted (prolonged) 引き伸ばされた
squeakily (high-pitched) 甲高い声で
witch 魔女 ▶▶ *p.19*
disguise (camouflage) 変装させる ＊disguise oneselfで「変装する」。
relieved (comforted) ほっとして
laying hands (capturing) 捕らえる
fetch (collect) 捕まえてくる
substitute (replacement) 身代わり
nursing (taking care) 世話をする
wearisome (tiresome) 面倒な
abandoning (throwing away) 捨てる、放棄する
desert (leave) 置き去りにする
regretting (feeling sorry) 後悔する
revolt (sicken) 吐き気を催させる

＊以下、初出の巻・章を示します。

flinch (recoil) たじろぐ
shudder (shiver) 震える
cowardice (timidity) 臆病
survive (manage to live) 生き延びる
rob me (take away from me) わたしからもぎ取る
regained (recovered) 取り戻した
clumsy (inappropriate) 不器用な
spluttering (making strange noises) 奇妙な音をたてる
incoherently (incomprehensibly) しどろもどろになって
crackling (noise of wood burning) （火が）パチパチ音をたてる
courage (bravery) 勇気
full extent (full power) 最大限の威力
wrath (anger) 怒り
disappearance (vanishing) 失踪
curse (cast a spell on) 呪いをかける
fuss (making a scene) 騒ぎ
obstacle (hindrance) 障害物、邪魔物
rejoined (returned to) ふたたび加わった、戻った
trace (sign) 痕跡
sullenness (petulance) 不機嫌
wavered (changed direction) 揺らいだ
fulfil (satisfy) 満たす
sulky (sullen) むっつりした
stroke of brilliance (wonderful idea) すばらしい思いつき
cruel (evil) 残酷な、邪悪な
pronounced (emphasized) はっきりと表明された
invaluable (extremely useful) 非常に貴重な
formed (created) 練り上げた
perform (carry out) 実行する
essential (indispensable) 欠くことのできない
give their right hands ▶▶p.30
spoil (destroy) 台無しにする
hoarse (husky) しわがれた
silkily (smoothly) なめらかに、おもねるように
fit for nothing (useless) 役に立たない

awkward (difficult to answer) 厄介な、答えにくい
run into (meet) 出くわす
wayside (road-side) 街道沿いの
inns (hotels) 宿屋
mirthless (humourless) くそまじめな
modified (amended) 修正した
Memory Charms (spells to make people forget) 忘却術 ▶▶第2巻3章
insult (offense, humiliation) 中傷
extracted (gathered) 引き出した、集めた
slippery (slimy) すべりやすい
remorse (regret) 良心のとがめ、後悔
madman (crazy person) 狂人
might (power) 力
Hogwarts (= Hogwarts School of Witchcraft and Wizardry) ホグワーツ魔法魔術学校 ＊魔法使い・魔女のための学校。
argument (discussion) 議論

フランク・ブライスの災難
<英>p.16 l.34　<米>p.12 l.19

drawing breath (breathing) 息を吸う
seizure (convulsion) 発作
passageway (corridor) 通路、廊下
paralysed (motionless) 麻痺して、動けなくなって
slithering (approaching in undulating movements) くねくねと進む
drew (came) 近づいた
gigantic (huge) 巨大な
twelve feet 約3.7m
transfixed (mesmerized) 身動きできなくなって
undulating (rippling) うねる
plotting (planning) 企てる
incredibly (amazingly) 信じられないことに
miraculously (like a miracle) 奇跡的に
vanished (disappeared) 消えた
trembling (shaking) 震える

visited (became aware of)(考えが)よぎった
master (control) 操る
abruptly (suddenly) 突然、急に
flung (thrown) いきなり動いて
alarm (surprise) 驚き
ancient (very old) 古めかしい
on the other hand (conversely) 一方
rotting (decaying) 朽ちかけた
hearth-rug (small carpet placed in front of fireplaces) 暖炉の前に敷くマット
travesty (parody) パロディー、ふざけて真似たもの
beckoned (gestured) 合図をした
firmer (stronger) よりしっかりした
threshold (entrance to the room) 敷居、戸口

暖炉の燃える部屋の中で
＜英＞p.18　l.13　　＜米＞p.14　l.8

spidery (spider-like) クモのような
defiantly (stubbornly) 挑戦的に、けんか腰で
inspiration (good idea) いい思いつき
audible (loud enough to hear) 聞き取れる
whimper (small noise of fear) 恐怖にかられたうめき声
screwed up (contorted) ゆがんだ
snagged (caught) ひっかかった
clatter (loud noise) 硬いものがぶつかりあう音
wand 杖　▶▶p.19
crumpled (fell awkwardly) ぶざまに倒れた
with a start (in surprise) 驚いて

▶▶ 地の文

embroidered

embroiderと言えば、ふつうは「刺繍」あるいは「刺繍する」の意味ですが、このように慣用表現として用いる場合は、「誇張する」という意味になります。ふつう布地は、刺繍があってもなくても本来の役割を果たしているのですから、機能の面から言えば、刺繍は余分なつけ足しと言えるでしょう。したがって物語をembroiderするとは、話に「尾ひれをつける」、つまり、あることないことをつけ足すことを意味します。

amidst a cloud of suspicion

状況がありありと目に浮かぶような表現です。村人の誰もが抱かずにはいられない疑いが、雲のようにもやもやとLittle Hangletonの村を覆っていることを示しています。cloudは雰囲気を表すのによく使われる語で、ここではネガティブな意味合いで使われていますが、a cloud of hope（希望に満ちた気分）、a cloud of euphoria（幸せな気分）のように用いることもあります。

▶▶ **せりふ**

Unfriendly, like

　このようにlikeという語を文末につけ足す言い方は、もともとはアメリカの用法ですが、最近はイギリスでもよく聞かれます。likeという語自体には意味がなく、断定を避けるニュアンスを加えているだけのこと。ちょうど日本の若者言葉、「みたいな」のような感じです。この場面では大人が使っていますが、一般的にはイギリスでも若い人たちの好む言い方で、ホグワーツの生徒たちの会話によく出てきます。

give their right hands

　夢や目的を達成するために「どんなことでもする」という意味。right hand (右手) のように大切なものまで惜しまず犠牲にするということは、目標を達成するためにどれほど必死になっているかを示します。しかし日常会話では、もっと気軽に使います。たとえば、暑い夏の日など、"I would give my right hand for a beer." (ビールのためならなんだってする) と言うこともできます。

▶▶ **名前**

Nagini [ナギニ]

　ヴォルデモート卿は、この蛇の毒を飲んで生き延びています。*naga*という語は「蛇」を意味するサンスクリット語。仏教とヒンドゥー教で、*naga*（ナーガ）は強大な力を持つ蛇神の種族です。「ハリー・ポッター」に登場するNaginiは、その力や姿がインドの神話に登場する蛇神と必ずしも同じではありませんが、J.K.Rowlingは今回も世界の神話に関する博識を盛りこみ、ヴォルデモートの蛇をNaginiと名づけました。Naginiとはナーガ族の雌のこと。この章でヴォルデモートが "You will milk her before we retire..."（「寝る前にナギニのエキスを絞るのだぞ」邦訳・上巻 p.14）と言っているように、ここに登場するNaginiもまちがいなく雌のようです。

　ちなみにインドの神々は、ナーガ族の王ヴァスキの体を利用して作ったアムリタと呼ばれる不老不死の薬を飲んでいたということで

す。この不老不死こそ、まさにヴォルデモート卿が求めているものですね。

▶▶ **情報**

hot-water bottle

　　電気毛布などが普及する以前、イギリスではベッドの足元を温めるのに、hot-water bottle（湯たんぽ）が欠かせませんでした。hot-water bottleは雑誌ぐらいの大きさのゴム製容器。そこに熱湯を入れ、眠る30分ぐらい前にベッドに入れておきます。ベッドに入るころまでにシーツはぽかぽか温まり、hot-water bottle自体は中のお湯が冷め、ちょうどいい温度になっています。

　　hot-water bottleより昔に使われていたのは、第12章に出てくるwarming pan（あんか）です。これは長い柄のある蓋つきの鍋に似た形をしています。赤々と燃える石炭を入れて蓋をし、シーツのあいだ*に入れて前後左右に動かし、ベッドの中を温めます。非常に高温のため、ベッドの中に置きっ放しにすることは決してなく、ベッドに入る直前にシーツを温めるためだけに使われていました。

* 日本ではふつうシーツは体の下に敷くだけですが、欧米では体の上にも掛けるのが一般的です。つまり、上下のシーツのあいだにはさまれて眠るのです。

What's More 1

パブの名前

　リトル・ハングルドンの村にあるパブの名はThe Hanged Man（首吊り男）。ずいぶん変な名前ですね。しかしイギリスでは、こんな変な名前のパブもべつに珍しくはありません。パブの主人はもちろん自分の店にどんな名前をつけてもいいわけで、地元の歴史を反映した名前をつけることが多いようです。

　しかし、風変わりな名前をご紹介する前に、すべてのパブに奇妙な名前がつけられているわけではないことを申し上げておきましょう。実際、経営者はさまざまだというのに、国中に同じ名前のパブがたくさんあります。2003年末の時点で、イギリスに最も多いパブの名前を第1位から順に第10位まであげてみましょう。

1. **The Crown**（704軒）
   「王冠」を意味するこの名前は600年にわたって常に上位にあり、イギリスの人々の王室に対する強い関心を反映しています。
2. **The Red Lion**（668軒）
   スコットランドの紋章を飾る「赤い獅子」。14世紀の有力者John of Gauntの紋章にも使われていました。
3. **Royal Oak**（541軒）
   チャールズ2世が円頂党（清教徒革命における議会派）から逃れ、オークの木に隠れて助かったという故事にちなむ名前。
4. **Swan**（451軒）
   あまり独創的とはいえませんが、14世紀以来、人気の高い名前です。
5. **White Hart**（431軒）
   リチャード2世の紋章に使われた「白い鹿」。
6. **Railway**（420軒）
   比較的最近の名前で、「鉄道」が出現した19世紀以来、高い人気を誇っています。
7. **Plough**（413軒）
   「鋤」を意味するこの名前は農村のパブに多く見られます。パブの看板によく描かれているのは北斗七星。イギリスでは北斗七星を「柄杓」ではなく「鋤」の形とみなし、the ploughと呼んでいるのです。
8. **White Horse**（379軒）
   「白馬」は勇気と純潔のシンボルとして紋章によく使われます。

9. **Bell**（378軒）
   村人が教会のすばらしい「鐘」の音を誇りとしている村には、この名前のついたパブがよくあるものです。
10. **New Inn**（372軒）
    おもしろくも何ともない名前ですが、古いパブに取って代わった新しいパブにつけられた名前です。

さて、それでは風変わりなパブの名前をいくつかご紹介しましょう。（　）内はその所在地です。

- **The Drunken Duck** (Ambleside)〈酔いどれのアヒル〉亭
- **The Quiet Woman** (York)〈静かな女〉亭。看板には、自分の頭を抱えている首なし女が描かれています。
- **The Cat & Custard Pot** (Paddlesworth)〈猫とカスタード・ソースの壺〉亭
- **The Jolly Taxpayer** (Plymouth)〈陽気な納税者〉亭
- **Donkey on Fire** (Ramsgate)〈火あぶりにされたろば〉亭
- **Bull & Spectacles** (Staffordshire)〈雄牛と眼鏡〉亭。このパブは昔 The Bulls Head（雄牛の頭）と呼ばれていましたが、ある酔っぱらいがパブの看板によじのぼり、雄牛に眼鏡をかけさせたため、この名前で呼ばれるようになりました。
- **The Duke without a Head** (Wateringbury)〈首なし公爵〉亭
- **World Turned Upside Down** (London)〈逆さまの世界〉亭
- **Nobody Inn** (Dartmoor)〈誰のものでもない〉亭。言葉遊びを使った名前。Nobody in（誰も中にいない）と同じ発音です。
- **The Bucket of Blood** (Cornwall)〈血の入ったバケツ〉亭
- **The Inn Next Door Burnt Down** (Bedfordshire)〈隣の宿屋は焼け落ちた〉亭

イギリスでいちばん長いパブの名前は、Stalybridgeにある **The Old Thirteenth Cheshire Astley Volunteer Rifleman Corps Inn**〈懐かしのチェシャー・アストリー第13義勇ライフル部隊〉亭。いちばん短いパブの名前はQで、なぜかこれもStalybridgeにあります。共謀して名づけたんでしょうかね……？

第2章について

基本データ	
語数	2863
会話の占める比率	2.5%
CP語彙レベル1、2 カバー率	81.3%
固有名詞の比率	6.6%

Chapter 2　The Scar
──頼みはシリウス

章題

The Scar

この章で、場面はいつものようにダーズリー家に戻り、わたしたちのヒーロー、ハリーが登場します。このタイトルは、これまでシリーズ全体にわたって大切な役割を担わされてきたscar（傷痕）のこと。どうやら今後も毎回、登場しそうです。

章の展開

ハリーとその生活が実際に紹介されるのは、この章が最初となりますが、これから重要な役割を果たすことになるできごとが、早くも書かれています。また、これまでのできごとの背景が描かれ、すでに「ハリー・ポッター」シリーズを読んだことのある読者には、もう一度、物語を思い出す機会を、初めての読者にはこれまでのあらましの説明を提供しています。おもなポイントをあげておきましょう。

1. 真夜中にハリーが目を覚ました理由。
2. ハリーの寝室に置かれているもの。
3. ハリーが一緒に暮らしている人たちについて。
4. ハリーの額に傷痕がある理由。
5. ハリーの友人たちと学校について。
6. ハリーが手紙を出すことにした相手。その手紙を届ける手段。

●登場人物 〈#ひさびさに登場した人物〉

- # **Hedwig**［ヘッドウィッグ］ハリーのペットのふくろう→第1巻6章
- # **Dudley (Dursley)**［ダドリー・ダーズリー］ハリーのいとこ→第1巻1章
- # **Vernon (Dursley)**［ヴァーノン・ダーズリー］ハリーの伯父。ダドリーの父親→第1巻1章
- # **Petunia (Dursley)**［ペチュニア・ダーズリー］ハリーの伯母。ダドリーの母親→第1巻1章
- # **Hermione Granger**［ハーマイオニー・グレンジャー］ハリーの友人。ホグワーツの生徒→第1巻6章
- # **Dumbledore (Albus)**［アルバス・ダンブルドア］Hogwarts School of Witchcraft and Wizardry（ホグワーツ魔法魔術学校）の校長→第1巻1章
- # **Ron Weasley**［ロン・ウィーズリー］ハリーの友人。ホグワーツの生徒→第1巻6章
- # **Mr (Arthur) Weasley**［アーサー・ウィーズリー］ロン・ウィーズリーの父親→第2巻3章
- # **Mrs (Molly) Weasley**［モリー・ウィーズリー］ロンの母親→第1巻6章
- # **Fred (Weasley)**［フレッド・ウィーズリー］ロンの兄。Georgeと双子→第1巻6章
- # **George (Weasley)**［ジョージ・ウィーズリー］ロンの兄。Fredと双子→第1巻6章
- # **Sirius (Black)**［シリアス・ブラック］魔法使い。ハリーの名づけ親→第1巻1章
- # **Buckbeak**［バックビーク］ヒッポグリフの名前→第3巻6章

語彙リスト

第**2**章について

ハリーの寝室で
〈英〉p.20　l.1　〈米〉p.16　l.1

vivid (realistic) 鮮やかな、真に迫った
misty (far-away) 遠くでかすむような
filtering (penetrating) 通り抜ける、射しこむ
scrambled (hurried) あわてて……した
peered (looked) のぞいた
puzzled (curious) 何事かと当惑した
stinging (hurting) 刺すように痛む
recall (remember) 思い出す
dim (faint) ぼんやりとした
spasm (convulsion) 痙攣
dimly (faintly) ぼんやりと
trickling (running) 流れる
trunk (suitcase) トランク
foot (bottom) 足もと
revealing (displaying) 見せる、あらわにする
cauldron 大鍋 ▶▶*p.16*

broomstick ほうき
robes ローブ ▶▶*p.18*
parchment 羊皮紙 ▶▶*p.18*
littered (covered messily) 散らばった
perched (sat)（鳥が止まり木に）止まった
zooming (moving swiftly) すばやく動く
fifty-foot-high 約15mの高さ
snapped (closed with a bang) 音をたてて閉じた
distract (divert) 気をそらす
Cannons (= Chudley Cannons) チャドリー・キャノンズ ＊プロのクィディッチ・チームの名前。
survey (observe) 見渡す
Privet Drive (the name of the street on which Harry lives) プリベット通り ＊ハリが住んでいる通りの名前。▶▶第1巻1章

respectable (decent) きちんとした、立派な
pierced (penetrated) 刺し貫かれた
venomous (poisonous) 毒のある
foot-long 約30cmの長さ
fang (snake's tooth) 牙
fifty feet 約15m
airborne (flying) 空に浮かぶ、飛行中の
used to... (accustomed to...) ……に慣れて
bizarre (strange) 奇妙な
unavoidable (inevitable) 避けられない
knack (special skill) 特技
lurking (hiding) ひそむ、隠れる
absurd (ridiculous) ばかげた
creak (noise of pressure applied to wood) (木材などが) きしる音
swish (noise of material moving swiftly through the air) ものがすばやく動くときにたてる音
tremendous (huge) 巨大な
grunting (noise a pig makes) 豚の鳴き声

プリベット通りでのハリーの生活
＜英＞p.22　l.29　　＜米＞p.19　l.11

shook himself mentally ▶▶*p.37*
stupid (foolish) ばかな
untroubled (worry-free) 悩みのない
despised (hated) 軽蔑した
as welcome in their house as dry rot ▶▶*p.38*
St Brutus's Secure Centre for Incurably Criminal Boys セント・ブルータス更正不能非行少年院
underage (below legal age) 未成年の、半人前の
apt (had a tendency) ……しがちの、……する傾向がある
confide (trust) 信用する
disposed of (killed) 殺した
rebounded (bounced back) はね返った

extinguished (snuffed out) 消された
fled (escaped) 逃げた　＊現在形はflee。
disbanded (broken up) 解散した
disconcerting (worrying) 心を乱す、まごつかせる
counting the days ▶▶*p.38*
fortnight (two weeks) 2週間
shrill (high-pitched) 甲高い
Ailments (illnesses) 病気
Afflictions (diseases) (心身の) 苦痛
consult (check) 調べ
inky (black) インクのような、黒々とした
symptoms (signs of an illness) 症状
picturing (imagining) 思い描く、想像する
bemused (bewildered) 当惑した
You-Know-Who (Lord Voldemort) 例のあの人　＊ヴォルデモート卿のこと。
do you in (kill you) 殺す
dunno = don't know
twinge (hurt) 痛む、うずく
qualified (authorized) れっきとした
Misuse of Muggle Artefacts Office マグル製品不正使用取締局
expertise (training) 専門知識
losing his nerve (becoming cowardly) 怖気づく
punctuated (mixed) 差しはさまれる
kneaded (rubbed) 揉んだ
shameful (embarrassing) 恥ずかしい

ハリー、手紙を書く
＜英＞p.25　l.33　　＜米＞p.22　l.26

quill 羽根ペン　▶▶*p.18*
marvelling (amazed) 驚く
Azkaban (the prison for wizard criminals) アズカバン　＊魔法界の監獄。▶▶第2巻12章
gaol (jail) 監獄
Dementors (the guards of Azkaban) 吸魂鬼　＊アズカバンの看守。▶▶第3巻5章

fiends (monsters) 怪物、鬼
glorious (wonderful) 輝かしい、すばらしい
name had been cleared (had been proved innocent) 汚名がそそがれた、無実が証明された
snatched (taken abruptly) もぎ取られた、たちまち奪われた
flee (run) 逃亡する
Hippogriff (a flying creature with the head of a bird, the forelegs of a griffin, and the body of a horse) ヒッポグリフ ＊鳥の頭、グリフィンの前脚、馬の胴体をもつ空飛ぶ生き物。 ▶▶第3巻6章
on the run (escaping from the authorities) 逃亡中の
haunting (plaguing) 取り憑く、絶えずつきまとって悩ませる

doubly (twice as) 2倍に
coupled (together) ……に相伴って
attitude (point of view) 態度
flashy (gaudy) 派手な、けばけばしい
intercepted (captured midway) 途中で人手に渡った、横取りされた
dimmer (darker) より暗い
precedes (comes before) ……に先立つ
enormous (huge) 巨大な
smuggling (secretly taking) こっそりと持ちこむ
chucked (threw) 投げ捨てた
Mega-Mutilation Part Three メガ・ミューティレーション・パート3 ＊ビデオゲームの名前。
turn up (arrive) 現れる
weird (strange) 不気味な、異様な
reckon (think) 思う

第2章 について

▶▶ 地の文

shook himself mentally

　心に鮮やかなイメージを浮かばせる、J.K.Rowlingの筆致の冴えを示す一例です。もちろん物理的に頭の中で自分を震わせる（shake oneself mentally）ことは不可能ですが、そのイメージは思い浮かべることができますね。shake oneselfという表現はふつう、shake oneself awake（体を震わせて目を覚ます）、shake oneself to ward off the cold（寒さを寄せつけないように身を震わせる）など、実際の動作を示すのに使われます。しかしここでは、ものごとをはっきり考えるために脳を刺激する、という意味で使われています。頭の中で脳がカタカタ音をたてているイメージは、いかにもJ.K.Rowlingらしい絶妙な描写と言えるでしょう。

as welcome in their house as dry rot

この文はas welcome as...(……と同じぐらい歓迎されて)とポジティブに始まりますが、まったく歓迎されないもの——この場合はdry rot(木材を腐らせる菌)——でネガティブに締めくくられています。ポジティブに始めてネガティブに落とすこのような比喩は、文章やせりふにユーモアを添えます。この文はそうした比喩の好例ですが、この型を使ってほかにもいろいろと工夫ができそうですね。welcomeという語だけでなく、ポジティブな形容詞なら何でも用いることができます。

* He is *as* clever *as* a plank of wood.
 (彼の賢いことといったら、まるで板切れみたいだ)
 plank of wood (板切れ)は俗語で「ぼんくら、まぬけ」のこと。
* The rain was *as* welcome *as* a doctor's injection.
 (雨は大歓迎——まるで医者の注射みたいに)
* Her room is *as* clean *as* a pig sty.
 (彼女の部屋はすごく清潔だよ——まるで豚小屋みたいにね)

counting the days

count the days (日を数える)というフレーズは、会話で頻繁に使われますが、とくに恋愛映画の、恋人と会える日を心待ちにしている場面などでよく耳にします。このフレーズは、慣用句としてはlook forward to...(……を楽しみにして待つ)と同じ意味。その日が来るのを待ちわびながら、毎日ひたすらカレンダーに×印をつけている人の姿が目に浮かびますね。状況によって、daysの代わりにminutes (分)、weeks (週)、months (月)、years (年)など、時間の単位を示すほかの語を用いることができます。

第3章 について

基本データ		
語数		3194
会話の占める比率		12.3%
CP語彙レベル1、2 カバー率		80.9%
固有名詞の比率		6.9%

Chapter 3　The Invitation
──これでやっと解放される！

章題　The Invitation

この章では、夏休みに入って初めてハリーに太陽の光が射します。タイトルによれば、どうやらその光は、invitation（招待状）の形で届いたようですね。

章の展開

　ハリーがマグルの世界から自分に最もふさわしい世界に戻るきっかけとなる章です。比較的短く楽しい章なので、何の問題もなく読み通せるでしょう。注目したい点は以下のとおりです。

1. ダーズリー家の3人について。ハリーが食糧不足をしのいだ方法。
2. バーノンおじさんに届いた手紙。
3. 手紙が届いたときに交わされた会話。バーノンおじさんが決めたこと。
4. ハリーに届いた手紙。
5. ハリーが書いた手紙。

●登場人物 〈♠新登場あるいは #ひさびさに登場した人物〉

\# **Hagrid (Rebeus)**［ルビウス・ハグリッド］ホグワーツ魔法魔術学校の鍵と領地を守る番人→第1巻1章

\# **Errol**［エロル］ウィーズリー家のふくろう→第2巻3章

♠ **Pig (Pigwidgeon)**［ピッグ（ピッグウィジョン）］ロン・ウィーズリーのペットのふくろう→p.44

\# **Percy (Weasley)**［パーシー・ウィーズリー］ロンの兄→第1巻6章

語彙リスト

キッチンで
<英>p.29 l.1　<米>p.26 l.1

Daily Mail「デイリー・メール」＊新聞の名前。
pursed (pressed together) きっちり結ばれた
tremulous (anxious) 震えるような、おどおどした
Diddy Dudleyの愛称
glowered (glared) にらみつけた
gifted (talented) 才能豊かな
swotty (studious) ガリ勉の
nancy boy (weakling) 女々しい男の子
skated over (conveniently overlooked) (自分に都合のいいように) 見て見ぬふりをした ▶▶*p.42*
accusations (allegations) 非難
boisterous (lively) 元気がいい
tearfully (eyes overflowing with tears) 涙を浮かべて
wailed (cried) 嘆いた、泣き叫んだ
poundage (weight) 体重
puppy-fat (the natural fat that children have) 子どもによく見られるコロコロした太りかた
knickerbockers (trousers) ニッカーボッカー
spotting (seeing) 見つける
gleaming (spotless) ぴかぴかの
comings and goings (daily routines) 出入り、日常の活動
nourishment (nutrition) 栄養
tantrums (temper fits) 癇癪
regime (system) 制度、(行為の) 一定の型
Smeltings スメルティングズ　＊ダドリーが通っている学校の名前。
taped (secured with adhesive tape) テープで貼りつけた
fridge(= refrigerator) 冷蔵庫
fizzy (carbonated) 発泡性の、炭酸入りの
burgers バーガー類 ▶▶*p.43*

morale (spirit) 士気、やる気
got wind of (discovered) 気配を察知する ▶▶*p.43*
risen to the occasion (answered his request) 事態に対処した、要求に応えた
magnificently (wonderfully) 見事に
stuffed (packed) ……の詰まった
obliged (responded) 応じた
rock cakes (very hard cakes) ロックケーキ ▶▶第1巻8章
pasties (crispy pies containing meat, potatoes and vegetables) 肉、じゃがいも、野菜などを詰めたパイ
feeble (weak) 弱々しい
superb (high-quality) とびきり高級な
disapproval (disdain) 不満、軽蔑
grumpily (bad-temperedly) 不機嫌に
severe (cold) 厳しい、批判的な
pointedly (meaningfully) 意味ありげに
eyeing (looking at) 眺める
sour look (bad-tempered expression) 不機嫌な表情
ruffled (moved) 波立たせた
bushy (hairy) もじゃもじゃの
heaved (pushed) 持ち上げた　＊heave oneself upで「立ち上がる」。
Quick as a flash (immediately) 閃光のようにすばやく
curtly (shortly) 短く、素っ気なく
ripping (tearing) 裂く、破る
curiously (with interest) 興味ありげに
livid (furious) 怒り狂った

居間で
<英>p.31 l.33　<米>p.29 l.15

marching (walking swiftly) ずんずん歩く
pronounce (announce) 宣言する
strain (stress) ストレス
confusion (bewilderment) 困惑

glared (stared) にらんだ
great deal (lot) たくさん
prime (well-placed) 最良の、とてもいい
Department of Magical Games and Sports 魔法省のゲーム・スポーツ部
hard to come by (difficult to obtain) 手に入れるのが困難な
remainder (rest) 残り
minute (tiny) 豆粒のように小さな
gritted (clenched) 食いしばった
funny (strange) 奇妙な
touchy (sensitive) 神経質な、ぴりぴりした
treat (reward) 褒美
bristled (hairs stood on end) 逆立った
battle (fight) 闘い
fundamental (basic) 基本的な
instincts (beliefs) 本能、生まれつきの性質
conflict (confrontation) 対立
struggled (fought) 戦った
Hog— = Hogwarts ＊途中まで言いかけてやめたもの。
Dumpy (short and fat) ずんぐりした
bit rich とんでもない、ばかげた ＊もともとは「なかなか意味深長な」という意味ですが、もちろん皮肉をこめてそう言っているだけで、本当の意味はその逆です。
perusing (reading) 読む
stab (sudden sense) 突然の一撃
annoyance (irritation) 不快感
broom— (= broomsticks) ほうき ＊途中まで言いかけてさえぎられたもの。
vaguely (slightly) かすかに
stand (bear) 我慢する
took refuge (escaped) 避難した
scowled (made an angry face) 顔をしかめた
outraged (angry) 怒った
uttered (spoken) 口に出した
disgusting (awful) いまわしい、ひど

い
swear word (rude word) 罵りの言葉
shot (directed) 向けた
nervy (anxious) 神経を尖らせた、不安そうな
unnaturalness (nonsense) 不自然なこと、ばかげたこと
ungrateful (unthankful) 恩知らずの
baggy (loose) だぶだぶの
rage (fury) 怒り
steadying (stabilizing) 落ち着かせる
recede (diminish) 退く、小さくなる
blotchily (unevenly) まだらになって
would-be (fake) 見せかけの
pupils (center of the eye) 瞳孔、瞳
contract (shrink) 縮む
cogs (machinery) 歯車
mistreated (abused) 虐待された
conclusion (decision) 結論、決心
transparent (see-through) 透明な
blank (expressionless) 無表情な
ruddy (stupid) ばかばかしい
dropping you off (taking you) おまえを連れていく
whoop (shout for joy) やった！ ＊うれしくてたまらないときにあげる声。

居間の外で
＜英＞p.36 l.17　＜米＞p.34 l.28

astonished (surprised) 驚いた
took the stairs three at a time (ran up the stairs while only stepping on every third stair) 階段を3段ずつ駆け上がった
hurled (threw) 投げた

ハリーの寝室で
＜英＞p.36 l.26　＜米＞p.35 l.8

amber (yellow) 琥珀色の、黄褐色の
clicking (snapping) カチカチ鳴らす
beak (bird's mouth) くちばし
annoyed (irritated) いらいらして
massaged (rubbed) 揉んだ
furiously (vigorously) 猛烈に

whizzing (speeding) ヒュンヒュン音をたてて飛ぶ
hastily (swiftly) 急いで
scribbled (untidily written) 走り書きした
permission (authorization) 許可
pronto (immediately) すぐに
Department of International Magical Co-operation 魔法省の国際魔法協力部
Abroad (overseas, i.e. other countries) 海外、外国
pants bored off you ▶▶*p.43*
twittering (making excited noises) さえずる
fluttered (flew) 羽ばたいた
immense (great) たいへんな
hopped (jumped up and down) 跳びはねた
on the spot (in the same place) その位置で、同じ場所で
hooted (noise an owl makes) (ふくろうが) ホーホー鳴いた
dignified (superior) 威厳ある
postscript (additional note at the end of a letter) 追伸 ＊略してP.S.と書きます。
nipped (bit) 噛んだ
affectionately (lovingly) 愛情をこめて
swooshing (noise of ruffled feathers) (鳥の羽のたてる) シュッという音
soared (flew) 舞い上がった
wrenched (pulled) ねじるようにして引っぱった
chunk (piece) 塊
savouring (enjoying) 味わう

▶▶ **地の文**

skated over

> skate overという表現はアイス・スケートに由来し、何かの上を、まるでそれが存在しないかのようにスイスイ通り抜けるという意味です。ここの場合、バーノンおじさんとペチュニアおばさんは、息子のダドリーがいじめをしているという学校からの報告を、まるでそんなことはありえないとばかりに、skate overしているのです。skateという語を使ったフレーズとしては、ほかにskate through... (……をたやすく乗り切る) などがあります。たとえばHe skated through his examinations.は、「彼は何の苦労もなく試験を乗り切った」という意味。

got wind of

　これはイギリスの狩りに由来する表現です。ハンターは獲物に近づくとき、においに気づかれないよう、必ず風下から近づきます。動物は風にのって運ばれてくるにおいを嗅ぎつけて（get wind）ハンターの存在を察知し、逃げ去ります。したがって、慣用句としてのget wind of... は「……の気配を察知する」という意味で使われます。ここの場合、ハリーはダドリーのダイエットに自分も巻きこまれそうな気配を察し、お腹がすかずにすむように、食べ物を用意しておいたのです。

▶▶ **せりふ**

pants bored off you

　よく使われるフレーズで、とてもコミカルな表現です。あまりに退屈な会話にうんざりして、ズボンが脚から逃げ出そうとしているというのですから。ここの場合、もしもハリーがAbroadという言葉を口にしようものなら、パーシーから外国の話をうんざりするほど聞かされることになるだろうと、ロンは言っているのです。

▶▶ **情報**

burgers

　burgerという語は、イギリスとアメリカで使い方が少し異なります。アメリカでburgerと言えばhamburgerのこと。イギリスから見ると、hamという語が含まれているのに、hamburgerが牛肉でできているのは、奇妙な感じがします。イギリスのhamburgerは豚肉でできているからです。では、イギリスで牛肉のburgerのことはなんと呼ぶのでしょうか。そう、そのとおり！　beefburgerです。

What's More 2

ピッグウィジョン（Pigwidgeon）

　ロンの手紙を運ぶのは、とても興奮しやすいPigwidgeon。何という種類のふくろうなのかは書かれていませんが、その大きさや性質から、elf owl（サボテンフクロウ）ではないかと考えられます。もしそうだとすると、J.K.Rowlingは今回初めてイギリスにいないふくろうを登場させたことになります。おそらくelfという語に惹かれたのでしょう。elf owlは北米に棲む、体長15センチ足らずの小さなふくろうです。体は茶色がかった灰色で、腹部には白い縞があり、顔は薄い茶色をしています。目は淡い金色で、尾はほかのふくろうに比べるとやや短め。耳のように見える羽の出っぱりがないので、"a small, grey, feathery tennis ball"（小さな灰色のふわふわしたテニスボール）という描写がぴったりあてはまります。

　elf owlはキツツキがあけた木の穴の中や、砂漠のサボテンの中に巣を作ります。カリフォルニア南部からアリゾナ、ニューメキシコ、テキサス、そしてメキシコにかけての一帯に生息し、10月になるとシエラマドレ山脈の南に飛んでいき、4月半ばに北に戻ってきます。

　elf owlは夜に狩りをします。体が小さく足が弱いので、おもに蛾やコガネムシ、こおろぎやサソリなどの無脊椎動物を食べますが、トカゲや小型のヘビ、カンガルーネズミの子どもを食べることもあります。地面をかすめて飛び、びっくりして動きまわる昆虫を空からすくいあげるようにして獲物を捕まえることが多いようですが、草木のあいだを歩きまわって獲物を狩り出すこともあります。

　籠や檻に入れて飼った場合の寿命は約5年。繁殖期は4月で、メスは5月末ごろ卵を1日おきに3つ産みます。21〜24日で雛が孵り、28〜33日後に雛が巣立つまで、オスも子育てを手伝います。

　野生のelf owlは大型のミミズクの脅威にさらされ、また、雛はカケスにねらわれることもあります。しかし、その巣が肉食の哺乳類に襲われることはめったにありません。とくにサボテンの中に巣がある場合は、まず安全です。現在のところ、サボテンフクロウの数を著しく減少させている元凶は人間です。都市開発の影響で地中や大気中の水の循環が変化したため、ギョリュウの木が大量に生い茂り、もともとそこに生えていた木を駆逐するようになってしまったのです。そのため、その木に巣を作っていたelf owlは、巣を作る場所を失ってしまいました。また、農地や放牧地にするための開墾によって、砂漠の低木地帯の居住環境も破壊され、elf owlはカリフォルニアから姿を消しつつあります。

　せめて、ロンがPigwidgeonを大切にかわいがることを祈りましょう。

第4章 について

基本データ		
語数		2989
会話の占める比率		20.9%
CP語彙レベル1, 2 カバー率		75.3%
固有名詞の比率		8.5%

Chapter 4　Back to The Burrow
―― 暖炉の中からこんにちは

章題 **Back to The Burrow**
これまでの巻を読んだことのある読者には、説明するまでもありませんね。そう、この章のタイトルThe Burrow（隠れ穴）は、ウィーズリー家の住んでいる家です。

章の展開

　The Burrowというタイトルではありますが、この章にはそこにたどり着くまでの道中のことではなく、出発する前に起こったできごとがおもに書かれています。とはいえ、とても楽しい章なので、思わず笑いを浮かべずにはいられません。次の点に注目してみましょう。

1. ハリーがトランクに詰めたもの。
2. 以前、ダドリーが魔法使いに会ったときに起こったこと。
3. ダーズリー家の暖炉で起こったこと。
4. ウィーズリー一家の到着。
5. フレッドがダーズリー家の居間に落としていったもの。
6. ウィーズリー家の移動手段。
7. ダドリーの見舞われた災難と、それに対してウィーズリー氏が申し出た手助け。

語彙リスト

プリベット通り４番地で
<英>p.39 l.1　　<米>p.39 l.1

prized (valued) 大切な
Invisibility Cloak　透明マント ▶▶p.17
inherited from... (received after the death of...) ……から受け継いだ
enchanted (magical) 魔法のかけられた、魔法の
every nook and cranny (every possible place) いたるところ、隅々
cross off (delete) ×印をつけて消す
tense (nervous) 緊張した
imminent (expected) 差し迫った
uptight (anxious) 緊張した、不安な
irritable (bad-tempered) いらいらした
downright (completely) まったく、完全に
your lot　おまえの仲間　＊この場合、魔法使いや魔女たちのこと。
foreboding (apprehension) 不吉な予感
don (wear) 着る
shabbiness (untidiness) ぼろぼろな状態
intimidating (threatening) 威嚇的な
diminished (got smaller) 小さくなって、縮んで
emerged (came out of) 現れた
encounter (meeting) 出会い、遭遇
poking (sticking) 突き出る
backside (buttocks) 尻
diatribe (invective) 非難、毒舌
Ford Anglia　フォード・アングリア（車種）
Forbidden Forest　禁じられた森　＊ホグワーツの敷地内にあり、さまざまな変わった生き物が棲んでいます。
tended (had a tendency to...) ……する傾向があった
taken to... (become fond of...) ……を気に入る
Ferrari　フェラーリ（車種）

居間で
<英>p.41 l.7　　<米>p.41 l.18

compulsively (uncontrollably) 強迫観念にとらわれたように
straightening (tidying up) きちんと並べる
pretending (faking) ふりをする
crammed (stuffed) 押し込まれた
porky (pig-like) 豚のような
clamped (secured) がっちりと固定された
bottom (buttocks) 尻
perspiring (sweating) 汗をかく
conversing (talking) 話す
terse (urgent) 短い、切迫した
mutters (low voices) つぶやき
consideration (thoughtfulness) 配慮
engagement (appointment) 約束
hanging around (delaying) ぶらぶらすること、長居
I daresay... (I'm sure...) きっと……だと思う
set much store (consider important) 重視する
punctuality (being on time) 時間厳守
tinpot (cheap and ineffective) 安物の劣悪な

ウィーズリー一家、プリベット通りの到着
<英>p.42 l.1　　<米>p.42 l.15

scrambling (moving hurriedly) 慌てて逃げる
waddled (walked like a penguin) よたよたと歩いた
rounded on... (turned their attention to...) ……に注意を向けた
wolverines　クズリ　＊イタチ科のずんぐりした動物。
Floo Powder　煙突飛行粉（フルー・パウダー）＊魔法使いや魔女がある場

所から別の場所に移動するのに使う粉。
▶▶*p.49*、第2巻4章
Ecklectic electric（電気の）をまちがって発音したもの
sarcastically (derisively) 皮肉をこめて
time of our lives (wonderful time) 人生最高の時、すばらしい時間
squashed (pushed up against) ぺちゃんこになったかのように押しつけられた
retreated (withdrew) 退いた、下がった
expelling (ejecting) 吐き出す
rubble (broken bricks) 瓦礫
chippings (small fragments of plaster and bricks) （漆喰や煉瓦の）小片
shrieked (screamed) 悲鳴をあげた
gaped (stared with his mouth open) 口をぽかんと開けて見つめた
paces (steps) 歩、ステップ
utterly (completely) まったく
Floo Network 煙突飛行ネットワーク　＊魔法使いや魔女は、このネットワークに組みこまれた暖炉から暖炉へ移動することができます。▶▶第2巻4章
strictly speaking (to tell the truth) 厳密に言うと
Floo Regulation Panel 煙突飛行規制委員会
in a jiffy (immediately) すぐに
Disapparate 姿くらまし　＊姿を消す魔法。▶▶第3巻22章
thunderstruck (shocked) （雷に打たれたように）びっくり仰天して
staggered upright (stood up unsteadily) よろよろと立ち上がった
dead of night (middle of the night) 真夜中
suspected (guessed) 推測した
itching (wanting) ……したくてたまらない　＊itchのもともとの意味は「かゆい」。かゆいところを掻かずにはいられないことから生まれた表現です。
Eckeltricity electricity（電気）をまちがって発音したもの

but there you are でもこれぱかりはどうしようもない　▶▶*p.48*
screening (concealing) 隠す
gazing (staring) 見つめる
conceal (hide) 隠す　conceal oneself で「隠れる」
bulk (size) 嵩、図体
brave stab (valiant attempt) 勇気ある試み
Yep = yes そう
temptation (attractiveness) （……したい）誘惑
overwhelming (overpowering) 圧倒的な、抵抗しがたい
clutching (holding) 押さえる
genuinely (truly) 心から
peculiar (strange) 変な
sympathy (pity) 同情
massive (huge) 巨大な
get cracking (get going) （急いで）立ち去る
Incendio［インセンディオ］　▶▶*p.49*
merrily 楽しげに
wrappers (packaging) 包み紙
cheery (friendly) 愛想のいい
The Burrow 隠れ穴　＊ウィーズリー一家の住む家の名前。▶▶第2巻3章
broadly (widely) おおっぴらに　＊grin broadly、smile broadlyは「にっこり笑う」。
'til = until ……まで
indignation (resentment) 憤り
intense (strong) 強烈な
suffering (torment) 苦痛
darted (moved quickly) すばやく向いた
resentfully (reluctantly) 苦々しく、しぶしぶ
gagging (retching) 吐く
erupted (burst) 突然起こった
wheeled around (turned around quickly) すばやく振り返った
spluttering (spitting) （音をたてて）つばを吐く
foot-long 約30cm
slimy (slippery) ぬるぬるした

protruding (poking out) 突き出る
yelled (shouted) 叫んだ
shielding (protecting) 覆うようにしてかばう
desperately (very eagerly) 必死になって
Engorgement Charm 肥らせ術 ＊ものをふくれあがらせる魔法。　▶▶第2巻7章
reassured (comforted) 安心する
sobbing (crying) すすり泣く
hysterically (uncontrollably) ヒステリックに

tugging (pulling) 引っぱる
ducked (crouched down) ひょいとかがんで身をかわした
shatter (break into pieces) 粉々になる
hippo (= hippopotamus) カバ
on balance (on consideration) いろいろ考えあわせると
fleeting (swift) つかのまの、すばやい
lolling (rolling) のたくる
python (species of snake) ニシキヘビ
whipped out of... (removed from...) ……から消え去った

▶▶ **せりふ**

but there you are

> 「しかし、こればかりはどうしようもない」という意味。なりゆきに身をまかせるしかない態度を示すフレーズです。ここの場合ウィーズリー氏は、妻に変人だと思われている状況を変えることができないと言っているのです。たとえば天気など、自分ではどうしようもないことについて、幅広く使われます。以下に例文をあげてみます。
>
> ＊ It is sure to be raining tomorrow, *but there you are.*
> 　（あしたは雨降りにちがいないが、どうしようもない）
> ＊ My computer crashed again, *but there you are.*
> 　（コンピューターがまた壊れたが、どうすることもできない）
> ＊ My wife thinks I am lazy, *but there you are.*
> 　（妻はわたしを怠け者と思っているが、どうにも仕方がない）

▶▶ **呪文**

Incendio［インセンディオ］

> 　Floo powder（煙突飛行粉）を使って暖炉から暖炉に移動するときに、暖炉の火をおこす呪文です。英語のincendiary（発火用の）やincinerate（焼いて灰にする）の語源となったラテン語*incendia*（火事）に由来します。
> 　ちなみにFloo powderのflooは、flue（煙突）、flew（flyの過去形）と発音が同じ。この粉がどこで用いられ、どんな働きをするか、名前から想像がつきますね。

第5章について

基本データ		
語数		3804
会話の占める比率		42.5%
CP語彙レベル1、2 カバー率		78.5%
固有名詞の比率		8.7%

Chapter 5　Weasleys' Wizard Wheezes
──フレッドとジョージがいたずらをすると……

章題　Weasley's Wizard Wheezes

3つの語に3つのW。なかなかうまくできていますね。Weasley'sとWizardはすでにお馴染みの語ですが、Wheezesはいったい何を意味するのでしょうか。実は、wheezeは「いたずら」「冗談」を意味するイギリスの俗語。それが物語とどう関係しているのかは、読んでみてのお楽しみです。

章の展開

おもな登場人物やJ.K.Rowlingのつくりだした魔法界について、さらによく知ることのできる章です。以下のポイントに注意しながら読みましょう。

1. キッチンでフレッドが告白したこと。
2. ハリーの前に現れたそのほかのウィーズリー家の人々。
3. Weasleys' Wizard Wheezesについて、ロンが説明してくれたこと。
4. ロンの寝室でハリー、ロン、ハーマイオニーが話したこと。
5. 夕食のときの会話。とくに、行方不明になったMinistry of Magic（魔法省）の職員について、クィディッチについて。

●登場人物 〈♠新登場あるいは #ひさびさに登場した人物〉

- \# **Bill (Weasley)**［ビル・ウィーズリー］ロンの兄→第1巻6章
- \# **Charlie (Weasley)**［チャーリー・ウィーズリー］ロンの兄→第1巻6章
- \# **Ginny (Weasley)**［ジニー・ウィーズリー］ロンの妹→第1巻6章
- \# **Scabbers**［スカッバーズ］ロンの元ペットのネズミ→第1巻6章
- \# **Hermes**［ハーミーズ］パーシー・ウィーズリーのふくろう→第2巻3章
- \# **Crookshanks**［クルックシャンクス］ハーマイオニーのペットの猫→第3巻4章
- ♠ **Mr (Barty) Crouch**［バーティ・クラウチ］魔法省 Department of International Magical Co-operation（国際魔法協力部）の部長。パーシーの上司
- ♠ **Ludo Bagman**［ルード・バグマン］魔法省 Department of Magical Games and Sports（魔法ゲーム・スポーツ部）の部長
- ♠ **Otto Bagman**［オットー・バグマン］Ludo Bagman の兄弟
- ♠ **Viktor Krum**［ヴィクトール・クラム］クィディッチのブルガリア・ナショナルチームの選手→p.55

語彙リスト

フルー・パウダーで移動中
〈英〉p.49 l.1 〈米〉p.51 l.1

spun (rotated) 旋回した ＊現在形は spin。
blurred (unclear) ぼやけた

隠れ穴のキッチンで
〈英〉p.49 l.7 〈米〉p.51 l.7

Ton-Tongue Toffee ベロベロ飴 ▶▶p.55
scrubbed (polished) 磨かれた
How're you doing 調子はどう？ ▶▶p.54
calluses (hard lumps of skin)（皮膚が固くなってできた）たこ
blisters (skin sores) まめ、水ぶくれ
dragons ドラゴン ▶p.138
stockier (broader) よりがっしりした
lanky (thin) やせた、ひょろりとした
weather-beaten (lined through exposure to the weather) 風雨にさらされた

tanned (= sun-tanned) 日焼けした
muscly (muscular) 筋肉質の
Gringotts グリンゴッツ銀行 ＊ゴブリンが経営する魔法界の銀行。▶▶第1巻5章
Head Boy (chief school prefect) 首席
fond of... (liked...)……が好きな
bossing (ordering) 取り仕切る、命令する
dangling (hanging) ぶら下がる
hide (skin) 皮
out of thin air (out of nowhere) どこからともなく
four foot long 約1m22cm
undermines (weakens) 損なう、衰えさせる
campaigning (championing) キャンペーンをする、運動をする
mistreatment (abuse) 不当な扱い、虐待
indignantly (with outrage) 憤慨して
git (unpleasant person) 嫌なやつ
point (purpose) 目的

第5章について

plump (fat) ふっくらした
scarlet (bright red) 真っ赤な
very taken with... (attracted to...) ……に熱を上げる
cottoning on (understanding) 突然悟る　▶▶p.54

ロンの部屋に行く途中
＜英＞p.52　l.53　　＜米＞p.54　l.22

rickety (unstable) ぐらついた
zig-zagged (undulated) ジグザグに進んだ
storeys (floors) 階
stack (pile) (ものを積み重ねた) 山
brilliant (wonderful) すごい
O.W.Ls (= Ordinary Wizarding Levels) 普通魔法使いレベル　＊魔法界の学校の試験。owlは「ふくろう」の意味なので、「ふくろう試験」とも呼ばれています。
row (argument) 論争
poked out (protruded) 突き出た、突然現れた
horn-rimmed glasses (tortoise-shell patterned spectacles) 角縁 (べっこう縁) の眼鏡
thundering (making loud noises) 大きな音をたてる
smugly (self-importantly) 気取って
leakages (leaks) 漏れ
Daily Prophet「日刊予言者新聞」＊魔法界の新聞。▶▶第1巻5章
sneer (ridicule) ばかにする
imposed (enacted) (規則などが) 課された
flimsy (thin) 薄っぺらな
slammed (crashed) バタンと閉めた

ロンの部屋で
＜英＞p.53　l.25　　＜米＞p.56　l.18

whirling (spinning) 旋回する
sloping (angled) 傾斜する
frog-spawn (frog eggs) カエルの卵
sweet (cute) かわいい

moaned (complained) 文句を言った
upset (distressed) うろたえた、悲しんだ
gnomes ノーム、庭小人　＊庭にはびこる小さな妖精。▶▶第2巻3章
parcels (packages) 小包
innocence (not guilty) 無実

キッチンで
＜英＞p.55　l.15　　＜米＞p.58　l.15

ricocheted (bounced) はね飛んだ
dustpan (utensil for sweeping up rubbish) ちり取り
scooping (collecting) すくい集める
savagely (angrily) 激怒して
ambition (goals for the future) 志、抱負
pull themselves together (come to their senses) 分別を取り戻す、しっかりする
Improper Use of Magic Office 魔法不適正使用取締局
jabbed (poked) 突き出した
cutlery (knives and forks) ナイフやフォーク
emitted (let out) 出した、発した
C'mon = come on 行こう
headed (departed) 向かった、進んだ

庭で
＜英＞p.56　l.26　　＜米＞p.59　l.29

bandy-legged (bow-legged) がに股の
pelting (rushing) 駆ける
ten inches 約25cm
pattered (sound of footsteps) パタパタ足音をさせた
sprinted (ran very fast) 疾走した
headlong (head first) 頭を先にして、頭から
wellington boots (rubber boots) ゴム長靴
scattered (left untidily) 散らかった
giggling (laughing) 笑う

paw (cat's foot) （猫などの）足
commotion (noise) 騒ぎ
revealed (displayed) 明らかにされた
battered (broken) 壊れた
cheering (shouting) 声援を送る
peevishly (irritably) いらいらして、不機嫌に
Chuckling (laughing softly) クスクス笑い
reattached (repaired) ふたたび取りつけた、修理した
conjured (used magic to create) 魔法で出現させた
paradise (heaven) 天国
pompously (self-importantly) もったいぶって
keep on top of things 余裕をもって行う ▶▶*p.54*
lawnmower (machine for cutting grass) 芝刈り機
hopeless (useless) 救いようがない、役立たずの
shunted (moved) 移動させられた
swig (mouthful) ひと飲み
elderflower ニワトコの花
enough on our plates (already too busy) すでに手いっぱいの
significantly (meaningfully) 意味ありげに
rolled his eyes (looked up to the sky in disbelief) あきれた表情をして空を見上げた
acquisition (possession) 持ち物
gives a damn (cares at all) 気にする、構う ＊この表現は必ず否定文で使われます。
silly (foolish) ばかげた

trim (cut) （髪などを）切ること
spiritedly (excitedly) 興奮して
flattened (easily beat) ぺちゃんこに打ち負かした
embarrassing (shameful) 恥ずかしい、ばつの悪い
isolation (separation) 切り離されていること
Seeker シーカー ▶▶*p.77*
Gryffindor グリフィンドール ▶▶*p.103*
Firebolt ファイアボルト ＊空飛ぶほうきの型。 ▶▶第3巻4章
Went down to... (lost to...) ……に負けた
gloomily (unhappily) ふさぎこんで
Shocking (terrible) ショッキングな、ひどい
slaughtered (easily beaten) やすやすと打ち負かされた ＊slaughterのもともとの意味は「屠殺する」。
perfumed (scented) 香りで満たされた
honeysuckle スイカズラ
pursued (chased) 追いかけられた
on the verge of... (close to...) もう少しで……しそうになる
crack of dawn (at the same time as the sun rises) 日の出
Diagon Alley ダイアゴン横丁 ▶▶*p.17*
enthusiastically (eagerly) 熱意をこめて
sanctimoniously (self-righteously) 聖人ぶって、殊勝らしく
slip (put) 忍びこませる
dung (excrement) 糞
fertiliser (manure) 肥料、堆肥

▶▶ **地の文**

cottoning on

  ものごとの意味を「突然悟る」こと。とくに、相手が何かをほのめかしつつ、あいまいな言い方をしたときなどに、その意味が「ピンと来る」ことです。この場面では、ハーマイオニーがなぜ「みんなで寝室に行きましょう」と言ったのか、その意味をロンが突然理解した (cottoned on) という意味です。これから起ころうとしていることを避けるために、キッチンを離れたほうがいいということだな、と。この場合のcottonとは、thread（［木綿］糸）のこと。何本もの糸がよりあわされて布となり、意味をなすようになる、というフレーズです。

  同じ意味の慣用句として、the penny has droppedという表現があります。これは比較的最近使われるようになったフレーズで、自動販売機に由来します。昔の自動販売機は、硬貨 (penny) を入れても、上のほうで詰まってしまうことがよくありました。硬貨が下に落ちると (penny drops)、やっと品物が出てくるのです。そんなわけでthe penny has droppedは、cotton onと同様、「ついに状況を理解した」「やっと納得した」という意味で使われます。

▶▶ **せりふ**

How're you doing

  "How are you?" よりもくだけた挨拶の言葉で、「調子はどう？」という意味。友人同士、すでに知り合っている者同士のあいだで使われます。

keep on top of things

  この表現はほとんどの場合、ビジネスや仕事に関して使われ、「余裕を持ってものごとをこなす」という意味。もしもthe work gets on top of youなら、仕事のほうがあなたよりも優位にある、つまり人間が仕事にふりまわされていることになりますが、逆に、もしもyou keep on top of work（またはthings）なら、あなたのほうが仕事よりも優位にある、つまりあなたは余裕を持って仕事をこな

していることになります。

　また、このフレーズは「最新の情報に通じている」という意味にも用いられます。たとえば、大好きなサッカー・チームのことなら何でも知っている人は、誰かにその知識の豊富さをほめられた場合、"I like to keep on top of things." (最新情報をいつも追っているからね) と言うかもしれません。

▶▶ 名前

Viktor Krum [ヴィクトール・クラム]

> クィディッチ競技場でのスーパースターViktor Krumは、9世紀にビザンツ帝国軍に圧勝したブルガリアの主導者Khan Krum (クルム汗) と同じ名前です。Viktorは英語でVictor (勝利)。いかにも勝負に強そうな名前ですね。

▶▶ お菓子や食べ物

Ton-Tongue Toffee [トン・タン・トフィー]

> Ton-Tongue ToffeeにはEngorgement Charm (肥らせ魔法) がかけられているので、この飴を食べた人の舌は紫色にふくれ、1メートル以上の長さになってしまいます。自分のためには絶対に買いたくないお菓子ですね。どの語もTで始まり、Tが3回繰り返されているため、とても語呂がよく覚えやすいネーミングです。tongueのgはほとんど無声音なので、tonとtongueがほぼ同じ発音であるのも、おもしろいですね。

What's More 3

猫に関連する言葉

「ハリー・ポッター」シリーズには、マクゴナガル先生がanimagus（動物もどき）に変身したときの猫や、ハーマイオニーの飼い猫クルックシャンクスをはじめとして、猫が何匹か登場します。そこで、シリーズ全体を通して、catと関連して使われている動詞を調べてみました。以下はその一覧です。

bound	跳ねる	rip	裂く
chew	噛む	scarper	急いで逃げる
claw	爪をたてる	settle	すわる
curl	丸くなる	sink	沈みこむ
dart	突進する	sit	すわる
eat	食べる	sleep	眠る
escape	逃げる	slink	忍び寄る
hiss	怒ってシャーッと声をあげる	sniff	においをかぐ
land	着地する	soar	飛び上がる
leap	さっと動く、跳ぶ	spit	フーッとうなる
peer	のぞく	spring	跳ぶ
pelt	疾走する	stare	見つめる
propel	進む	stretch	体を伸ばす
prowl	うろつく	whisk	さっと動く
purr	のどを鳴らす	vanish	消える

また、catという語が含まれるフレーズもたくさんあります。日常会話でよく使われるものを、いくつかあげてみましょう。

■ **She's a cat.**
　ネコ科の動物は不機嫌になると、ひっかいたりうなったりしますが、そのせいか、catという語にはネガティブな意味があります。したがって、catという語を人間に使う場合は、短気で怒りっぽい人のこと。ほとんどの場合、男性ではなく女性に対して使われます。

■ **catnap**
　「居眠り」のこと。「居眠りする」という動詞としても使われます。たとえば、

テレビを見ているときや授業中など、目を覚ましていようとするのに、つい寝入ってしまう場合のことですね。

■ **sick as a cat**
「吐く」という意味。吐き気がするほど、いやでたまらないときにも使われます。

■ **raining cats and dogs**
「どしゃ降り」の意味。

■ **look like a Cheshire cat**
Cheshire catは*Alice's Adventures in Wonderland*(『不思議の国のアリス』)に登場する、いつもにやにや笑っている猫のこと。歯をむき出しにしてにやにや笑っている人を指して使います。

■ **Cat got your tongue?**
「猫に舌を持っていかれたの？」、つまり「口がきけなくなったの？」という意味。質問をされても黙ったままの人に使います。

■ **like a cat on hot bricks**
「熱いレンガの上の猫のように」。あわてふためいている人や、そわそわと落ち着かない人を指して使います。

■ **look like something the cat brought in**
「猫が運びこんだもののように」。だらしない身なりの人や疲れ切っている人を指して使います。猫はふつう、獲物を殺す前にもてあそびますが、その獲物のようによれよれになった状態です。

■ **put the cat amongst the pigeons**
「猫を鳩の群れの中に放つ」。つまり、「騒ぎのもとをつくる」という意味。

■ **let the cat out of the bag**
「猫を袋から出す」。秘密や細心の注意を払わなければならない情報をもらすこと。

第6章について

基本データ	
語数	2369
会話の占める比率	43.0%
CP語彙レベル1、2 カバー率	78.6%
固有名詞の比率	8.5%

Chapter 6　The Portkey
――ポートキーで到着！

章題　The Portkey
この章のタイトルに使われている語は、辞書に出てきません。それは魔法界にしか存在しないのですが、マグルの世界にもあったらな、と思わずにはいられないでしょう。詳しくは*p.61*（魔法の道具）をご覧ください。でも、物語にその語が登場するまで、のぞいてはいけませんよ。

章の展開

　この章からいよいよ物語が進展しはじめます。ハリーと友人たちはついにマグルの世界を離れ、魔法界に向かいます。魔法界への移動手段について、ページの大部分が割かれているため、物語のテンポが多少ゆっくりしているように感じられるかもしれません。おもなポイントは次のとおりです。
1. フレッドとジョージに腹を立てるウィーズリー夫人。
2. クィディッチ・ワールドカップの会場への移動手段について、ウィーズリー氏が説明したこと。
3. Stoatshead Hillに集まった人々。彼らの交わした会話。
4. クィディッチ・ワールドカップ会場への旅。

●登場人物 〈♠新登場あるいは#ひさびさに登場した人物〉

- ♠ **Amos Diggory**［エイモス・ディゴリー］Department for the Regulation and Control of Magical Creatures（魔法生物規制管理部）の職員。Cedric Diggoryの父親
- # **Cedric Diggory**［セドリック・ディゴリー］ハッフルパフ寮生。ハッフルパフ・クィディッチ・チームのキャプテン→第3巻9章
- ♠ **Lovegood(s)**［ラブグッド］魔法使いの一家
- ♠ **Fawcett(s)**［フォーセット］魔法使いの一家

語彙リスト

ロンの寝室で
<英> p.62 l.1　<米> p.65 l.1

lain (laid) 横になった　＊lieの過去分詞形。現在形はlie、過去形はlay。
indistinctly (unclearly) 不明瞭に
foot (bottom) 足もと
disheveled (scruffy) 乱れた、だらしない
tangles (jumble) くしゃくしゃになったもの
S'time already? (＝Is it time already?) もう時間？
groggily (sleepily) ふらついて、眠そうに

キッチンで
<英> p.62 l.13　<米> p.65 l.13

sheaf (bundle) 束
jumper (sweater) セーター
d'you ＝ do you
incognito (in disguise) お忍びで、正体を隠して
stifle (suppress) かみ殺す
Apparating　「姿現わし」をする　＊J.K.Rowlingが造った動詞で、原形はapparate。姿現わし（Apparition）は、ある場所から姿を消し、別の場所に現れる術。▸▸第3巻9章
ladle (spoon) レードル（お玉）ですくう
porridge (oatmeal) オートミールを煮た粥
lie-in (stay longer in bed) 朝寝坊
bustled (hurried busily) せわしく動きまわった
tucking (pushing) しまいこむ
Department of Magical Transportation 魔法運輸部
fine (charge money as a penalty) 罰金
complications (problems) 厄介なこと
winced (cringed) たじろいだ

treacle (sweet viscous liquid, like molasses) 糖蜜
Accidental Magic Reversal Squad 魔法事故リセット部隊
abandoned (deserted) 置き去りにされて
pavement (sidewalk) 舗道
matter-of-factly (as if it was quite normal) あたりまえのことのように
Apparition　「姿現わし」の術
old dear (old lady) おばあさん
sniggers (laughter) 笑い
drowsy (sleepy) 眠たげな
congregate (gather) 集まる
deceived (fooled) だました
Accio ［アクシオ］　▸▸p.61
sped (moved quickly) すばやく移動した　＊現在形はspeed。
evidently (apparently) 明らかに
Summoning Charm 呼び寄せ呪文　▸▸p.61
turn-ups (cuffs) （ズボンの）折り返し
hoisted (lifted) 持ち上げた
lovely (wonderful) すばらしい

クィディッチ・ワールドカップ会場へ
<英> p.65 l.26　<米> p.69 l.14

chilly (cold) 冷え冷えする、寒い
tinge (faint line of colour) かすかな色合い
massive (huge) 大きな、はなはだしい
penetrate (enter) 入りこむ
platform nine and three-quarters $9\frac{3}{4}$番線　＊このプラットホームからホグワーツ行きの汽車が発車します。　▸▸第1巻6章
moor (heath) （ヒースが茂った）荒野
precautions (safeguards) 予防措置、事前の対策
stagger (alternate) ずらす、変更する
clogging up (crowding) 詰まらせる、詰めこむ

handy (convenient) 手頃な
prearranged (predetermined) あらかじめ指定された
strategic (tactical) 戦略的に重要な
mass (huge object) 大きな塊
Unobtrusive (inconspicuous) 目立たない
litter (rubbish) ゴミ、がらくた
trudged (walked methodically) 一歩一歩踏みしめながら歩いた
dank (gloomy) 湿っぽくて陰気な
diluting (melting) 薄まる
freezing (very cold) 凍える
stumbling (tripping) つまずく
tuffets (clumps) (生い茂った草の) ひと塊、こんもりした茂み
seize up (stop moving) 動かなくなる
crest (peak) 頂上
clutching (holding) 押さえる
stitch (pain) 痛み
squinting (looking through narrowed eyes) 目を凝らして見る
rent (shattered) 裂いた ＊現在形はrend。
silhouetted (outlined) シルエットで描かれて、輪郭が浮かびあがって
strode (walked purposefully) 大股で歩いた ＊現在形はstride。
ruddy-faced (red-faced) 血色のいい顔をした

scrubby (short and untidy) ごわごわした
mouldy-looking (rotten) カビだらけに見える
Department for the Regulation and Control of Magical Creatures 魔法生物規制管理部
Hufflepuff ハッフルパフ ▶▶*p.103*
Ced Cedricの愛称
Galleons ガリオン（金貨） ＊魔法界の通貨。
got off easy 楽に切り抜ける ▶▶*p.61*
Merlin's beard (Oh, my God) おやまあ ＊魔法界独特の言いまわしです。
curiously (with interest) 興味深げに、しげしげと
genially (in a friendly way) 親しみをこめて
slapping (hitting with an open hand) 平手で叩く
bulky (big and heavy) かさばった
breeze (wind) 風
manky (rotten) きたない、むかつくような
navel (belly-button) へそ
jerked (pulled) 引っぱられた
irresistibly (without resistance) 抗しがたく
swirling (intermingling) 渦を巻く、混ざりあう
forefinger (index finger) 人さし指

▶▶ **せりふ**

got off easy

　厄介な状況をできるだけ楽に切り抜けることを意味するフレーズです。たとえば、刑務所に入れられるとばかり思っていた犯罪者が、執行猶予や罰金を言い渡された場合、その人はgot off easy（軽い刑ですんだ）と言うことができます。ここの場合エイモス・ディゴリーは、クィディッチ・ワールドカップのチケットにかかった費用を、ウィーズリー氏が払ったと思われる金額と比べています。子どもがたくさんいるために何枚もチケットを買わなければならなかったウィーズリー氏に比べれば、2枚買うだけですんだのですから、自分はgot off easy（負担が軽くてすんだ）というわけです。

▶▶ **呪文**

***Accio* / Summoning Charm**［アクシオ／サモニング・チャーム］

　*Accio*という言葉は、一見しただけでは何のための呪文か想像がつきません。「ハリー・ポッター」シリーズに出てくる呪文は、それに対応する英語との類似から意味を推測できる場合が多いのですが、この呪文はそうではないようです。これはSummoning Charm（呼び寄せ呪文）、つまり自分の手元に何かを呼び寄せる魔法をかけるときに唱える言葉です。由来は「呼び寄せる」を意味するラテン語*accio*。

▶▶ **魔法の道具**

Portkeys

　Portkey（移動キー）は、あらかじめ指定された時間に、魔法使いや魔女をある地点から別の地点に移動させる魔法のkeyです。そのkeyには、ごくありきたりの日常品に魔法をかけたものが使われます。portは「港」「出発と到着の場所」、そしてkeyは説明するまでもなく「鍵」のことです。

第7章 について

基本データ	
語数	5296
会話の占める比率	34.4%
CP語彙レベル1、2 カバー率	76.9%
固有名詞の比率	8.2%

Chapter 7　Bagman and Crouch
――キャンプ地でバグマンとクラウチに会う

章題　Bagman and Crouch

この章のタイトルとなっているのは、第4巻全体にわたって登場することになるふたりの人物の名前です。このふたりについては、第5章でも少し触れられていますね。でも今回は、実際に本人たちと対面することになります。

章の展開

この章には、あとで重要になることがたくさん書かれています。また、クィディッチ・ワールドカップ会場周辺のようすが描かれ、非常に多くの人物が初登場します。とはいえBagman氏とCrouch氏のふたりを除けば、すべての名前を覚える必要はありません。この章のおもなポイントは次のとおりです。

1. キャンプ場の入り口にいる管理人の血統（魔法使いかマグルか）。
2. ウィーズリー家のテント。
3. キャンプ場のようす。
4. ハリー、ロン、ハーマイオニーが出会った学校の友人たち。
5. Ludo Bagmanの登場。
6. フレッドとジョージがBagman氏と交わした取引（賭け）。
7. Barty Crouchの登場。
8. ホグワーツでこれから始まろうとしていることについての会話。
9. ハリーがロンとハーマイオニーのために買った贈り物。

●登場人物 〈♠新登場あるいは #ひさびさに登場した人物〉

- ♠ **Basil**［バジル］クィディッチ・ワールドカップの歓迎委員
- ♠ **Mr Roberts**［ロバーツ］キャンプ場の管理人
- ♠ **Mr Payne**［ペイン］キャンプ場の管理人
- \# **Mrs Arabella Figg**［アラベラ・フィッグ］ダーズリー家の近所に住んでいるおばあさん→第1巻2章
- \# **Perkins**［パーキンズ］魔法省の職員→第2巻3章
- ♠ **Kevin**［ケヴィン］ある魔法使いの家族の幼い息子
- \# **Seamus Finnigan**［シェイマス・フィニガン］グリフィンドール寮生→第1巻7章
- \# **Dean Thomas**［ディーン・トーマス］グリフィンドール寮生→第1巻9章
- ♠ **Mrs Finnigan**［フィニガン］Seamusの母親
- ♠ **Archie**［アーチー］クィディッチ・ワールドカップの観戦にやって来た魔法使い
- \# **Oliver Wood**［オリヴァー・ウッド］グリフィンドール寮生→第1巻9章
- \# **Ernie (Macmillan)**［アーニー・マクミラン］ハッフルパフ寮生→第2巻11章
- \# **Cho Chang**［チョウ・チャン］レイブンクロー寮生。レイブンクロー・クィディッチ・チームのシーカー→第3巻13章
- ♠ **Cuthbert Mockridge**［カスバート・モックリッジ］魔法省Goblin Liaison Office（ゴブリン連絡室）の室長
- ♠ **Gilbert Wimple**［ギルバート・ウィンプル］魔法省Committee on Experimental Charms（実験呪文委員会）の委員
- ♠ **Arnie Peasegood**［アーニー・ピーズグッド］魔法省Accidental Magic Reversal Squad（魔法事故リセット部隊）の隊員
- ♠ **Bode**［ボード］魔法省Department of Mysteries（神秘部）の職員
- ♠ **Croaker**［クローカー］魔法省Department of Mysteriesの職員
- ♠ **Roddy Pontner**［ロディー・ポントナー］クィディッチ・ワールドカップの観戦にやって来た魔法使い
- ♠ **Agatha Timms**［アガサ・ティムズ］クィディッチ・ワールドカップの観戦にやって来た魔女
- ♠ **Ali Bashir**［アリ・バシール］中東の魔法使いの代表

第7章について

語彙リスト

クィディッチ・ワールドカップの会場で
＜英＞p.75 l.1　＜米＞p.75 l.1

- **disentangled** (disengaged) もつれをほどいた
- **deserted** (abandoned) 人の住んでいない、見捨てられた
- **grumpy** (bad-tempered) 不機嫌な
- **inexpertly** (unskillfully) 熟練していないようすで
- **galoshes** (rubber boots) ゴム長靴
- **punctured** (flat) 穴のあいた、空気が抜けてぺしゃんこになった
- **wearily** (tiredly) 疲れたようすで
- **quarter of a mile** 約400m
- **swam into view** (came into sight) 徐々に見えてくる　▶*p.67*
- **ghostly** (eerie) ぼんやりとした
- **Aye** = yes あいよ

booked (reserved) 予約した
tacked (pinned) 画びょうでとめた
peel (separate) はがす
undertone (quiet voice) 小声
catch (hear) 聞く
scrutinising (examining closely) じろじろ眺める
hubcaps (automobile wheel coverings) ホイールキャップ
rummaged (searched) かきまわして探した
change (coins) 釣銭
turn up (arrive) 現れる
Weirdos (strange people) 変わり者
bloke (man) やつ、野郎
rally (organized gathering) 集会
plus-fours (golfing trousers) ゴルフ用のズボン
thin air (nowhere) どこでもない場所
Obliviate 忘却術をかけるときに唱える呪文 ＊忘却術（Memory Charm）は相手の記憶を消し去る魔法。▶▶第2巻16章
unknitted (became smooth) （もつれを）ほどかれて
placidly (calmly) 穏やかに
exhausted (very tired) 疲れきった
stubble (short whiskers) 短く伸びたひげ、無精ひげ
earshot (hearing distance) もの音が聞こえる範囲
Trotting (running) 駆ける
Bludgers ブラッジャー ▶▶*p.78*
Quaffles クァッフル ▶▶*p.78*
at the top of his voice (as loud as he can) 大声で
Blimey (Oh, my God) くそっ、畜生
lax (easy-going) 手ぬるい
Beater ビーター ▶▶*p.77*
Wimbourne Wasps ウィムボーン・ワスプス ＊プロのクィディッチ・チームの名前。
bell-pulls (chains for ringing front door bells) 玄関のベルを鳴らすときに引っぱる鎖
weather-vanes (instrument to show the direction of the wind) 風向計、風見鶏
extravagant (lavish) ぜいたくな
confection (mixture) 混ざりあったもの
miniature (small replica) ミニチュア、小さく造った模造品
tethered (tied up) つながれた
turrets (towers) 尖塔
sundial (instrument for telling the time with the use of the sun's rays) 日時計
showing off (boasting) 見栄をはる
Weezly Weasleyをまちがった綴りで書いたもの

ウィーズリー家のテント用地で
＜英＞*p.73* *l.26*　　＜米＞*p.79* *l.13*

pitch (Quidditch ground) グラウンド
hindrance (obstruction) 足手まとい
mallet (wooden hammer) 木槌
erect (construct) 立てる、建てる
shabby (decrepit) おんぼろの
handiwork (craftsmanship) 手作りの作品
quizzical (questioning) いぶかしげな
cramped (tight) 窮屈な
flap (entrance to a tent) テントの入り口
flat (apartment) アパート
crocheted (knitted) かぎ針で編まれた
mopping (wiping) ふく、ぬぐう
bunk beds (two-storey beds) 2段ベッド
lumbago (painful back) 腰痛
tap (faucet) 水道の蛇口
unimpressed (not impressed) なんの感動もしていない
proportions (size) 面積、広さ
anticipation (eager longing) 期待

水を汲みにいく途中で
＜英＞*p.75* *l.10*　　＜米＞*p.81* *l.3*

dawning on... (occurring to...) ……

にとって明らかになる
stir (awaken) 起き出してゴソゴソする
crouched (sitting on his haunches) しゃがんで
swelling (growing larger) 膨れる
yeuch (an exclamation of disgust) 嫌悪感を表す叫び
scolding (angry voice) 叱る声
mingling (mixing) 混ざりあう
bust (burst) 破裂させた、潰した
skim (barely touch) かすめる
dewy (damp) 露にぬれた
distractedly (agitatedly) 取り乱して
broad daylight (middle of the day) 真昼間
furtive (secretive) 人目を忍んだ
dubious (doubtful) いぶかしげな、疑うような
spangled banner (American flag) 星条旗　＊アメリカの国旗。Star-Spangled Banner (星を散りばめた旗)の略。
snatches (intermittent items) (会話などの) 断片
shamrocks (the national flower of Ireland) シャムロック　＊クローバーの一種で、アイルランドの国花。
hillocks (small hills) 小さな丘
sprouted (grown) 生えた
sandy-haired (light blonde colour hair) 砂色の髪をした、薄茶色の髪の
dangling (hanging) ぶら下げる
beadily (steadily) しっかりと見据えて
upfield (further up the field) さらに上にのぼったところにある
bedecked (decorated) 飾られた
surly (grim-looking) 無愛想な
flowery (flower-patterned) 花模様の
night-gown (night-dress) ネグリジェ
exasperation (irritation) いらだち
chap (fellow) 男、やつ
privates (genitals) 大事なところ
Puddlemere United パドルミア・ユナイテッド　＊プロのクィディッチ・チームの名前。
reserve team (farm team) 二軍

hailed (called) 呼びかけられて
Ravenclaw レイブンクロー　▶▶*p.103*
slopped (spilled) こぼした
smirking (grinning) にやにやする
'Spect (= I expect) 僕は……だと思う
offended (insulted) 気分を害して
shrivel up (shrink) 縮む、しなびる

ウィーズリー家のテントに戻って
＜英＞*p.79 l.1*　＜米＞*p.85 l.10*

Splintered (cracked and broken) 折れた
promptly (immediately) すぐに
pitched (erected) 張られた
thoroughfare (road) 道
cordially (in a friendly way) 心をこめて
running commentary (continual narration) ひっきりなしの解説
Goblin Liaison Office 小鬼連絡室
Committee on Experimental Charms 実験呪文委員会
Obliviator 忘却術士　＊忘却術の専門家。
Unspeakables 無言者　＊魔法省神秘部に属し、極秘の任務にたずさわる職員。
Department of Mysteries 神秘部
splashed (brightly covering) 派手に描かれて
gone slightly to seed ▶▶*p.67*
stray (unnoticed) 横道にそれた、気づかないうちに飛んでくる
complexion (skin tone) 顔色
Ahoy there (hello) おーい！　＊もともとは船員たちが他の船の船員に呼びかけるときの掛け声。
puffed (panted) 息を切らした
hiccough (problem) ちょっとした不都合　＊もともとは「しゃっくり」の意味。
haggard (tired-looking) げっそりとやつれた
evidence (proof) 証拠
twenty feet 約6m
impression (imitation) もの真似

double-takes (looked twice in surprise) はっとしてもう一度見ること
beamed (smiled broadly) にっこりほほえんだ
Fancy (like) ……がほしい、がしたい ▶▶*p.68*
flutter (gamble) 賭け事
jingling (rattling) ジャラジャラと音を鳴らす
Sickles シックル（銀貨）＊魔法界の通貨。
Knuts クヌート（銅貨）＊魔法界の通貨。
pooled (collected together) 集めた
Snitch (= Golden Snitch) スニッチ ▶▶*p.78*
throw in (include) つけ加える
on the contrary (completely the opposite) それどころか
squawk (noise a chicken makes) 鶏などのやかましい鳴き声
convincing (plausible) 本物そっくりの
stunned (amazed) 驚いた
spoilsport (person who spoils other people's fun) 座をしらけさせる人
jotting (writing) 書き留める
Cheers (Thank you) ありがとう
slip (piece) 小さな紙切れ
do me a brew (make me a cup of tea) お茶を1杯いれてくれ
keep an eye out (watch) 見張る
opposite number (person with the same job) 同等の地位にある人
poker-stiff (very stiff) ひどく堅苦しい
writhing (wriggling) 身をよじる
Mermish マーミッシュ語 ＊水中人（merpeople）の話す言語。
Gobbledegook ゴブルディグーク語 ▶▶*p.69*
Troll トロール語 ＊トロール（Troll）の話す言語。
stoked (poked)（火を）かきたてた
Not a dicky bird (nothing at all) 何の知らせもない ＊dicky birdはwordと韻を踏んでいます。したがって、意味はNot a wordと同じ。

tentatively (uncertainly) ためらいがちに
talk of the devil 悪魔の話をすると ▶▶*p.68*
sprawled (laid out)（手足を）投げ出した
impeccably (perfectly) 非の打ちどころなく、完璧に
crisp (neat) ぱりっとした、身だしなみのいい
idolised (worshipped) 崇拝した
rigidly (strictly) 厳格に
complied (followed) 従った
impatience (irritation) いらだち
breathlessly (eagerly) 息せき切って
Weatherby クラウチ氏がパーシーの姓Weasleyをまちがえて呼んだもの
on the warpath (looking for trouble) けんか腰で、ひと悶着起こしそうな
embargo (sanctions) 輸入禁止
Muggle Artefact マグルの製品
Registry of Proscribed Charmable Objects 魔法をかけてはいけない物品登録簿
desperate (very eager) 必死の
niche (corner) 隙間
Axminster アクスミンスター絨毯 ▶▶*p.69*
banned (prohibited) 禁止された
abided (conformed) 遵守した、規則に従った
breezily (airily) 陽気に、快活に
no mean feat (an amazing achievement) 並大抵のことではない、たいへんな仕事だ
midges (small flies) ブヨ
classified (confidential) 機密の、秘密の
disclose (reveal) 公表する
palpable (noticeable) はっきりと感じ取れる
dusk (sundown) 夕暮れ
quivering (trembling) 震える
vestiges (traces) 名残、痕跡
pretence (concealment)（本当の感情

を隠した) 見せかけ
bowed (given in) 屈服した
inevitable (unavoidable) 避けられない
blatant (unconcealed) あからさまな
merchandise (products) 商品
luminous (glowing) 光り輝く
rosettes (ornamental badges worn by supporters) ロゼット　＊サポーターが胸につける飾り。
squealing (crying) 叫ぶ

adorned (covered) 飾られた
preening (primping) 得意がる
　＊preen oneselfで「自慢する」。
knobs (buttons) つまみ、ボタン
Omnioculars 万眼鏡　▶▶*p.69*
gesturing (indicating) 指さす
longingly (wishfully) 物欲しげに
thrusting (pushing) 押しつける
sporting (wearing) 身につける
blazed (lit up) 灯った

▶▶ **地の文**

swam into view

ある動詞が、ふつうなら結びつけられるはずのない主語と結びつけられている例のひとつ。J.K.Rowlingならではの独特の表現と言えるでしょう。この場合、主語となっているのはa small stone cottage (小さな石造りの小屋) です。がっしりとした土台の上に建てられ、しかも無生物である小屋が、泳いで (swim) 視界の中に (into view) 移動してくる情景を思い浮かべるには、想像力が必要ですが、J.K.Rowlingがここで伝えようとしていることを鮮やかに表現しています。その小屋はハリーたちの目の前にすぐに現れたのではなく、まるで霧の中を泳いできたかのように、徐々に見えてきたのです。

gone slightly to seed

gone to seedは盛りを過ぎて衰えたものを表わすフレーズです。生物だけではなく、たとえばセーターなどの無生物にも使うことができます。このフレーズは、人やものを終りかけた花にたとえています。花びらがしおれ、みずみずしい美しさが失われ、種ができはじめた花には、花としての魅力が失せてしまっているのです。

▶▶ **せりふ**

Fancy

> イギリスでは "Would you like...?"(……がほしい？、……がしたい？)と同じ意味でよく使われます。人をパブに誘うときの最も一般的なせりふは "Do you fancy a drink?"(一杯やらない？)ですが、最初の2語を省略して "Fancy a drink?" と言うことが多いようです。このようにfancyという語は、人に何かを誘いかけるとき、ほとんどの場合に使えます。たとえば "Fancy taking the dog for a walk?"(犬を散歩に連れていってくれない？)、"Fancy giving me a lift to the station?"(駅まで車で送ってくれない？)、"Fancy coming round for dinner on Thursday night?"(木曜日の夜、食事に来ませんか)など。「ハリー・ポッター」シリーズの中にも、たびたび見つかるはずです。
>
> ここでひとこと、つけ加えておきましょう。この語は、イギリスの若い人々のあいだで、loveと同じような意味でも使われます。たとえば第16章には次のようなせりふがあります。
>
> 'He fancies her!' said Ron incredulously.
> (*「彼はあの人に気があるんだ！」ロンは信じられないというように言った)
>
> ロンがどんな状況でこのせりふを言ったのかは、第16章を読むときのお楽しみにしておきますが、その意味は "He's in love with her!" と同じです。

talk of the devil

> Talk of the devil and he's sure to appear.(悪魔の話をすると必ず悪魔が現れる、噂をすれば影)という諺の最初の部分からとられた慣用句。常にand以下を省略したこの形で、噂していた相手が突然現れたときに使われます。

▶▶ 魔法の道具

Axminster［アックスミンスター］

　バーティ・クラウチ氏によれば、Axminsterは12人乗りの空飛ぶ絨毯です。魔法の絨毯が禁止される以前に、クラウチ氏のおじいさんが持っていたとのこと。実在のAxminsterは高品質な機械織りの絨毯で、その生産地であるイギリス南西部の町の名に由来します。

Omnioculars［オムニオキュラーズ］

　場面を再生することのできる双眼鏡。奇妙なつまみやダイヤルがたくさんついていて、プレーを1コマずつ静止させたり、スローモーションで見たりすることができます。binoculars（双眼鏡）という語はふたつのラテン語 *bi*（ふたつの）と *oculus*（目）からできていますが、Omnioculars はそれがさらに進化したもので、「すべての、全体の」を意味するラテン語 *omnis* が使われています。

▶▶ 情報

Gobbledegook［ゴブルディグーク］

　J.K.Rowlingはまるでこれが実在の言語であるかのような書き方をしていますが、gobbledegookは「わけのわからない言葉」を意味します。たとえば赤ちゃんはgobbledegookを話しますし、酔っぱらった人も自分の考えをまともに言葉にすることができず、gobbledegookを話します。また下記のように、まったく知識の及ばないことや、興味のないことに対しても使われます。

* My friend explained how to use the computer, but it was all gobbledegook to me.
（友人がコンピューターの使い方を説明してくれたが、わたしにとってはまったくちんぷんかんぷんだった）

* I tried to read the instruction manual, but it was all gobbledegook.
（取扱説明書を読もうとしたが、まったくわけがわからなかった）

* I can understand written English, but spoken English is just gobbledegook to me.
（文字で書かれた英語は理解できるが、話される英語はさっぱりわからない）

第8章 について

基本データ	
語数	5855
会話の占める比率	18.5%
CP語彙レベル1、2 カバー率	75.3%
固有名詞の比率	9.9%

Chapter 8　The Quidditch World Cup
──クィディッチ・ワールドカップ、始まる

章題　The Quidditch World Cup

このタイトルについては、説明するまでもないでしょう。ハリーやロンやほかの観客たちの熱狂ぶりを思い描くうちに、日本と韓国を熱狂の渦に巻きこんだ2002年ワールドカップを思い出してしまいますね。

章の展開

　タイトルが示すように、この章のほぼ全体がクィディッチ・ワールドカップ決勝戦のことに割かれています。しかしひとつかふたつ、あとで話題にのぼるできごとも書かれていますから、注意が必要です。この章のおもなポイントは次のとおり。

1. ハリーたちと一緒にボックス席にすわっていた小さな生き物。
2. この生き物がDobby（第2巻に登場）について教えてくれたこと。
3. マルフォイ一家の登場。
4. ブルガリア・チームのマスコットとそのパフォーマンス。
5. アイルランド・チームのマスコットと、彼らが観客にふるまったもの。
6. ハリーがロンからもらったもの。
7. クィディッチ・ワールドカップ決勝戦。
8. ワールドカップ授賞式のあとで、フレッドとジョージが会いにいった人物。

●登場人物 〈♠新登場あるいは#ひさびさに登場した人物〉

\# **Dobby** [ドビー] house-elf (屋敷しもべ妖精) →第2巻2章
♠ **Winky** [ウィンキー] 屋敷しもべ妖精
\# **Cornelius Fudge** [コーニーリアス・ファッジ] Ministry of Magic (魔法省) の大臣→第1巻5章
♠ **Mr Obalonsk** [オバロンスク] ブルガリアの魔法省の大臣
\# **Draco Malfoy** [ドラコ・マルフォイ] スリザリン寮生→第1巻6章
\# **Lucius Malfoy** [ルシウス・マルフォイ] Draco Malfoyの父親→第2巻3章
♠ **Narcissa Malfoy** [ナーシッサ・マルフォイ] Draco Malfoyの母親→p.75
♠ **Dimitrov** [ディミトロフ] ブルガリアのクィディッチ・チームの選手
♠ **Ivanova** [イヴァノヴァ] ブルガリアのクィディッチ・チームの選手
♠ **Zograf** [ゾグラフ] ブルガリアのクィディッチ・チームの選手
♠ **Levski** [レヴスキー] ブルガリアのクィディッチ・チームの選手
♠ **Vulchanov** [ヴォルチャノフ] ブルガリアのクィディッチ・チームの選手
♠ **Volkov** [ヴォルコフ] ブルガリアのクィディッチ・チームの選手
♠ **Connolly** [コノリー] アイルランドのクィディッチ・チームの選手
♠ **Ryan** [ライアン] アイルランドのクィディッチ・チームの選手
♠ **Troy** [トロイ] アイルランドのクィディッチ・チームの選手
♠ **Mullet** [マレット] アイルランドのクィディッチ・チームの選手
♠ **Moran** [モラン] アイルランドのクィディッチ・チームの選手
♠ **Quigley** [クィグリー] アイルランドのクィディッチ・チームの選手
♠ **Aiden Lynch** [アイデン・リンチ] アイルランドのクィディッチ・チームの選手
♠ **Hassan Mostafa** [ハッサン・モスタファー] クィディッチ・ワールドカップの審判

語彙リスト

スタジアムに向かう途中
〈英〉p.87 l.1　〈米〉p.95 l.1

trail (path) 小道
feverish (passionate) 熱狂的な
infectious (contagious) 伝染性の
fraction (small portion) 断片
cathedrals (churches) 大聖堂
awestruck (amazed) 圧倒された
task force (project team) 特別委員会、プロジェクト・チーム
Muggle-Repelling Charms マグル避け呪文
dash (hurry) 急いで行く、突進する

fondly (affectionately) 愛情をこめて
swarm (crowd) 群れ

スタジアムで
〈英〉p.87 l.24　〈米〉p.96 l.7

clambered (climbed) のぼった
gilt (decorated in gold leaf) 金箔の
filing (following in a single line) 列に並ぶ
oval (egg shaped) 楕円形の
suffused (gently bathed) うっすらと覆われて
lofty (high) 高い

scrawling (writing untidily) なぐり書きする
reliable (dependable) 信頼できる、頼もしい
Gladrags Wizardwear グラドラグス魔法ファッション ▶▶*p.74*
Hogsmeade ホグズミード ＊ホグワーツの最寄りの村。イギリスで唯一、マグルがひとりもいない村です。
tea-towel (cloth for drying dishes) 洗った食器をふく布
toga (Roman robe) トーガ ＊古代ローマ人が着ていたゆったりした衣服。
incredulously (disbelievingly) 信じられないかのように
Did sir just call me Dobby? わたしを今ドビーと呼びました？
teeny (very small) とても小さな
disrespect (impoliteness) 無礼
taken aback (surprised) 不意を突かれて、びっくりして
going to Dobby's head ドビーはおかしくなった ▶▶*p.75*
Ideas above his station 無駄な努力 ▶▶*p.75*
high jinks (mischief) 浮かれ騒ぎ
unbecoming (not suited) ふさわしくない
racketing (making trouble) 大騒ぎする
gulped (swallowed) つばを飲んだ
twiddling (rotating) 回転させる
skimming (reading quickly) ざっと読む
tasseled (decorated with ribbon) 房飾りのついた
jealous (envious) うらやましげな
gabbling (speaking fast) 早口にしゃべる
no great shakes (not very good) 苦手な
blighters (idiots) ばかな連中
cadge (secure) せしめる
resembled (looked like...) ……に似ていた
Flourish and Blotts フローリッシュ・アンド・ブロッツ ＊ダイアゴン横丁にある魔法界の書店。 ▶▶第1巻5章
fetched (sold for) (ある値段で) 売れた
generous (plentiful) あり余るほどの、たくさんの
contribution (donation) 寄付
strained (forced) こわばった、無理に作った
descent (heritage) 家系、血統
contemptuous (scornful) さげすんだ、小ばかにした
charged (rushed) 突入した
Edam (large, round Dutch cheese) エダム・チーズ ＊赤いろうで覆ったオランダ産の丸いチーズ。

試合前のマスコット・ショー
<英>*p.93* *l.7*　<米>*p.102* *l.14*

Sonorus [ソノーラス] ▶▶*p.76*
stands (spectator seats) スタンド、観客席
discordant (out of tune) 不協和音の、ハモらない
racket (noise) 騒音
Bertie Bott's Every Flavour Beans バーティー・ボッツの百味ビーンズ ＊さまざまな風味のキャンディー。 ▶▶第1巻6章
Risk (danger) 危険
without further ado (immediately) 面倒なことはこのぐらいにして、すぐに
Veela ヴィーラ ▶▶*p.76*
blissfully (joyfully) 幸せに満ちあふれて
dazed (confused) ぼうっとした
springboard (diving board in a swimming pool) 飛びこみ台
absent-mindedly (dreamily) うわの空で、夢見心地で
shredding (tearing to pieces) 裂く、むしる
tutting (clicking of the tongue) 舌打ちする
split (divided) 分かれた

comet (meteor) 彗星
hurtling (speeding) 突進する
arced (formed a semi-circle) 弧を描いた
reunited (joined together again) ふたたび合体した
merged (mixed together) 合体してひとつになった
shimmering (glimmering) 輝く
Leprechauns レプラコーン ▶▶*p.76*
tumultuous (loud and welcoming) (拍手が)嵐のような
retrieve (collect) 回収する、拾う
dissolved (melted) 溶けた
drifted (moved slowly) ゆっくりと移動した
cross-legged (sitting with legs crossed) あぐらをかいて
sallow-skinned (pale yellowish-skinned) 血色の悪い
rival (compete with) 張り合う
protruding (poking out) 突き出る
crate (box) 木箱
mounted (climbed onto) 乗った
Quaffle クァッフル ▶▶*p.78*
Bludgers ブラッジャー ▶▶*p.78*
Golden Snitch 金のスニッチ ▶▶*p.78*

クィディッチ・ワールドカップ
<英>*p.96 l.24*　<米>*p.106 l.14*

Chasers チェイサー ▶▶*p.77*
pounded (throbbed) 打った
Hawkshead Attacking Formation ホークスヘッド攻撃フォーメーション ＊クィディッチの戦術。
Porskoff Ploy ポルスコフの計略 ＊クィディッチの戦術。
Beaters ビーター ▶▶*p.77*
seamless (perfect) 完全な ＊もともとの意味は「縫い目がない」。
thunderous (very loud) 雷鳴のような
brutal (violent) 荒っぽい

whacking (hitting) 打つ、叩きつける
scatter (break apart) ちりぢりになる
dodge (avoid) よける、かわす
Keeper キーパー ▶▶*p.77*
plummeted (fell swiftly) 急降下した
aeroplanes 飛行機 ＊airplaneのイギリス式綴り。
spiralled (rose in circles) 螺旋を描いた
feinting (pretending to do something else) フェイントをかける
ploughed (thrust into the ground) 地面に衝突した
Wronski Feint ウロンスキー・フェイント ＊クィディッチの戦術。
contorted (misshapen) ゆがんだ
revived (brought back to consciousness) 意識を回復させられて
mediwizards (paramedic wizards) 応急手当をする魔法使い
potion 魔法薬 ▶▶*p.18*
interference (interruption) 妨害
new heart (renewed spirit) 心機一転
unrivalled (unprecedented) ほかとは比べ物にならない、これまで見たことのない
takes ... to task (scolds) ……を叱責する
cobbing (hitting with the elbows) コビング ＊相手を肘で突くこと。クィディッチの反則技。
hornets (wasps) スズメバチ
slap (hit with an open hand) ひっぱたく
shins (part of the leg between the knee and foot) むこうずね
exceptionally (extremely) 尋常でなく、非常に
embarrassed (ashamed) ばつの悪い、恥ずかしい
mutinous (rebellious) 反抗的な
gesticulating (gesturing) 身振り手振りで示す
ferocity (brutality) 凶暴性
mercy (pity) 情け
elongating (stretching) 伸びる

第**8**章について

scaly (covered in scales) うろこに覆われた
tumult (noise) 騒音
pitched (fierce) 激しい
issuing (emitting) 出る、発生する
recommenced (restarted) 再開した
distracted (diverted) ほかのことに気を取られて
broomtail (back of his broom) ほうきの尾
injured (hurt) 怪我をした
Seeker シーカー ▶▶*p.77*
flecks (drops) 斑点
stampeded (run over) 押し寄せて
horde (crowd) 群れ
revving up (increasing engine power) エンジンの回転数を上げる
idiot (fool) ばか、まぬけ
battling (fighting) 争う
dejected (depressed) がっくりした、気落ちした
gleefully (joyfully) 楽しげに
descending (falling) 落ちる、降る
dispirited (unhappy) 意気消沈した
forlorn (miserable) 惨めな

優勝杯の授与式
<英>*p.104* *l.1* <米>*p.114* *l.25*

Vell, ve fought bravely (= Well, we fought bravely) わたしたちは勇敢に戦った
mime (gesture) 身振り手振り
Vell, it vos very funny (= Well, it was very funny) 非常におもしろかった
flanked (accompanied on both sides) 両脇に連れて
illuminated (lit up) 照らされて
panting (puffing) 息を切らす
disgruntled (unhappy) 不満な
loud hand (round of applause) 絶大な拍手
gallant (brave) 勇敢な
appreciatively (admiringly) 賞賛をこめて
blooming (blossoming) 花開く、広がる
spectacularly (impressively) 見事に
co-ordinated (organized) (ふたつ以上の筋肉の働きが) 調和して、動作が滑らかな
duck-footed (splay-footed) 偏平足の
resounding (tumultuous) 響きわたる
ear-splitting (very loud) 鼓膜が破れるほどの
dazed (confused) 目をまわさせた
numb (senseless) 感覚が麻痺した
Quietus [クワィエタス] ▶▶*p.76*

▶▶ **舞台**

Gladrags Wizardwear

　ホグズミード村にある店の名前。物語に登場するのは今回が初めてです。ふたつ目の語Wizardwearを見れば、「魔法使いの服」を売る店であるとすぐにわかりますが、Gladragsという語がさらに情報をつけ加えています。gladragsはパーティや結婚式など、特別な機会だけに着る「晴れ着」を意味する俗語です。

▶▶ **せりふ**

going to Dobby's head

　　go to one's headにはふたつの意味があり、そのふたつは密接に関連しあっています。ひとつはdrunkと同じく、アルコールに「酔った」という意味。もうひとつは、ある人が新しく身につけた力や名声に「酔いしれる」ことです。ここの場合、自由になったドビーはまるで酔っぱらったように頭がおかしくなった、そして柄にもないことをしている、とウィンキーは言っているのです。

Ideas above his station

　　このフレーズには、かつてイギリスの文化とは切っても切り離せなかったclass system（階級制度）が反映されています。stationとは、社会階層におけるある人の位置。したがってhave ideas above one's stationとは、自分がもっと高い階層にいるかのように勘違いし、むだな努力をすることです。

▶▶ **名前**

Narcissa Malfoy［ナーシッサ・マルフォイ］

　　ドラコの母親Narcissaの名は、ギリシャ神話に登場する美少年Narcissus（ナルキッソス）に由来します。Narcissusは水面に映った自分の姿に見とれてその場から動けなくなり、ついにはスイセンの花になってしまいました。しかし、イギリスの子どもたちはこの神話を思い出すまでもなく、Narcissaが「自己愛、自己陶酔」を連想させる名前であることに気づくはずです。なぜならnarcissist（ナルシスト）、narcissistic（自己陶酔的な）といった語が、日常的によく使われているからです。

　　姓のMalfoyは、「背信、不実」を意味するフランス語*mal foi*から。

第**8**章について

▶▶ 呪文

Sonorus [ソノーラス]

　マイクロフォンを使わなくても声を大きく響かせることのできる呪文。この語の由来は「よく響く、うるさい」を意味するラテン語 *sonorus* で、この呪文と綴りが同じです。英語では sonorous となり、やはり同じ意味。

Quietus [クワィエタス]

　Sonorous という呪文で大きく響かせた声を元どおりにする呪文。*quietus* は「静かな、おだやかな」を意味し、英語 quiet の語源です。

▶▶ 魔法界の生き物

Veela [ヴィーラ]

　Veela は中央ヨーロッパの伝説に登場する妖精で、J.K.Rowling の描く Veela には、伝説の Veela の特徴がそのまま表れています。Veela は若く美しい女性で、男性たちをすっかり虜にします。言い伝えによれば、洗礼を受けずに死んだため、地上を離れることができずにいる霊であるとか。Veela は風の精なので、つむじ風や嵐などを起こし、天候を荒れさせることができます。

Leprechauns [レプリコーン]

　leprechaun はアイルランド民話に欠かせない小人です。背の低いしわくちゃな老人で、緑の服を着たその姿は、イギリスのおとぎ話に登場し、よく庭に飾られている gnome にどこか似ています。人間にいたずらをするのが大好きですが、ただおもしろがっているだけで、悪気はありません。また、虹と深い関わりがあり、イギリスでは、虹の根もとを掘ると leprechaun の埋めた黄金の壺が見つかると言われています。

▶▶ **情報**

Quidditch ［クィディッチ］

Quidditchのルールの概要は次のとおり。

1. **各チーム7名**
   - Chaser（3名）　Quaffleと呼ばれるボールをパスしあい、相手ゴールの3つの輪のうちのどれかに投げ入れる。
   - Beater（2名）　Chaserたちをほうきから叩き落とそうとするBludgerと呼ばれるボール（ふたつ）を敵陣に打ち返し、味方チームのChaserたちを守る。
   - Keeper（1名）　相手チームに得点されないよう、ゴールを守る。
   - Seeker（1名）　Golden Snitchと呼ばれるボールを探し、相手チームのSeekerより先にそのボールを捕る。
2. **4つのボールを使用**
   （Quaffleひとつ、Bludgerふたつ、Golden Snitchひとつ）。
3. 得点は、ゴールごとに10点。
4. Golden Snitchを捕ると150点。
5. Golden Snitchが捕られた時点で試合終了。

【Quidditchの用語】

● Seeker［シーカー］
Golden Snitch（金のスニッチ）を捕まえて試合を終わらせ、チームに150点を獲得する任務を負う選手。Golden Snitchを探し求める（seek）役割から、Seekerと呼ばれます。

● Chaser［チェイサー］
Quaffleをパスしあってゴールに投げ入れ、得点する任務を負う選手。相手チームの選手に対抗し、味方チームの選手を互いに追って（chase）スタジアム中を駆けまわる役割から、Chaserと呼ばれます。

● Keeper［キーパー］
相手チームがゴールめがけて投げこむQuaffleを防ぐのが任務。ゴールの番をする（keep）役割から、Keeperと呼ばれます。サッカーでやはりゴールを守るのが役割のgoalkeeperを短くしたものでしょう。

- Bludger［ブラッジャー］
スタジアム中をでたらめに飛びまわり、相手チームの選手をほうきの柄から叩き落とすボール。Bludgerという語は、bludgeon（力まかせに打つ）から。
- Quaffle［クァッフル］
Chaserたちが相手ゴールの輪に投げ入れて得点するボール。Quaffleとは、おそらく「すばやく飲みこむ」という意味の語quaffからつけたものでしょう。ゴールの輪は、文字どおりこのボールを飲みこむのです。
- Golden Snitch［ゴールデン・スニッチ］
Quidditchの試合で最も重要なボールです。Seekerがこのボールを捕まえると、チームに150点が入り、試合が終了します。snitchとは警察に情報をたれこむ「密告者」のことで、犯罪者仲間のうちでも最低の人間とされています。snitchという語が用いられたのは、おそらくこのボールが信じがたいほど巧妙に隠れて動きまわり、一方のチームを裏切って他方のチームに勝利をもたらすことがあり得るからでしょう。

What's More 4

ワールドカップ

　クィディッチ・ワールドカップが行われるなか、多くの方が日本と韓国で開催された2002年ワールドカップを思い出したのではないでしょうか。しかし、あの感動と興奮を思い起こす前に、サッカー（イギリスではfootball）の歴史に目を向けてみましょう。

　世界初のサッカー・クラブはSheffield Football Club。このクラブは、ふたりの英国陸軍将校、Nathaniel Cresswick大佐とWilliam Priest少佐によって、1857年に設立されました。サッカーの人気はたちまち広がり、その結果、世界初のサッカー協会が1863年にイングランドで設立され、続いて1873年にスコットランド、1875年にウェールズ、1880年にアイルランドでも設立されました。その数年後、English Leagueが結成され、リーグ創設時のサッカー・クラブは、Accrington、Aston Villa、Blackburn Rovers、Bolton Wanderers、Burnley、Derby County、Everton、Notts County、Preston North End、Stoke City、West Bromwich Albion、そしてWolverhampton Wanderers。この多くは現在でも世界に知られています。リーグ初のゴールは、1888年9月8日、Preston North EndのJack Gordonが決めました。世界初の国際試合は、1872年11月30日、スコットランドのグラスゴーで行われた、スコットランド対イングランドの試合です。

　このように慎ましく始まったサッカーは、やがて世界的な人気を得るようになり、4年に一度FIFA（国際サッカー連盟）ワールドカップが開催されるまでに発展しました。さて、2002年ワールドカップの統計データはどのようなものでしょうか。その一部をご紹介します。

・総試合数＝64
・90分で勝敗が決まった試合数＝45（70%）
・90分で引き分けに終わった試合数＝19（30%）
・ゴールデン・ゴールで勝敗が決まった試合数＝3
・PK戦で勝敗が決まった試合数＝2
・総ゴール数＝161（1試合平均2.52ゴール）
・PK戦の数＝13
・総オウン・ゴール数＝3
・総イエロー・カード数＝266　（1試合平均4.16）
・総レッド・カード数＝17（1試合平均0.27）
・最多得点チーム＝ブラジル 18（1試合平均2.57ゴール）
・最少失点チーム＝アルゼンチン 2
・最多失点チーム＝サウジアラビア 12
・最も得点差のついた試合＝Eグループ：ドイツ 8 - 0 サウジアラビア
・総観客数＝2,722,390
・観客数が最も多かった試合＝69,029　ドイツ 0 - 2 ブラジル（決勝）
・観客数が最も少なかった試合＝24,000　Bグループ：スペイン 3 - 1 パラグアイ

第9章について

基本データ	
語数	7268
会話の占める比率	36.1%
CP語彙レベル1、2 カバー率	77.1%
固有名詞の比率	7.3%

Chapter 9　The Dark Mark
――「闇の印」と死喰い人

章題 **The Dark Mark**
Dark Mark（闇の印）は、マグルの世界ではそう見られるものではありません。それどころか魔法界でさえ、めったに見ることができません。ですからこの章で、それを見た人たちが驚き、あわてふためいているのも当然でしょう。

章の展開

　物語が真の意味で進展しはじめるのは、この章からです。かなり長い章ですから、読むのに時間もかかりますが、ここで起きるできごとは非常に大切なので、読み流さないようにしてください。以下の点に注目してみましょう。

1. お祭り騒ぎに沸きたつキャンプ場のようす。
2. ハリーたちを眠りから覚めさせた緊急事態。
3. ロバーツ氏とその家族が見舞われた災難。
4. ハリーと友人たちとドラコ・マルフォイが交わした会話。
5. 彼らが出会った外国のティーンエイジャーたちのグループ。
6. ハリーが落としたと思われるもの。
7. ハリーたちが見かけた、茂みから出てきた生き物。
8. 空に現れた不気味な光。
9. クラウチ氏をはじめとする魔法省の役人たちの登場。
10. ディゴリー氏が見つけた生き物。その生き物が受けた尋問。
11. クラウチ氏の決意。
12. ウィーズリー家のテントに戻っての会話。

●登場人物〈♠新登場あるいは#ひさびさに登場した人物〉

- ♠ **Madame (Olympe) Maxime**［マダム・マクシーム］Beauxbatons Academy of Magic（ボーバトン魔法アカデミー）の校長
- # **Stan Shunpike**［スタン・シャンパイク］Knight Bus（夜の騎士バス）の車掌→第3巻3章

語彙リスト

ウィーズリー家のテントに戻る途中
＜英＞p.106　l.1　＜米＞p.117　l.1

implored (begged) 懇願した
gleefully (joyfully) うれしそうに
confiscated (taken away) 取りあげられて
upon reflection (after consideration) よく考えた結果
Raucous (noisy) 騒がしい
borne (carried) 運ばれて
cackling (laughing joyfully) 楽しげに笑う

テントに戻って
＜英＞p.106　l.14　＜米＞p.117　l.13

turning in (going to bed) 寝にいく、ベッドに入る
disagreement (argument) 意見の相違、議論
verbal (oral) 言葉の、口の
convey (properly explain) きちんと伝える、説明する
'S'matter? (= What's the matter?) どうしたの？
Dimly (faintly) ぼんやりと
at his heels (close behind him) 彼のすぐ後ろに続いて

テントの外で
＜英＞p.107　l.31　＜米＞p.119　l.11

jeering (derisive shouting) 野次、あざけりの笑い

contorted (misshapen) ゆがめられて
grotesque (horrible) グロテスクな
puppeteers (people who operate puppets) 人形使い
marionettes (puppets) 操り人形
swelled (grew larger) ふくれあがった
flipped (overturned) ひっくり返した
voluminous (large) だぶだぶの
drawers (underwear) ズロース、パンツ
top (spinning top) 独楽
limply (loosely) だらりと
lot (group) (そこにいる人) みんな
fetch (collect) 連れにくる
extinguished (turned out) 消えた
blundering (running aimlessly) むやみと動きまわる
reverberating (echoing) 響く
hither and thither (here and there) あちらこちらに
Lumos 魔法の杖の先に明かりを灯す呪文　▶▶第2巻15章
drawling (slow) もったいぶって引きのばす、ゆっくりした
knickers (panties) パンティー
hang around (stay here) その場にいる
maliciously (evilly) 悪意をこめて
Mudblood 穢れた血　＊マグルの両親から生まれた魔法使い・魔女。▶▶第2巻7章
watch your mouth (be careful what you say) 自分の言っていることに気をつけろ、口を慎め
restrain (hold back) 抑える、引き止める
up to (doing) する

第9章について

huddle (crowd) 群れ
vociferously (heatedly) やかましく
Ou est Madame Maxime? Nous l'avons perdue— (Where is Madame Maxime? We have lost her—) マクシーム先生はどこに行ったのかしら？ 見失っちゃったわ。
'Ogwarts = Hogwarts ▶▶*p.209* (Beauxbatonsのなまり)
Beauxbatons Academy of Magic ボーバトン魔法アカデミー ▶▶*p.84*
dug (searched) 探った
rustling (sound of leaves being moved) (葉が)こすれあう音
laboured (worked hard) 必死に……しようとした
permission (authorization) 許可
raw deal (bad treatment) 不当な扱い
indignantly (with outrage) 憤慨して
slavery (enforced work) 奴隷として使われること、隷属
bewitched 魔法をかけられて ▶▶*p.16*
trampling (stampeding) 踏みつける
prop up (support) 支持する
unjust (unfair) 不公平な、不当な
edgily (anxiously) 気づかわしげに
unperturbed (not worried) かき乱されていない、心配していない
gaggle (gathering) 集まり
pull down (earn) 稼ぐ
Committee for the Disposal of Dangerous Creatures 危険生物処理委員会
Leaky Cauldron 漏れ鍋 ＊マグルの世界とダイアゴン横丁との出入り口になっているパブ。 ▶▶第1巻5章
Vampire (a dead person believed to come from the grave at night and suck the blood of humans) 吸血鬼
pimples (spots) にきび
conductor (fare collector) 車掌
Knight Bus 夜の騎士バス ＊魔法界の3階建てバス。 ▶▶第3巻3章
slack (loose) ゆるんだ
Jupiter 木星

heart (center) 中央、奥

森の奥深くで
〈英〉*p.114 l.1* 〈米〉*p.126 l.18*

mile 約1.6km
buoyant (uplifted) 陽気な、朗らかな
riot (demonstration) 暴動
swore (vowed) ののしった
on top of things (up to date with the situation) 最新情報に通じて
splayed (out-turned) 外側に曲がった
slouching (walking with a rounded back) 背中を丸めて歩く
get something on (discover evidence of wrong-doing) 悪事の証拠をつかむ
broke off (halted) 中断した
MORSMORDRE ［モーズモードレ］ ▶▶*p.84*
erupted (burst) 噴出した
sprang (jumped) 跳んだ ＊spring to one's feetで「いきなり立ち上がる」。
colossal (huge) 巨大な
skull (head without flesh) 頭蓋骨、髑髏
serpent (snake) 蛇
etched (drawn) くっきりと描かれて
constellation (collection of stars) 星座
grisly (gruesome) 気味の悪い
scanned (examined) 見渡した
registered (noticed) 気がつく
STUPEFY ［スチュッピファイ］ ▶▶*p.84*
ripple (undulate) 波立つ
taut (tight) 張りつめた、引きつった
incantation 呪文の言葉 ▶▶*p.17*
summoned (called) 呼び出された
missy (young lady) お嬢さん
Unconscious (senseless) 気を失った、意識のない
deposited (placed) 置いた
take his word (believe) 彼の言葉を信じる
clause (article) 条項
Code of Wand Use 杖の使用規則

permitted (allowed) 許可されて
disorientated (confused as to his location) 自分のいる場所がわからなくなって
goggling (staring) ぎょろつく、目を見張る
enquiringly (questioningly) 何かを問うように
Gulping gargoyles (Oh, my God) おやまあ！ ＊魔法界独特の言いまわし。
Stunned (knocked unconscious) 失神して
Comprehension (understanding) 理解
dawned (appeared) 現れた
assent (agreement) 同意、了解
Enervate ［エナヴェート］ ▶▶ *p.85*
disobedience (insubordination) 不従順、命令に従わないこと
incredulously (disbelievingly) 信じられないかのように
confession (admission of guilt) (罪の) 告白、自白
cowering (pulling back in fear) 縮こまる
streaming (running) 流れる
bulbous (bloated) 丸い、ふくらんだ
flapping (waving) パタパタする
Prior Incantato ［プライオア・インカンタート］ ▶▶ *p.85*
Deletrius ［デリトリアス］ ▶▶ *p.85*
savage (unmerciful) 情け容赦ない
triumph (victory) 勝利
red-handed 現行犯で ▶▶ *p.84*
routinely (regularly) 常日頃から
discomfited (uncomfortable) たじろいで
proofs (evidence) 証拠
despise (hate) 軽蔑する
detest (hate) 嫌う
bulging (protruding) 突き出る
Precisely (exactly) そのとおり
hem (edge) 縁
fraying (falling apart) すり切れる、ぼろぼろになる
betrayed (abandoned) 裏切った

misfortune (bad luck) 不運
culprit (perpetrator) 犯人
rest assured (be sure) (確実なので) 安心する
stammered (stuttered) どもった
brimming (filling) いっぱいになる、あふれる
pity (mercy) 憐れみ、情け
disobeyed (ignored orders) 命令に従わなかった
prostrating (kowtowing) ひれ伏させる ＊prostrate oneselfで「ひれ伏す」。
garments (clothes) 衣服
levitating (raising people off the ground) 空中浮揚させる
filthy (dirty) 汚れた
contaminating (polluting) 汚す
objections (complaints) 異議、不服
pocketed (put it in his pocket) ポケットに入れた

ウィーズリー家のテントに戻る途中
＜英＞*p.124 l.34* ＜米＞*p.139 l.14*

第9章について

sack (fire) クビにする
upset (miserable) 気が動転した、取り乱した
uptight (nervous) 神経質な、ぴりぴりした
impeded (slowed down) 妨げられた、邪魔された
surged (moved) 押し寄せた
ruined (destroyed) 破壊された

ウィーズリー家のテントの中で
＜英＞*p.126 l.1* ＜米＞*p.140 l.23*

profusely (heavily) おびただしく、たくさん
none the wiser (have no more information) まったくわからない
expressly (specifically) とくに、わざわざ
run amok (become uncontrollable)

自制心を失う、めちゃくちゃなことをする
inspired (instilled) (人にある感情を) 抱かせた、かきたてた
Death Eaters 死喰い人　▶▶*p.85*
unmask (reveal) 仮面を剥ぐ
nutters (idiots) 狂った連中

point (purpose) 目的
at large (at liberty) 捕まっていない
buzzing (spinning) (頭が) ガンガンする
dozed off (fell asleep) うとうとした、眠りに落ちた

▶▶ せりふ

red-handed

　　悪事や違法行為をはたらいている現場をおさえられること。たとえば泥棒がred-handedで捕まるとは、盗みをはたらいているときに「現行犯で」捕まること。

▶▶ 場所

Beauxbatons Academy of Magic

　　Beauxbatons Academy of Magic (ボーバトン魔法アカデミー) はホグワーツのライバル校。どこにあるのかは明かされていませんが、その校名、あるいは教師や生徒たちのなまりから、ヨーロッパのフランス語圏にあると思われます。*beauxbatons*はフランス語で「美しい杖」の意味。

▶▶ 呪文

MORSMORDRE [モーズモードレ]

　　ヴォルデモートのDark Mark (闇の印) を空に浮かびあがらせる呪文。フランス語で「死をかじる」の意味。

STUPEFY [スチュッピファイ]

　　相手を気絶させる呪文。「唖然とさせる、麻痺させる」を意味するラテン語*stupeo*に由来しますが、英語にもstupefyという語があり、「気絶させる、麻痺させる」の意味。

Enervate [エナヴェート]

　ものを活性化する呪文。この場合は*Stupefy*の呪文で気絶させられた人の意識を戻すのに使われています。不思議なことに、この呪文の語源は「衰弱させる」を意味するラテン語*enervo*ですし、それに相当する英語enervateもやはり同じ意味。つまり、呪文とは正反対の意味なのです。

　どうやらJ.K.Rowlingも、1960年代にイギリスで流行したテレビのCMの犠牲者と思われます。その健康飲料のCMは、enervateが「衰弱させる」という意味とも知らずに、"It enervates you"を宣伝文句に使ったのです。そのため、当時まだ子どもだった、現在40代から50代にかけての世代は、enervateを「元気づける」の意味と勘違いしてしまいました。その結果が、まったく思いがけないところに現れている――たとえば、この「ハリー・ポッター」シリーズに――というわけです。

Prior Incantato [プライオア・インカンタート]

　杖が最後にどんな術を使ったのかがわかる呪文。英語prior（前の）と同じ綴りのラテン語*prior*と、英語のincantation（呪文の言葉）にあたるラテン語*incantatio*を合わせたものです。

Deletrius [デリトリアス]

　*Prior Incantatem*と唱えて杖から呼び出した直前の呪文の影を消す呪文。英語のdelete（消し去る）にあたるラテン語*deleo*に由来します。

▶▶魔法界の生き物

Death Eaters

　厳密に言えば、Death Eater（死喰い人）という種類の生き物が存在するわけではありませんが、念のためここで説明しておきましょう。Death Eaterとは、不滅の命を得ようとしているヴォルデモートの支持者で、一大事のときには彼のもとに集まる闇の魔法使いで

す。Death Eaterという語は、おそらく次のふたつの特徴を表しているのではないでしょうか。
① 目的を達成するためなら死を恐れない。
② 彼らの唯一の目的は、ヴォルデモートが不滅の命を得る手助けをすること、つまり死をだまし取る、あるいは死を食いつくすことです。

ただしDeath Eaterという呼び名は、もともと彼らが自分たち自身を指して呼んだものです。実際の彼らは、このような勇気も忠誠心もない臆病者、あるいは単なる野心家のようですけれどね。

第10章 について

基本データ	
語数	3207
会話の占める比率	48.7%
CP語彙レベル1、2 カバー率	76.5%
固有名詞の比率	7.8%

Chapter 10　Mayhem at the Ministry
―― 大騒動の後始末

章題　Mayhem at the Ministry

mayhemとは「大混乱」のこと。そしてこのMinistryがMinistry of Magic（魔法省）であることは想像がつきますね。というわけで、タイトルそのものは少しもむずかしくありません。

章の展開

　章のタイトルにもかかわらず、この章では、The Burrow（隠れ穴）に戻ってからの生活や、ホグワーツに戻る準備のことが中心に描かれています。比較的短い章ですが、今後のできごとと深く関わることも含まれています。次のポイントに注目しましょう。

1. クィディッチ・ワールドカップに関連して*Daily Prophet*（「日刊予言者新聞」）に載った記事。
2. ハリーがロンとハーマイオニーに打ちあけたこと。
3. 前の年に占い学の先生が予言したこと。
4. *Daily Prophet*の記者が嗅ぎつけたこと。
5. ハーマイオニーがhouse-elves（屋敷しもべ妖精）に寄せる関心の高まり。
6. ロンが学校に持っていくようにと、ウィーズリー夫人が買ってきた服。

●登場人物 〈♠新登場あるいは #ひさびさに登場した人物〉

- ♠ **Rita Skeeter** [リータ・スキーター] *Daily Prophet*（「日刊予言者新聞」）の記者→*p.90*
- # **Madam Pomfrey** [マダム・ポンフレー] ホグワーツの校医→第1巻1章
- # **Professor (Sybill) Trelawney** [シビル・トレローニー] ホグワーツの占い学の教師→第3巻6章
- # **Mundungus Fletcher** [マンダンガス・フレッチャー] 魔法界の軽犯罪者→第2巻3章
- # **Miranda Goshawk** [ミランダ・ゴスホーク] *The Standard Book of Spells, Grade 4*（『基本呪文集・四学年用』）の著者→第1巻5章

語彙リスト

隠れ穴に戻る途中
＜英＞*p.130* *l.1*　＜米＞*p.145* *l.1*

dazed (confused) ほうっとした
clamouring (fighting) 騒ぎたてる
longingly (wishfully) もの欲しそうに
limp (loose) 垂れた、力が抜けた
soothingly (comfortingly) なだめるように
prising (gently removing) そっと引き離す

隠れ穴のキッチンで
＜英＞*p.131* *l.23*　＜米＞*p.147* *l.3*

Ogdens Old Firewhisky オグデンのオールド・ファイア・ウィスキー
blunders (mistakes) しくじる、失敗する
apprehended (caught) 逮捕されて
disgrace (humiliation) 恥辱
got it in for... (is trying to embarrass...) ……に嫌がらせをしている
quibbling (arguing) 無駄な口論をする
stamping out (getting rid of) 撲滅する
Guidelines for the Treatment of Non-Wizard Part-Humans 非魔法使い半ヒト族の取り扱いに関するガイドライン
breathlessly (in terrified anticipation) (期待や興奮で) 息もつけずに
alleging (claiming) 主張する
statement (announcement) 発表、発言
quash (suppress) 抑える、打ち消す
all hands on deck 皆の助け ▶▶ *p.90*
contain (control) 抑制する
meaningful (significant) 意味ありげな
dump (place) 置く

ロンの寝室で
＜英＞*p.133* *l.7*　＜米＞*p.148* *l.26*

matron (nurse) 校医（女性）
dumbstruck (speechless) 驚きのあまりものも言えなくなって
teetered (...) on the verge of... (very close to...) もう少しで……しそうになった
bracingly (encouragingly) 励ますように
nightmare (bad dream) 悪夢
ignoring (pretending not to notice) 無視して
Divination 占い学　＊ホグワーツで教わる教科のひとつ。▶▶ 第2巻14章
derisive (sarcastic) あざけりの

fraud (fake) 詐欺師、いかさま師
trance (dreamlike state) トランス状態、恍惚状態
fidgeted (moved restlessly) いじりまわした
leaden (heavy) ずっしりとのしかかる、重い

居間で
＜英＞*p.*135　*l.*1　＜米＞*p.*151　*l.*1

uproar (chaos) 大騒動
putting out (extinguishing) 消す
Howlers 吼えメール　＊赤い封筒に入った手紙で、封を開けると差出人のどなり声が響きわたります。▶▶第2巻6章
mending (repairing) 修繕する
Spellotape スペロテープ　＊ものを修繕するときに使う魔法のテープ。▶▶第2巻6章
compensation (reimbursement) 賠償
en-suite (adjoining) ひと続きの、隣接する
got his number (understood his plan) 彼の計画を見抜いた
engraved (carved) 彫られて
numerals (numbers) 数字
mortal peril (grave danger) 命にかかわる危険
tad (little) 少し
wretched (awful) 嫌な、ひどい
flaring up (becoming angry) かっとなる
pillock (idiot) ばか、まぬけ
lashed (pounded) 叩きつけた
immersed in... (concentrating on...) ……に没頭して
darning (repairing) 繕う
balaclava バラクラバ帽　＊顔と耳を温かく保つため、頭をすっぽり覆う毛糸の被りもの。
Broomstick Servicing Kit 箒磨きセット　▶▶第3巻1章
shrewdly (knowingly) 目ざとく
unfounded (baseless) 根拠のない
fat's really in the fire とんでもないことになった　▶▶*p.*90
toyed (played) もてあそんだ、いじくった
unenthusiastically (listlessly) 気のないようすで
ferreting around (searching) 嗅ぎまわる、探す
mess-ups (mistakes) 失敗、混乱
irresponsible (thoughtless) 無責任な
mean (unpleasant) 卑劣な、意地悪な
unswerving (loyal) ゆるぎない、忠実な
obedience (compliance) 服従、従順

ロンの寝室で
＜英＞*p.*138　*l.*8　＜米＞*p.*154　*l.*22

sporadic (occasional) ときどき起こる、散発的な
ghoul (ghost) グールお化け
Bung (throw) 投げる
Nah = No　いや
dozen (twelve) 1ダースの
spine (backbone) 背骨、魚の背びれのトゲ
lion-fish ミノカサゴ
belladonna ベラドンナ
laundered (washed) 洗いたての
starkers (naked) 真っ裸の
trepidation (nervousness) 不安、動揺
flushing (blushing) 顔を赤らめる

第10章について

▶▶ **せりふ**

all hands on deck

> イギリスの海事に由来するフレーズです。handとはsailor（船員）のこと。一般に、すべての船員がdeck（デッキ、甲板）に召集されるのは、火災など、船の安全を脅かす事態が起こったときに限られます。船員全員が力を合わせて事態の収拾にあたるのです。しかし今では、「その場にいる人々全員の助け」が必要であることを示す慣用句として使われています。

fat's really in the fire

> このfatは調理に使う「脂」（ラードやヘットなど動物性の油脂）。フライパンで何かを調理しているところを思い浮かべてください。誰か、または何かがフライパンをぐらつかせると、脂が火の中にこぼれ、たいへんなことになります。ここの場合、フライパン（＝魔法省）をぐらつかせたのはRita Skeeterです。

▶▶ **名前**

Rita Skeeter［リータ・スキーター］

> skeeterは俗語でmosquito（蚊）のこと。不愉快きわまりなく、イライラさせられるので、ぜったいにそばにいてほしくない――Skeeterという姓は、このしつこくつきまとう新聞記者のそんな性格を強調しているにちがいありません。名のRitaはSkeeterと韻を踏み、リズミカルな調子をつくりだしています。この人物にRita Skeeterという名前がつけられたのには、実は深いわけがあります。その理由が明かされる原書の最後の章をお楽しみに。

第11章 について

基本データ		
語数		3272
会話の占める比率		43.1%
CP語彙レベル1、2 カバー率		77.0%
固有名詞の比率		8.9%

Chapter 11　Aboard the Hogwarts Express
―― 休暇を終えて

章題

Aboard the Hogwarts Express

これまで「ハリー・ポッター」シリーズを読んできた方は、このタイトルを見てほっとすることでしょう。第4巻で初めて「ハリー・ポッター」を読む読者のために説明しておくと、Hogwarts Express (ホグワーツ特急) は、生徒たちをロンドンからホグワーツ魔法魔術学校に運ぶ汽車の名前です。ハリーと友人たちは、ついに学校に向けて出発したのです。

章の展開

これほど章が進んでからHogwarts Expressでの旅が描かれるのは、今回が初めてです。しかし今回も、いつもどおりの役割を担っています。いつもと同じ物語の舞台が準備されていること、物語がいよいよ始まるのだということを、わたしたちに確認させてくれるのです。もうすぐホグワーツのすばらしい世界に突入し、お馴染みの人物たちと再会できると思うと、思わず心が弾みますね。次の点に注意して読みましょう。

1. ウィーズリー氏が魔法省から受けた緊急の知らせ。また、その知らせが伝達された方法。
2. それに続く会話。
3. $9\frac{3}{4}$ 番線でチャーリーが口にしたこと。
4. ドラコ・マルフォイが入学するはずだった学校。
5. その他の友人たちの登場。
6. ドラコ・マルフォイが見つけたロンの服。それに続く会話。
7. Hogsmeade Station (ホグズミード駅) でハリーたちを迎えた人物。

●登場人物 〈♠新登場あるいは #ひさびさに登場した人物〉

- ♠ **Mad-Eye (Alastor) Moody** [マッド・アイ・ムーディー] かつて魔法省にいたAuror（闇祓い）
- # **Neville Longbottom** [ネヴィル・ロングボトム] グリフィンドール寮生→第1巻6章
- # **Vincent Crabbe** [ヴィンセント・クラッブ] スリザリン寮生→第1巻6章
- # **Gregory Goyle** [グレゴリー・ゴイル] スリザリン寮生→第1巻6章

語彙リスト

隠れ穴を発つ日の朝
＜英＞p.141　l.1　　＜米＞p.158　l.1

gloom (unhappiness) 沈みこんだ気分
splattering (splashing) はね散る
harassed (persecuted) ただごとならぬようすで
dresser (kitchen cabinet) 台所の戸棚
ambushed (caught) 待ち伏せして襲った、迎え撃った
rocketing (speeding) 突進する
please-men (= policemen) 警官
shellshocked (surprised) 戦闘でショックを受けた、驚いた
had it (in trouble) 厄介なことに巻きこまれる
jinxing 呪いをかける ▶▶p.18
casualties (people injured) 負傷者
transferred (passed) 移した
Fanks = Thanks
Birds of a feather ▶▶p.93
in his time (at his peak) 全盛期には
Auror [オーロー] 闇祓い ▶▶p.94
cells (prison compartments) 独房
paranoid (hysterical) 偏執症の、被害妄想の
justify (explain away) 満足のいく説明をする
rely (depend) 頼る
Dr Filibuster's Fabulous No-Heat, Wet-Start Fireworks ドクター・フィリバスターの長々花火——火なしで火がつくヒヤヒヤ花火 ▶▶第2巻4章

went off (exploded) 爆発した、炸裂した

キングズ・クロス駅で
＜英＞p.145　l.12　　＜米＞p.163　l.5

used to... (accustomed to...) ……に慣れて　*ほとんどの場合、be used to —ingの形で使われます。
tricky (difficult) むずかしい、厄介な
unobtrusive (non-conspicuous) 目立たない
conspicuous (noticeable) 目立つ
chatting (conversing) おしゃべりする
unconcernedly (casually) 何気なく
materialised (appeared) 現れた
billowing (pouring) 押し寄せる
response (reply) 応答
stowing (storing) しまいこむ
compartment (train carriage) コンパートメント、列車の仕切られた客室
chivvied (ushered) 追いたてた

ホグワーツ特急に乗って
＜英＞p.146　l.34　　＜米＞p.165　l.3

undid (unlocked) 開けた
Durmstrang ダームストラング校 ▶▶p.94
riff-raff (common people) くだらない連中、取るに足らない人々
sensible line (stricter policy) 良識のある方針

tiptoed (walked silently) 忍び足で歩いた
put up with (endure) 我慢する
whereabouts (locations) 所在、位置
dirty great (extremely large) 非常に大きな
mouldering (broken down) 崩れかけた
Unplottable (impossible to plot on a map) 地図で見つけることができない
Come again (say that again) もう一度言ってくれ
glacier (permanent cliff of ice) 氷河
steamy (fogged up) 蒸気で曇った
formidable (impressive) 圧倒的な、猛烈な
relived (went through) 追体験した、回想した
Gran = Grandmother おばあさん
enviously (jealously) うらやましそうに
pudgy (fat) ぽっちゃりした
thuggish (bully) 残忍な、ごろつきの
cronies (friends) 友人
ecstasy (pure pleasure) 狂喜、有頂天
snatched (grabbed) ひったくった
guffawed (laughed loudly) 大声で笑った
glory (honour) 栄誉
testily (short-temperedly) つっけんどんに
associated (mixed) 交際した
Reparo ［レパーロ］ ▶▶*p.94*
promotion (assigned to a better job) 昇進
get to you (annoy you) あなたを困らせる
pulp (soft mass) ぐしゃぐしゃになったもの
pitch-darkness (absolute blackness) 真っ暗闇

ホグズミード駅到着
＜英＞*p.*151 *l.*12   ＜米＞*p.*170 *l.*7

bundled (covered) 包んだ、覆った
downpour (heavy rain) 土砂降りの雨
repeatedly (consecutively) 何度も、繰り返し
All righ', Harry? ハリー、元気か？ ▶▶*p.208* (Hagridのまなり)
feast (banquet) 宴会、祝宴
procession (line) 行列

第11章 について

▶▶ **せりふ**

Birds of a feather

　　　有名な諺Birds of a feather flock together. の前半です。直訳は「同じ羽毛の鳥は互いに群れあう」、つまり「似たタイプの人は互いに惹かれあう」「類は友を呼ぶ」という意味です。ここの場合、ジョージが「マッド-アイ・ムーディは変人だ」と言うと、母親のウィーズリー夫人は「お父さんはマッド-アイ・ムーディを高く評価していますよ」とたしなめました。そこでジョージは、「お父さんも電気のプラグなんかを集めているからな」と指摘しました。つまり、父親も変人であると言いたいのです。そんなわけで、Birds of a featherとつぶやいたのですね。

▶▶ **舞台**

Durmstrang［ダームストラング］

> ヨーロッパ大陸にあるふたつの魔法学校のうちのひとつ。制服に毛皮のケープがついていること、校長の名がIgor Karkaroffであるということから、おそらくヨーロッパ北東部にあると考えられます。*Durmstrang*はドイツ語の*Sturm und Drang*［シュトルム・ウント・ドランク］をもじったもの。「疾風怒濤」を意味するこのフレーズは、18世紀後半から19世紀にかけてドイツで興った文学運動を指し、その中から壮大で革新的な作品の数々が生まれました。代表作の筆頭にあげられるのは、ヨハン・ヴォルフガング・フォン・ゲーテの『ファウスト』。悪魔と契約を結んだ男を主人公とした小説です。この運動の代表的人物としては、ほかに作曲家リヒャルト・ワーグナーがあげられます。ワーグナーの作曲したオペラ「さまよえるオランダ人」は、嵐の中で船長が神をののしったため、永遠に大洋をさまようことになった船を題材にしています。

▶▶ **呪文**

Reparo［レパーロ］

> 壊れたものを修繕して元どおりにする呪文。英語repairとよく似たラテン語*reparo*（修繕する）に由来します。

▶▶ **情報**

Auror［オーロー］

> 魔法界の警察官のようなもので、不正をはたらいた魔法使いを捕らえ、裁判に送りこむ使命を担っています。*aurora*はラテン語で「夜明け」の意味。闇の魔法使いと闘う者に、ぴったりの名称ですね。

What's More 5

汽車の歴史

　ホグワーツ特急は蒸気機関車 (steam locomotive)。40歳以上のほとんどの人々にとって、懐かしさをかきたてられる乗り物です。最初の蒸気機関車は1803年、Richard Trevithickというイギリス人によって発明されました。つまり、誕生からすでに200年たったことになります。しかし、実用化された当初は貨物の輸送にのみ使用され、交通機関としての鉄道が開設されたのは、1825年になってからのことです。Stockton‐Darlington間に世界最初のsteam horse (旅客用蒸気機関車の愛称) が走ることになったとき、その出発を見物しようと多くの人々が詰めかけました。しかし汽車が蒸気を吐き出すと、人々の多くはあわてふためき、恐れをなして逃げ出したにちがいありません。

　大都市間を結ぶ最初の鉄道が開設されたのは1929年。LiverpoolとManchesterを結ぶ鉄道でした。しかし、より性能のいい蒸気機関車を走らせたいと考えた鉄道会社は、その考案者に賞金500ポンドを出すことにしました。またとないチャンスとばかりにそれに応募したのが、George Stephensonとその息子Robertです。彼らはStephenson's Rocket (ロケット号) という蒸気機関車を考案しました。それまでの蒸気機関車に比べ、次の3点を改良したものです。①パイプの数を増やし、水をより効率的に加熱。②熱効率を高めるため、炉を改良。③車輪とエンジンとをつなぐ連接棒を改良し、構造を強化。

　言うまでもなく、Stephenson父子は競争を勝ち抜き、賞金を手にしました。彼らの設計した蒸気エンジンは、構造に大幅な改良がほどこされており、それ以後の新しい蒸気エンジンはみな、そのエンジンをもととして改良を重ねたものです。

　鉄道網が広がるにつれて、イギリスの人々の生活は大きく変化しました。人々はより遠くへ、より頻繁に移動できるようになりました。その結果、地方の小さな町でも、娯楽施設などを整備することによって他の地域の人々を呼び集め、ささやかな好景気にあずかることができるようになりました。大好きなサッカー・チームの試合や競馬を見によその町に出かけたり、最近よく見られるように、夏休みに海辺に出かけたりすることが、鉄道のおかげで可能になったのです。

　また鉄道の発達は、健康の促進にも役立っています。その地方では食べることができなかったはずの食べ物を、遠い場所から新鮮なうちに運んでくることができるようになり、史上初めて、バランスのとれた健康的な食事が可能になりました。

　しかし最も驚くべき変化は、国中が時間に関心を払うようになったことでしょう。19世紀初めには、人々はもっぱら時間に無関心でした。電話もなければラジオやテレビもなく、正確に時間を守らなければならないものは、ほとんど存在しなかったのです。もちろん、多くの家庭には時計があり、人々は仕事に遅れないようにと注意を払ってはいました。しかし、腕時計や懐中時計を持ち歩くことなど、思いもよりませんでした。ところが鉄道が普及すると、ほんの数分遅れただけで汽車に乗り遅れてしまうことを、人々は身にしみて知るようになりました。人々が時計を持ち歩くようになったのは、このころからなのです。

第11章について

第12章について

基本データ		
語数		5493
会話の占める比率		29.2%
CP語彙レベル1, 2 カバー率		78.3%
固有名詞の比率		7.1%

Chapter 12　The Triwizard Tournament
―― ダンブルドアの大発表

章題

The Triwizard Tournament

「ハリー・ポッター」シリーズにTriwizard Tournamentが登場するのはこれが初めて。ですからこれまでシリーズを読みつづけてきた読者も、いったいなんだろうと思わずにはいられないでしょう。Triwizardという語は物語のために特別に造られた語で、辞書には載っていません。接頭辞tri-は「3つの」という意味なので、どんなtournament（競技会）であれ、とにかく3人の魔法使いが参加するのだろうと推測することはできます。

章の展開

　ハリーと友人たちはようやくホグワーツにたどり着き、そこの習わしとなっている行事にすぐさま加わります。章の初めに描かれているSorting ceremony（組分けの儀式）は、わたしたちにホグワーツでの生活をふたたび思い出させてくれます。しかしこの章は、この先大きな役割を演じることになる人物が登場するという点でも、非常に重要です。また、ダンブルドア先生から重大な発表もあります。

1. ロンが玄関ホールでずぶぬれになった理由。
2. Great Hall（大広間）のようす。
3. 教職員のテーブルについている人々。
4. Sorting Hat（組分け帽子）の歌。
5. Nearly Headless Nick（ほとんど首なしニック）が口にした厨房でのできごと。それに対するハーマイオニーの反応。
6. クィディッチに関して、ダンブルドア先生が発表したこと。
7. ダンブルドア先生の話の途中で大広間に入ってきた人物。
8. ダンブルドア先生によるTriwizard Tournamentについての発表と説明。
9. Triwizard Tournament開催にあたって定められた条件。
10. フレッドとジョージが心に決めたこと。
11. グリフィンドール寮のようす。

●登場人物 〈♠新登場あるいは #ひさびさに登場した人物〉

Peeves［ピーヴズ］ホグワーツに住みついているポルターガイスト→第1巻7章
Professor (Minerva) McGonagall［ミナーヴァ・マクゴナガル］ホグワーツの変身術の教師。グリフィンドールの寮監
Nearly Headless Nick［ニアリー・ヘッドレス・ニック］Sir Nicholas de Mimsy-Porpington［ニコラス・ド・ミムジー・ポーピントン］のニックネーム。グリフィンドール寮に住んでいるゴースト→第1巻7章
Colin Creevey［コリン・クリーヴィー］グリフィンドール寮生→第2巻6章
♠ **Dennis Creevey**［デニス・クリーヴィー］ホグワーツの1年生。グリフィンドール寮生。Colin Creeveyの弟
Parvati Patil［パーヴァティ・パチル］グリフィンドール寮生→第1巻7章
Professor (Remus) Lupin［リーマス・ルーピン］元ホグワーツの「闇の魔術に対する防衛術」の教師
Professor Flitwick［フリットウィック］ホグワーツの呪文学の教師→第1巻8章
Professor Sprout［スプラウト］ホグワーツの薬草学の教師→第1巻8章
Professor Sinistra［シニストラ］ホグワーツの天文学の教師→第2巻11章
Professor (Severus) Snape［セヴァラス・スネイプ］ホグワーツの魔法薬学の教師→第1巻7章
♠ **Stewart Ackerly**［スチュワート・アッカリー］レイブンクロー寮の1年生
♠ **Malcolm Baddock**［マルコム・バドック］スリザリン寮の1年生
♠ **Eleanor Branstone**［エレノア・ブランストーン］ハッフルパフ寮の1年生
♠ **Owen Cauldwell**［オーエン・コールドウェル］ハッフルパフ寮の1年生
♠ **Emma Dobbs**［エマ・ドブズ］ホグワーツの1年生
♠ **Laura Madley**［ローラ・マッドリー］ハッフルパフ寮の1年生
♠ **Natalie McDonald**［ナタリー・マクドナルド］グリフィンドール寮の1年生
♠ **Graham Pritchard**［グレイアム・プリチャード］スリザリン寮の1年生
♠ **Orla Quirke**［オーラ・クァーク］スリザリン寮の1年生
♠ **Kevin Whitby**［ケヴィン・ウィットビー］ハッフルパフ寮の1年生
Fat Friar［ファット・フライア］ハッフルパフ寮に住んでいるゴースト「太った修道士」→第1巻7章
Bloody Baron［ブラディー・バロン］スリザリン寮に住んでいるゴースト「血みどろ男爵」→第1巻7章
Mr (Argus) Filch［アーガス・フィルチ］ホグワーツの管理人→第1巻7章

語彙リスト

ホグワーツ城へ
<英> p.152　l.1　　<米> p.171　l.1

winged boars (wild pigs with wings) 翼の生えたイノシシ
sweeping (wide) 幅の広い
drive (approach road) 門から玄関に通じる私道、車寄せ
trundled (rolled) ゴトゴト音をたてて進んだ
gale (strong wind) 強風

玄関ホールで
<英> p.152　l.14　　<米> p.171　l.14

Drenched (soaked) ずぶぬれになって
trainers (sneakers) スニーカー
poltergeist (mischievous ghost) ポルターガイスト、いたずらな幽霊
skidded (slipped) すべった
lobbing (throwing) 投げる
Great Hall 大広間　＊ホグワーツの生徒たちが食事をする大きな講堂。▶▶第1巻7章
squirts (insignificant people) がき、青二才
insanely (crazily) 狂ったように
bedraggled (disheveled) ずぶぬれになった
sopping (soaking) びしょびしょの

大広間で
<英> p.153　l.29　　<米> p.173　l.10

goblets (cups) ゴブレット、杯
house tables 各寮のテーブル　▶▶p.103
chattering (conversing) おしゃべりをする
Slytherins スリザリン　▶▶p.104
semi-transparent (almost see-through) 半透明の
doublet (jacket) 体に密着した上着
ruff (decorative collar) ひだ襟
dual (two) ふたつの

wobble (shake back and forth) ぐらぐらする
partially (half-way) 部分的に、途中まで
severed (cut-off) 切断された
Says who? ▶▶p.101
Sorting 組分け　＊ホグワーツの新入生をひとりずつ4つの寮のうちのどれかに振り分ける儀式。▶▶第1巻7章
starving (very hungry) 飢えた、腹ぺこの
combination (accumulation) 組み合わせ
circumstances (conditions) 状況
Hiya = Hello やあ
warily (carefully) 慎重に、警戒して
Keep your fingers crossed (pray that he is successful) 指を重ねて十字を作る　＊相手の成功を祈る仕草です。
identical (twins) 一卵性双生児
supervising (overseeing) (作業を)監督する
Defence Against the Dark Arts 闇の魔術に対する防衛術　＊ホグワーツで教わる教科。▶▶第1巻5章
Charms 呪文学　＊ホグワーツで教わる教科。▶▶第1巻8章
Herbology 薬草学　＊ホグワーツで教わる教科。▶▶第1巻8章
askew (out of alignment) 斜めになって
flyaway (thin and uncontrollable) ふわふわして手に負えない
Astronomy 天文学　＊ホグワーツで教わる教科。
Potions 魔法薬学　＊ホグワーツで教わる教科。▶▶第1巻7章
loathing (hating) 嫌悪
intensified (became stronger) ますます強くなった
half-moon spectacles (crescent shaped glasses) 半月形の眼鏡
fork (flash) 閃光、稲妻　＊もともとは「フォークのように先が分かれたもの」の意味。

marquee (tent) テント
peers (other first years) 同輩、仲間 ＊この場合は「ほかの一年生」。
thumbs-up (raising both thumbs to indicate a positive outcome) 両手の親指を立てたガッツポーズ
mouthed (spoke silently) 声を出さずに口だけを動かして言った
patched (repaired) 継ぎをあてて修繕した
brim (edge) 帽子のつば

組分けが始まる
＜英＞p.156　l.30　　＜米＞p.176　l.22

A thousand years or more ago 一千年以上も前　▸▸ p.104
Sorting Hat (song) 組分け帽子(の歌)　▸▸ p.104
appropriate (specified) 割り当てられた
sidled (edged) (横歩きで) にじり進んだ
tangled (matted) もつれた
misleading (deceptive) 誤解を招く
fathoms-deep 底知れない深さの　＊1 fathom (1尋) は約1.8m。
dwindling (shortening) 短くなる
'Course = Of course もちろん
batch (assignment) 人の一団、割り当てられた人たち
up to scratch (to our standard) 出来のいい、優秀な
winning streak (consecutive victories) 連続優勝
Inter-House Championship 寮対抗杯
expectantly (in anticipation) 期待をこめて
Tuck in (start eating) 食べ物をお腹に詰めこみなさい、食べはじめなさい

新学年度の始まりの祝宴
＜英＞p.160　l.16　　＜米＞p.180　l.26

Hear, hear (I agree) 賛成、そのとおり
mournfully (unhappily) 恨めしそうに

'at's be'er (= that's better) やっと落ち着いた
Wha' 'appened? = What happened? なにがあったの？
sizeable (large) 大きな
out of the question (impossible) 論外な、不可能な
uncivilised (vulgar) 無作法な、下品な
council (meeting) 評議会
all for... (supportive of...) ……を全面的に支持して
put his foot down (would not allow it) 断固として反対する　▸▸ p.101
gaunt (thin) やせこけた
spectre (ghost) 幽霊
hacked off (upset) 動揺して
Wreaked (caused) 引き起こした
havoc (chaos) 大混乱
wits (senses) 正気 ＊out of one's wits で「正気を失って、ひどく取り乱して」。
linen (cloth) リネン、テーブルクロス
dwelling (residence) 住居
see to... (tend) ……の面倒を見る
sick leave (paid holiday when ill) 有給の病欠
'Er-my-knee = Hermione
Yorkshire pudding ヨークシャー・プディング　＊ロースト・ビーフのつけ合わせにするパンのようなプディング。　▸▸ 第1巻7章
'Arry = Harry
Treacle tart 糖蜜パイ　▸▸ p.102
Spotted dick 蒸しプディング　▸▸ p.103
Chocolate gateau チョコレート・ケーキ
reminiscent (similar to) そっくりな
demolished (eaten) 食べ尽くされて
ceased (stopped) 止んだ

ダンブルドア先生のスピーチ
＜英＞p.162　l.21　　＜米＞p.183　l.12

Hmph! フン！　＊いらだちを示す感嘆詞。

Screaming Yo-yos 叫びヨーヨー ▶▶*p.102*
Fanged Frisbees 噛みつきフリスビー ▶▶*p.102*
Ever-bashing Boomerangs 殴り続けのブーメラン ▶▶*p.102*
comprises (consists of...) ……から成る
out-of-bounds (prohibited) 立ち入り禁止の
appalled (shocked) ショックを受けて
staff (pole) 杖
shrouded (covered) 覆われて、まとって
swivelled (turned) 回転した、向いた
grizzled (untidy) 白髪まじりの
relief (clearness) 浮き彫り、輪郭がくっきりと浮かび上がった状態
weathered (old) 風雨にさらされた、年月を経た
chisel (knife) のみ、彫刻刀
gash (cut) 切り傷
ceaselessly (constantly) 絶え間なく
speared (stabbed) 突き刺した
taking in (observing) 観察する
dismally (miserably) わびしく
awed (astonished) 恐れをなした、びっくりしたような
fascination (interest) 惹きつけられること、興味
indifferent (unconcerned) 無関心な
hip-flask (flat, portable bottle for holding whisky or other spirits) 携帯用酒瓶
draught (drink) ひと飲み
hag (old woman) 老婆
competed (fought against each other) 競った
tasks (assignments) 課題
took it in turns (alternated) 交代で行った
ties (links) 絆
mounted (rose) のぼった、達した
discontinued (abolished) 中止された
reinstate (establish again) 再開する
time is ripe (timing is perfect) 時は熟した
short-listed 最終選考に残った ▶▶*p.105*
contenders (participants) 競技者、参加者
impartial (neutral) 偏らない、公平な
prize (reward) 賞
enthusiasm (eagerness) 意気込み、熱意
prospect (thought) 見込み、考え
visualising (imagining) 思い描く、想像する
raptly (intently) 夢中になって
participating schools (schools taking part) 参加校
impose (establish) 設ける
restriction (limit) 制限
put forward (enter) 前に差し出す、（考慮に）入れる
measure (step) 措置
cope with (handle) こなす、対処する
hoodwinks (cheats) だます
beg (implore) 請う
submitting (entering) 提出する、エントリーする
delegations (committees) 代表団
courtesy (hospitality) 礼儀、もてなし
whole-hearted (complete) 心からの
alert (attentive) 注意深い
Chop chop (hurry up) 早く早く、急いで

グリフィンドール寮へ向かう途中
<英>*p.167* *l.19*　　<米>*p.189* *l.5*

have a shot (have a chance) 試みる
faraway (distant) 遠くを見るような
debating (discussing) 議論する
fool (trick) だます
Ageing Potion (potion that makes people older) 老け薬
tapestry (embroidered wall hanging) タペストリー、つづれ織りの壁掛け
get round (persuade) 説得する
Fancy entering? (want to enter) エントリーしたいか？

s'pose = suppose ……と思う
gran'd = grandmother would　おばあちゃんは
upholding (maintaining) 持続させる
notoriously (famously) (悪い意味で)有名な
suit of armour (metal suit used in olden times during battle) 甲冑
visor (part of a helmet that protects the eyes) (目を保護するための) 兜のひさし

グリフィンドール寮の談話室で
＜英＞p.169　l.6　＜米＞p.191　l.5

squashy (soft) 柔らかい、ふかふかした

bidding (wishing) (挨拶の言葉を) 言う

グリフィンドール寮の共同寝室で
＜英＞p.169　l.13　＜米＞p.191　l.12

situated (located) 位置して
four-poster beds (beds with posts on each corner from which curtains hang) 四本柱のベッド
Mental (stupid) いかれた
warming pans あんか　▶▶p.31
go in for it (participate) 参加する
dazzling (vivid) 目がくらむような、輝かしい
admiration (respect) 賞賛

▶▶せりふ

Says who?

　このフレーズはふつう、相手の言っていることに賛成できない場合に、けんか腰で口にされます。言い換えるとすれば、"No, it's not."といったところでしょうか。でも、これでは話し手のいらだちがうまく表現できません。ここの場合、Nearly Headless Nick (ほとんど首なしニック) はハリーに意気揚々と "Good evening." と挨拶しました。でもハリーから見れば、まったくgoodではありません。ハリーは "Says who?" (そんなことあるものか) と言うことによって、ちっとも「いい」夕べなんかじゃない、天気は大荒れだしピーブズはいたずらするしで「さんざんな」夕べだ、と言っているのです。

put his foot down

　誰かの考えに「断固として反対する」こと。ここの場合、Bloody Baron (血みどろ男爵) は、祝宴に参加したいというピーブズの要求を断固として拒んでいるのです。このフレーズから浮かんでくるイメージは、自分の考えを頑として譲らず、その決意の固さを示すために足を踏んばっている (putting one's foot down) 人の姿です。

▶▶ 魔法の道具
Screaming Yo-yos

　J.K.Rowlingは、わたしたちマグルの世界のごくありふれたものにちょっとした機能をつけ加え、いかにも魔法界らしい道具に仕立てあげる天才と言えるでしょう。ここではヨーヨーをbanshee（泣き妖怪）のように叫ばせています。そんなヨーヨーを何に使うのか、本には書かれていませんが、寮の友人たちを夜に眠らせないためではないでしょうか。

Fanged Frisbees

　牙（fangs）の生えたフリスビーです。こんなフリスビーが飛んでくるとしたら、手で受けるにはかなりの勇気が必要ですね。

Ever-bashing Boomerangs

　J.K.Rowlingは、ごくあたりまえのブーメランに、とんでもない性質をつけ加えました。何しろ、飛んでいく途中にあるすべての物や人をなぐりまくるのですから。everは「永久に、いつも」。bashingには、Whomping Willow*（暴れ柳）のwhompingと同じニュアンスがあります。

＊ホグワーツの敷地内に生え、近づくものすべてになぐりかかる木（第2巻5章初出）。

▶▶ お菓子や食べ物
Treacle tart

　treacle（糖蜜）は気分が悪くなるほど甘ったるい、べたべたしたシロップ。アメリカではmolassesと呼ばれています。誕生祝いのケーキなどさまざまなお菓子に使われ、その強烈な甘さは子どもたちに好まれていますが、大人はできるだけ食べずにすまそうとしています。

Spotted dick

牛の腎臓のあたりの脂肪(suet)を使ったsuet puddingの一種で、干しぶどうなどのドライフルーツが入った蒸しプディング。細かく刻んだドライフルーツがぽつぽつとニキビ(spots)のように見えることから、このように呼ばれています。最古のレシピとして1847年のものが残っていますが、それ以前からあったことはまちがいありません。ちなみに、イギリスの男の子はこのプディングの名に大はしゃぎです。なぜなら、dickは俗語で男性の大切な部分のことですから。

▶▶ **情報**

house tables

イギリスの学校がみなそうであるように、ホグワーツ魔法魔術学校も4つの**house**(学寮、寮)に分かれています。生徒たちはそれぞれ、入学にあたってどの寮に入るかを割り当てられます。生徒たちは卒業するまで、学校全体に対してだけでなく、それぞれの寮に対しても忠誠を尽くすことが望まれます。

各校では、寮対抗の**point system**(点数制)が採用されています。学業やスポーツなどの成績によって各寮に点数が与えられ、校則を破ったりすれば減点されるのです。そして最高点を獲得した寮は、学年末に**House Championship trophy**(寮対抗杯)を授与されます。

大広間で食事をするときは、寮ごとに分かれてテーブルにつきます。この箇所の**house table**は、寮ごとに割り当てられているテーブルのこと。

ホグワーツの4つの寮には、学校の創立者の名前がつけられています。

Gryffindor	Godric Gryffindorにちなんだ名。寮の紋章はlion(獅子)。ハリー、ロン、ハーマイオニーはここの寮生です。
Hufflepuff	Helga Hufflepuffにちなんだ寮名。寮の紋章はbadger(アナグマ)。
Ravenclaw	Rowena Ravenclawにちなんだ寮名。寮の紋章は

	eagle（鷲）。
Slytherin	Salazar Slytherinにちなんだ寮名。寮の紋章はsnake（蛇）。

　boarding school（寄宿学校）の場合は、寮が生徒たちの住まいとなります。その場合、**dormitory**という語は寮全体ではなく、生徒たちが寝起きする「共同寝室」のみを意味します。このほか寮の中には、椅子や机が置かれ、生徒たちが勉強したりくつろいだりする**common room**（邦訳は「談話室」）もあります。詳しくは、第1巻7章をご覧ください。

Sorting Hat's song

　Sorting Hat's song（組分け帽子の歌）は韻文で書かれているため、実際はごく単純なこともまわりくどく表現しています。単純な言葉で要約すれば、次のようになります。

I was created 1,000 years ago in the same era as four famous wizards
（わたしは千年前、4人の有名な魔法使いたちと同じ時代に作られた）
These four wizards came from different areas, but all shared the same dream of building a school
（4人の魔法使いはそれぞれ別の地域の出身だったが、学校を設立するという同じ夢を持っていた）
Each had different values for their students, so four houses were created
（4人はそれぞれ生徒たちに異なる徳目を求めたので、4つの寮が作られた）
Brave students were assigned to Gryffindor
（勇敢な生徒はグリフィンドール寮へ）
Clever students were assigned to Ravenclaw
（賢い生徒はレイブンクロー寮へ）
Hardworking students were assigned to Hufflepuff
（勤勉な生徒はハッフルパフ寮へ）
Ambitious students were assigned to Slytherin
（野心のある生徒はスリザリン寮へ）
The Sorting Hat was given brains to identify which student belonged in which house, so put me on your head to discover

your house
(組分け帽子は、どの生徒がどの寮にふさわしいかを見分ける頭脳を授かっている。さあ、自分の寮を見つけるために、私をかぶってごらん)

short-listed

　short-listedは、大勢の候補者の中から「最終選考に残った候補者」のこと。たとえばある会社が社員を募集し、3人の採用枠に対して100人の応募があったとします。すると会社は、面接をするためのshort-list（最終選抜候補者名簿）を作ります。100人も面接するのでは膨大な時間がかかってしまうので、書類選考で少人数（たとえば10人）に絞るのです。
　ここの場合、ボーバトン校とダームストラング校はそれぞれ、すでに候補者を絞っています。このshort-listに載っている生徒だけが、ホグワーツ訪問の権利を与えられているのです。

第12章
について

第13章 について

基本データ		
語数		3912
会話の占める比率		30.5%
CP語彙レベル1、2 カバー率		75.7%
固有名詞の比率		8.1%

Chapter 13　Mad-Eye Moody
――ケナガイタチに変身させられたのは？！

章題

Mad-Eye Moody

わたしたちは前章でMad-Eye Moodyを遠くから目にしました。しかしこの章では、いわば面と向かって会うことになります。Mad-Eyeだなんて、いったい何者なのでしょうね。

章の展開

この章を読むと、通常どおり授業が始まったホグワーツの日常生活のようすがうかがえます。しかしこの章には、見落とすわけにはいかない重要なことも、いくつか含まれています。

1. 朝食のときに交わされた、新年度の時間割についての会話。
2. 薬草学の授業。
3. 魔法生物飼育学の授業。その授業でハグリッドが生徒たちに紹介した生き物。
4. 屋敷しもべ妖精に対するハーマイオニーの関心。
5. 占い学の授業。
6. 「日刊予言者新聞」に載った記事。
7. ハリー、ロンとマルフォイの口げんか。
8. ムーディ先生の登場。彼がある生徒に与えた罰。
9. ムーディ先生の評判。

●登場人物 〈♠新登場あるいは #ひさびさに登場した人物〉

♠ **Eloise Midgen** [エロイーズ・ミジェン] ホグワーツの生徒
Hannah (Abbott) [ハナー・アボット] ハッフルパフ寮生→第1巻7章
Fang [ファング] ハグリッドの犬→第1巻8章
Lavender Brown [ラベンダー・ブラウン] グリフィンドール寮生→第1巻7章
Norbert [ノーバート] ハグリッドが昔飼っていたドラゴン→第1巻14章
Professor Vector [ヴェクター] ホグワーツの数占いの教師→第3巻12章
Lee Jordon [リー・ジョーダン] グリフィンドール寮生→第1巻6章

語彙リスト

大広間での朝食
<英>p.171 l.1　<米>p.193 l.1

pewter (metal-coloured) 合金のような色の
timetables (class schedules) 時間割
bluffing (cheating) だます
Care of Magical Creatures 魔法生物飼育学　＊ホグワーツで教わる教科。▶▶第2巻8章
predicting (foreseeing) 予言する
Arithmancy 数占い　＊ホグワーツで教わる教科。▶▶第2巻14章
liberal amounts (lots) たくさん、大量
haughtily (proudly) 偉そうに
tawny owl モリフクロウ
parcel (package) 小包
eagle owl ワシミミズク

薬草学の授業
<英>p.172 l.12　<米>p.194 l.21

preoccupation (inattentiveness) ひとつのことで頭がいっぱいになること
sodden (soaking) ぐっしょりぬれた
greenhouse (structure made of glass in which plants are cultivated) 温室
soil (earth) 土
squirming (wriggling) のたくる
Bubotubers［ビューボチューバーズ］腫れ草　▶▶p.110
pus (thick liquid formed in a suppuration) 膿
undiluted (not watered down) 水で薄めていない
petrol (gasoline) ガソリン
pints パイント（液体単位）　＊1 pintは約500cc。
stoppering (inserting a stopper) 栓をする
remedy (cure) 治療薬
acne (spots) にきび

resorting to... (using) ……の手段を取る、……に頼る
pimples (spots) にきび
signalling (indicating) 告げる、示す

魔法生物飼育学の授業
<英>p.173 l.12　<米>p.195 l.25

boarhound ボアハウンド　＊犬の種類。
crates (boxes) 木箱
straining (pulling) 引っぱる
keen (eager) しきりに……したがる
investigate (examine) 調べる、見る
Blast-Ended Skrewts 尻尾爆発スクリュート　▶▶p.109
Eurgh 嫌悪感を表す感嘆詞
summed up (perfectly described) よく表現していた
deformed (misshapen) 奇形の
giving off (emitting) 放つ
propelled (pushed) 前進させられて
hatched (come out of the eggs) (卵から）孵った
raise (bring up) 育てる
stumped (confused) 途方にくれて
squelchy (slimy) ぐちゃぐちゃの、ぬるぬるした
suppress (restrain) 抑える
vicious (violent) 狂暴な
Norwegian Ridgeback ノルウェー・リッジバック種　＊ドラゴンの種類。▶▶p.139（「魔法界の生き物」Dragons）　▶▶第1巻14章
lethal (dangerous) 危険な
six feet 約1.8m

大広間での昼食
<英>p.175 l.23　<米>p.198 l.17

puke (vomit) 吐く
muster (display) かき集める、奮い起こす
bulging (overstuffed) ふくらむ

占い学の授業
<英>p.176 l.6　<米>p.199 l.5

emanating from... (coming from...) ……から生じる
nostrils (noses) 鼻の穴
chintz (plain-woven printed fabric) 模様のある布張りの
pouffes (padded footstools) 円形クッション、クッションのついた足代
cluttered (filled) あちこちに散らばった
tragic (unhappy) 悲劇的な
bangles (bracelets) 腕輪
baseless (without foundation) 根拠のない
alas (unfortunately) ああ、残念なことに
dread (fear) 恐れ
come to pass (come true) 実際に起こる
stonily (without expression) (石のように) 無表情で
portents (signs) しるし、予兆
celestial (heavenly) 天の
destiny (fate) 運命
deciphered (interpreted) 解読されて、解き明かされて
intermingle (mix together) 混じりあう
drifted (moved away) 漂った
dull-witted (without concentration) 頭がぼうっとした
rambling (long) とりとめのない、長ったらしい
spellbound (interested) 魅了された、夢中にさせられた
spooky (eerie) 不気味な
baleful (harmful) 有害な、邪悪な
Saturn 土星
resentment (indignation) 怒り、いらだち
hanging on (listening carefully to) 注意を傾けて聞く
riveted (interested) 釘づけにされて、注意を引きつけられて

stature (physical appearance) 体つき
complicated (complex) 複雑な
dull (boring) 退屈な
consultation (checking) 参照
Neptunes 海王星
imitating (copying) 真似る
midget (small person) 小さい人
unaspected (un-documented) 立証されていない
Uranus 天王星 ▶▶p.109
Can I have a look at Uranus, too, Lavender? ▶▶p.109
analysis (breakdown) 分析
airy-fairy (wishy-washy) 非現実的な
bitterly (resentfully) 苦々しく、いらだって
descending (walking down) 下りる
bully for (how nice) でかした、いいぞ!

玄関ホールで
<英>p.178 l.34　<米>p.202 l.14

Correspondent (journalist) 通信員、記者
under fire (criticised) 非難された
plunged into... (immersed in...) ……に追いこまれた
antics (actions) (異様な) 行動
nonentity (nobody) 取るに足りない人物
flourish (ostentatious performance) これみよがしな行動
tussle (fight) 揉めごと
aggressive (violent) 攻撃的な
potentially (possibly) 潜在的に、……になりかねない
Get stuffed (shut up) 黙れ
fat mouth (big mouth) 人の悪口ばかり言う口
graze (scratch) かすめる
LADDIE (young man) 若者
stone-flagged (stone slabbed) 石を敷きつめた
gravelly (husky) (声が) しゃがれた

took off (ran away) 去った
dungeons (basement) 地下牢
ten feet 約3m
smack (sharp noise) ピシャリという音
scummy (awful) 卑劣な
flailing (waving) バタつかせる
sleek (tidy) 手入れの行き届いた
detentions (kept behind in the classroom during free time as a punishment) 居残り罰 ▶▶第1巻14章
offender (culprit) 規則の違反者
humiliation (embarrassment) 屈辱
malevolently (evilly) 悪意をこめて
distinguishable (audible) 聞きとれた

chat (conversation) 会話

大広間での夕食
<英>*p.182 l.34*　　<米>*p.207 l.9*

fix (set) 焼きつける、留める
uplifted (happy) 意気揚々とした、うれしそうな
doling (serving) 取り分ける
beef casserole ビーフ・キャセロール ▶▶*p.110*
impatient (annoyed) いらいらした
'Mazing (= amazing) すばらしい、すごい

▶▶ せりふ
Can I have a look at Uranus, too, Lavender?

第13章について

　　ある語と同じ発音の語（またはフレーズ）とを掛けた、男子生徒たちに大うけのジョークの典型。この場合、惑星の名Uranus（天王星）はyour anus（君の肛門）と発音が同じです。つまりロンは、誰であれ絶対に他人にたずねてはいけないことを、ラベンダーに言っているのです。イギリス中の男の子がこの洒落に大喜びし、いつまでもニヤニヤしているようすが、目に浮かんできそうです。

▶▶ 魔法界の生き物
Blast-Ended Skrewts

　　Blast-ended Skrewt（尻尾爆発スクリュート）は、ありがたいことに実在の生き物ではありません。腐った魚のようなにおいを発し、その姿はまるで、殻のない奇形の伊勢エビ。体長15センチほどの青白くヌメヌメした体には頭がなく、あちこちから勝手気ままに脚が生えています。尻尾から爆発音をたてて火花を飛ばしながら前進します。メスはほかの生き物の血を吸い、オスは針で刺します。英語

にskrewtという語はありませんが、screw（ねじ）、shrew（トガリネズミ）、scoot（突進する）という語と似ていることから、一瞬のうちにすばやく動くことのできる、悪気のない小さな生き物が連想されます。

▶▶ 魔法の道具

Bubotubers［ビューボチューバーズ］

> Bubotuber（腫れ草）は真っ黒な太いナメクジのような醜い植物。搾ると膿を出し、その膿はニキビの治療に役立ちます。bubotuberという語自体は存在しませんが、bubo（腫れ物）とtuber（じゃがいもなど、こぶ状の地下茎）という実在するふたつの語をつなぎ合わせたものです。

▶▶ お菓子や食べ物

beef casserole

> casseroleはふたつきの耐熱皿をオーブンに入れ、時間をかけて調理したシチューのような料理。イギリスのディナーの食卓にはさまざまなcasserole料理がよく登場しますが、おそらくbeef casseroleとlamb casseroleが最も一般的でしょう。casserole皿に一口大に切った肉、野菜、じゃがいも、時にはdumpling（練った小麦粉を丸めてゆでたもの）を入れ、スープストックを流しこみ、オーブンでゆっくり加熱します。

第14章 について

基本データ		
語数		4868
会話の占める比率		30.6%
CP語彙レベル1, 2 カバー率		78.1%
固有名詞の比率		7.4%

Chapter 14　The Unforgivable Curses
—— アバダ・ケダブラ

章題: The Unforgivable Curses

「ハリー・ポッター」シリーズには、これまでたくさんの呪文が登場しました。ところがこの章では、許されない (unforgivable) 呪文が紹介されようとしています。うーん、おもしろそう。でも、よい子はぜったい真似しないように……。

章の展開

いくつものできごとが描かれた長い章です。「闇の魔術に対する防衛術」の授業の場面はかなり長めですが、なかなかおもしろいだけでなく、この授業を受け持つマッド-アイ・ムーディについて、自分なりの考えをまとめる時間を与えてもくれます。一方ハーマイオニーは、物語のわき筋となるある活動を始めますので、ぜひ心にとめておいてください。この章のポイントは次のとおりです。

1. 「闇の魔術に対する防衛術」の授業。
2. マッド-アイ・ムーディが生徒たちに教えた呪文。
3. 両親についてのハリーの記憶。
4. ネビルが抱える問題。
5. 談話室で占い学の宿題をするハリーとロン。
6. フレッドとジョージが夢中になっていること。
7. ハーマイオニーの計画。彼女がハリーとロンに割り当てた役割。
8. 戻ってきたヘドウィグが運んできた手紙。

●登場人物　〈#ひさびさに登場した人物〉

James Potter［ジェームズ・ポッター］ハリーの父親→第1巻1章
Lily Potter［リリー・ポッタ ］ハリーの母親。ペチュニア・ダーズリーの妹→第1巻1章

111

語彙リスト

ホグワーツの状況
<英>p.185 l.1　<米>p.209 l.1

incident (trouble) 事件
attained (achieved) 達した
vindictiveness (spitefulness) 執念深さ
disembowel (remove internal organs from) はらわたを抜き出す
foul (awful) 険悪な
Scouring Charm　ゴシゴシ呪文　▶▶p.114
guts (innards) 内臓
common knowledge (known by everyone) 誰もが知っていること
overt (obvious) 明らかな
animosity (resentment) 敵意

闇の魔術に対する防衛術の授業
<英>p.186 l.9　<米>p.210 l.15

stumping (walking loudly) 大きな音をたてて歩く
register (log book for taking students' names) 出席簿
declared (announced) 告げた
grounding (background) 基本的な知識
Boggarts　まね妖精　＊相手が最も恐れるものの姿に変身することができる生き物。▶▶第3巻7章
Red Caps　赤帽鬼　＊戦場に棲みつき、戦に倒れた者の血を赤い帽子ですくって集める生き物。▶▶第3巻8章
Hinkypunks　おいでおいで妖精　＊沼地で明かりを放ち、旅人を沼に誘いこんで溺死させる生き物。▶▶第3巻9章
Grindylows　水魔　＊池や湖に棲み、子どもを水中にひきずりこむ生き物。▶▶第3巻8章
Kappas　河童　▶▶第3巻8章
werewolves　狼人間、狼男、人狼　＊満月の夜に狼に変身する人間。▶▶第1巻13章

assent (agreement) 同意
blurted out (said quickly) 口走った
apprehensive (uneasy) 不安な、落ち着かない
tight corner (difficult situation) 窮地、困難な状況
harsh (bitter) 苦々しい
counter-curses (spells that deactivate curses) 反対呪文　＊相手がかけた呪いに対抗する呪文。
illegal (unlawful) 違法の
blushed (went red in the face) ほおを赤らめた
Imperius curse 服従の呪文　▶▶p.114
Imperio [インペリオ]　▶▶p.114
trapeze (swing) 空中ぶらんこ
hind (back) 後ろ
VIGILANCE (alertness) 警戒、用心
somersaulting (rolling) とんぼ返りをする
daring (bravery) 勇気、大胆さ
Cruciatus curse 磔の呪文　▶▶p.114
Engorgio [エンゴージオ]　▶▶p.114
tarantula　タランチュラ、オオツチグモ
Crucio [クルーシオ]　▶▶p.114
Reducio　▶▶p.114
thumbscrews 親指締め　▶▶p.115
Avada Kedavra [アヴァダ・ケダヴラ]　▶▶p.115
lop-sided (uneven) ひん曲がった
evade (escape) 逃げる
instantaneously (immediately) 即座に
stifled (muffled) 押し殺した
unblemished (without mark or injury) 何の傷もない
picturing (imagining) 思い描く、想像する
begged (implored) 懇願した
despair (misery) 絶望
arming (provided with weapons) 武装
torrent (flood) 噴出、洪水

廊下で
<英>p.193 l.1　<米>p.218 l.11

demonstrated (shown) 実際にやって見せた
gabbled (spoke quickly) 早口で言った
prospect (thought) 見通し、考え
pleadingly (imploringly) 懇願するように
steered (ushered) 促されて、導かれて
pensive (thoughtful) 考えこんでいる、思いにふけった
snuffed it (dropped dead) コロッと死んだ

グリフィンドール寮で
<英>p.194 l.28　<米>p.220 l.11

tactful (sensitive) 気のきいた
standby (backup) 頼りになるもの
jumble (mixture) ごたごたの山
conjunction (association) 結合
Mars 火星
misery (despair) 不幸なこと
lap it up (believe every word of it) 真に受ける、丸ごと信じこむ
treasured (valued) 大切にしている、貴重な
Mercury 水星
Venus 金星
come off worst (lose) 負ける、こてんぱんにやられる
inscrutably (enigmatically) 謎めいたようすで
poring over... (concentrating on...) ……に集中する、熱心に……をする
in the thick of things (in the middle of things) ものごとの中心で
eavesdropping (listening in) 盗み聞きする
purring (noise of contentment cats make) (猫が)のどを鳴らす
triumphantly (exultantly) 勝ち誇ったように
sardonically (sarcastically) 皮肉をこめて
forewarned (warned beforehand) 前もって警告されて
rampaging (stampeding) 暴れまわる
mock (pretended) 偽の、見せかけの
decapitation (head cut off) 斬首、首を切られること
S.P.E.W. しもべ妖精福祉振興協会
▸▸p.115
Outrageous (despicable) 目に余る、見下げ果てた
Abuse (mistreatment) 虐待
manifesto (list of policies) 宣言、声明
enslavement (subjugation) 奴隷制度
wages (salaries) 報酬
shockingly (terribly) 愕然とするほど
proceeds (amount collected) 収益、売り上げ
fund (pay for) 資金を供給する
leaflet (pamphlet) パンフレット
treasurer (accountant) 会計係、財務担当者
grubby (dirty) 汚い
be in touch (stay in contact) 連絡を取る
perplexed (confused) 当惑して
expectantly (in anticipation) 期待をこめて
Owlery (room in which the owls live) ふくろう小屋
offended (insulted) 感情を害された
cuffing (hitting) 叩く
pacifying (calming) なだめるような
blab (tell people) 他人にべらべらしゃべる
canopy (tent-like cover) 天蓋

▶▶ **呪文**

Scouring Charm

> scourはscrubと同じく、何かをきれいにするために「ゴシゴシこする」こと。そのscourに由来するこの呪文は、もちろんものをこすってきれいにするための呪文です。ここの場合、ネビル・ロングボトムがきれいにしなくてはならないのは、自分の爪です。

Imperius Curse / *Imperio* ［インペリアス・カース／インペリオ］

> Imperius Curse（服従の呪文）は3つの「許されざる呪文」のひとつで、相手を完全に支配する呪文。この魔法をかけるときに唱える言葉*Imperio*は、「命令する」を意味するラテン語です。

Cruciatus curse / *Crucio* ［クルーシエイタス・カース／クルーシオ］

> Cruciatus curse（磔の呪文）は3つの「許されざる呪文」のひとつで、相手にはなはだしい苦痛を与える呪文。この魔法をかけるときに唱える言葉*Crucio*は、「苦しめる、拷問にかける」を意味するラテン語です。これに最もよく似た英語はexcruciate（ひどく苦しめる）。*Crucio*とは少し異なるものの、英語圏の読者はexcruciateからの類推で、この呪文の目的を知ることができるにちがいありません。

Engorgio ［エンゴージオ］

> 相手を肥大させる呪文。*Engorgio*という語は、英語のengorge（詰めこむ、肥大させる）に -ioという接尾辞をつけてラテン語風にしたもの。

Reducio ［レデューシオ］

> *Reducio*は*Engorgio*の反対呪文。肥大させられた相手を元どおりの大きさに戻します。この語の由来は「元に戻す」を意味するラテン語*reduco*ですが、英語のreduce（減らす、小さくする）と似ていることからも、この呪文の目的が推測できますね。

Avada Kedavra [アヴァダ・ケダヴラ]

> 3つの「許されざる呪文」のひとつで、相手を死に至らせる呪文です。この語源は、古代中近東の言語であるアラム語 *abhadda kedhabhra* で、その意味は「この語のように消えよ」。病気を治療するために医者が使っていたまじないの言葉と考えられており、誰かを殺すために用いたという証拠は残っていません。*abhadda kedhabhra* は英語に採り入れられて、現在では abracadabra という形になり、手品師や子どもがよく使います。

▶▶ **情報**

thumbscrews

> thumbscrews は、ヨーロッパ中世の歴史の暗部を物語る拷問器具。親指にはめる輪の中に1枚の平らな鉄片がはめこまれており、大きなネジをまわすと、鉄片が親指を締めつけるようになっています。ネジを締めるたびに最大限の痛みを与えることができるよう、拷問はゆっくりと時間をかけて行われていました。
>
> 現在、この語は「圧力をかける」という意味の慣用句の中で用いられています。たとえば、ローンの返済を迫る銀行は、負債者に putting on the thumbscrews（圧力をかけている）と言えます。

S.P.E.W.

> Society for the Promotion of Elfish Welfare（しもべ妖精福祉振興協会）の略称で、Society（協会）、Promotion（振興）、Elfish（妖精の）、Welfare（福祉）の頭文字を並べたものです。それなのに、ロンとハリーはたびたびこの名称を笑いものにして、ハーマイオニーを傷つけています。いったいなぜ？ 実は、spew は俗語で vomit（吐く）の意味なのです。これは J.K.Rowling ならではのジョークで、イギリス中の子どもたちがさぞおもしろがるにちがいありません。
>
> もうひとつ興味深いことをつけ加えておきましょう。ハーマイオニーが始めたこの妖精解放運動は、1867年にアメリカで始まったある運動にそっくりです。この運動は、農民の社会的・経済的・政治

的地位の向上を目指すもので、その名も Granger Movement（グレンジャー運動）。ところでハーマイオニーの姓はなんでしたっけ？そう、Granger でしたね……。

What's More 6

イギリスの暮らし

　「ハリー・ポッター」シリーズには、おもに魔法界のことが書かれていますが、マグル界のイギリスがどんなところか考えてみたことがありますか。イギリス統計局は毎年、多項目にわたる調査を行っており、その調査結果からは、イギリスに住む人々の日常生活がうかがえます。以下は2002/03会計年度の調査に基づく統計です。

・16歳以下の人口は1971年から2002年までのあいだに18％減少。
・65歳以上の人口は1971年から2002年までのあいだに27％増加。
・全世帯の29％は単身世帯。
・全世帯の69％が持ち家を所有。
・全人口の70％が携帯電話を所有。
・全世帯の55％がパソコンを所有。
・全世帯の45％がインターネットに接続。
・全世帯の29％が自動皿洗い機を所有。
・24歳以下の成人男子の56％が家族と同居。
・24歳以下の成人女子の37％が家族と同居。
・平均的な所得の世帯の支出は1週間あたり約406ポンド（82,775円）、低所得世帯の支出は1週間あたり約135ポンド（27,523円）、高所得世帯の支出は1週間あたり約883ポンド（180,026円）。平均的な所得の世帯の支出内訳は、以下のとおり。

交通費	59.20 ポンド（12,069円）
教養娯楽費	56.40 ポンド（11,498円）
食費（酒類を除く）	42.70 ポンド（8,705円）
住居・水道光熱費	36.90 ポンド（7,523円）
レストラン・ホテル利用費	35.40 ポンド（7,217円）
雑費・サービス利用費	33.10 ポンド（6,748円）
家具・家庭用品	30.20 ポンド（6,157円）
被服費	22.30 ポンド（4,546円）
酒・煙草代	11.40 ポンド（2,324円）
通信費	10.60 ポンド（2,161円）
教育費	5.20 ポンド（1,060円）
保健・衛生費	4.80 ポンド（978円）
その他	57.90 ポンド（11,804円）

　（日本円への換算は、2004年2月末のレート（1英ポンド＝203.88円）によるものです）

第15章について

基本データ	
語数	5255
会話の占める比率	19.5%
CP語彙レベル1、2 カバー率	79.1%
固有名詞の比率	6.7%

Chapter 15　Beauxbatons and Durmstrang
──マダム・マクシームとカルカロフ

章題　Beauxbatons and Durmstrang

このふたつの名は、これまでの章にも登場しました。ですから、章のタイトルになってもなんの不思議もありません。しかし、それがこの章とどんな関わりがあるのかは、もちろん読んでみなければわかりません。

章の展開

この章ではTriwizard Tournament（三大魔法学校対抗試合）に参加する他の2校が到着し、いよいよ物語の主要な設定が整います。しかしその前に、今後大きな意味を持つことになるさまざまな情報が紹介されますので、注意をこめて読んでください。ポイントは以下のとおりです。

1. ハリーが書いた手紙。その手紙に対するハーマイオニーの反応。
2. 「闇の魔術に対する防衛術」の授業。呪文をかけられたハリーは、その呪文にどう対応したか。
3. 変身術の授業中、マクゴナガル先生が生徒たちに与えた注意。
4. 玄関ホールに貼りだされた啓示。
5. 大広間でロンが耳にした、フレッドとジョージの会話。
6. 屋敷しもべ妖精の権利に対するハーマイオニーの関心。フレッドとジョージが彼女に言ったこと。
7. ハリーが受け取った手紙。
8. ボーバトン校の代表選手候補者たちの到着。
9. ダームストラング校の代表選手候補者たちの到着。

●登場人物 〈♠新登場あるいは #ひさびさに登場した人物〉

\# Professor Binns［ビンズ］ホグワーツの魔法史の教師→第1巻8章
♠ Professor (Igor) Karkaroff［イゴール・カルカロフ］ダームストラング校の校長

語彙リスト

シリウスからの手紙
<英>p.201 l.1　<米>p.228 l.1

held up (delayed) 足止めされた
overturn (knock over) ひっくり返す
draughty (windy) 風の強い
droppings (excrement) 糞
regurgitated (disgorged) 吐き戻された
nestled (nesting) 巣を与えられて
barn owl　メンフクロウ
dropping-strewn (covered with owl droppings) フンまみれの
evidently (apparently) 明らかに
gratitude (appreciation) 感謝
alleviate (eradicate) 和らげる

ホグワーツの状況
<英>p.202 l.24　<米>p.229 l.27

Drop it (shut up) 黙れ
heeded (obeyed) 従った
cornered (captured) 追いつめられて

闇の魔術に対する防衛術の授業
<英>p.203 l.9　<米>p.230 l.17

eerie (mysterious) 不気味な
chamber (room) 部屋
considerable (substantial) かなりの、相当な
fractured (broken) 砕いた

ホグワーツの状況
<英>p.205 l.1　<米>p.232 l.19

hobbled (limped) びっこを引いて歩いた
paces (training) 訓練　＊もともとは馬などの「歩き方の訓練」の意味。put...through one's pacesで「……の能力を試す」。
get shot of him (get rid of him) 追い払う、お払い箱にする

phase (period) 段階、時期
pincushion (small pad into which seamstresses stick their pins) 針刺し
top marks (full scores) 最高点
commending (praising) ほめる
unflinching (fearless) ひるまない
catastrophes (disasters) 災難
History of Magic　魔法史　＊ホグワーツで教わる教科。▶▶第1巻8章
Rebellions (revolts) 反乱
antidotes (medicine to counteract poison or disease) 解毒剤
hinted (indicated) ほのめかした
remarkable (amazing) めざましい、驚くべき
proposed (suggested) 提案した
Father Christmas (Santa Claus) サンタクロース
takin' a leaf outta ...'s book (= taking a leaf out of ...'s book) ……のやったことを真似る
retorting (answering back) 口答えする
put down (ridicule) やり込める、ばかにする

玄関ホールで
<英>p.207 l.3　<米>p.235 l.3

milling (collecting) うろうろする
tip-toe (on the points of his toes in order to gain height) (on tip-toeの形で) つま先立ちで、背伸びをして
assemble (gather) 集合する
scathingly (spitefully) 容赦なく、痛烈に
Lockhart ロックハート　▶▶*p.120*

ホグワーツの状況
<英>p.208 l.4　<米>p.236 l.12

contagious (infectious) 感染力の強い
germs (bacteria) 細菌
grimy (dirty) 汚れた

displeasure (annoyance) 不満、腹立ち
ferociously (viciously) 狂暴に
hysterics (convulsions) ヒステリーの発作
transplanted (moved) 移植した

大広間で
<英> p.208　l.27　　<米> p.237　l.5

banners (flags) 旗、垂れ幕
coat of arms (crest) 紋章
united (unified) 結ばれて、ひとつになって
bummer (bad luck) 期待はずれなこと
interruption (disturbance) 邪魔
cockatrice コカトリース ▶▶ p.120
reliable (dependable) 信頼できる
Biased (one-sided) 偏見に満ちた
Glosses Over (covers up) 言い繕う、きれいごとを言う
Aspects (features) 様相
colluding (taking part in) 共謀する
oppression (persecution) 圧迫、虐待
curb (restrain) 制限する、抑える
badgering (harassing) しつこくせがんで困らせる
nick (steal) 盗む
brainwashed (forced to believe) 洗脳された
rinds (skin) 外皮
posted (informed) 知らされて
attentive (alert) 注意深い

ボーバトンとダームストラングの代表団の到着
<英> p.212　l.16　　<米> p.241　l.11

ornamental (decorative) 装飾的な
plait (woven hair) 三つ編み

palominos パロミノ ＊すらりとした脚をもつ淡い金茶色の馬。
almighty (very loud) 絶大な、大きな音の
beaky (pointed) とがった
knob (bun) シニヨン、まげ
gracious (courteous) 優雅な
Dumbly-dorr Madame Maxine が Dumbledore と言うときの発音
I 'ope I find you well お変わりありませんか ▶▶ p.210 (Beauxbatons のなまり)
trifle (little) 少し
steeds (horses) 馬
imperiously (arrogantly) 尊大なようすで、横柄な態度で
whirlpool (spiraling water) (水の)渦
rigging (ship's masts and sails) 船の帆柱や帆桁
resurrected (reborn) 復活した、引き上げられた
portholes (windows on a ship) 船窓
sloshing (sound of waves) 波のたてる音
turbulent (disturbed) 荒れ狂う
disembarking (getting off) 下船する
along the lines of (in the same way as) ……並みの
shaggy (hairy) 毛足の長い
matted (tangled) もつれた
Blooming (fine) 元気な
fruity (rich) 響きのいい
unctuous (ingratiating) 妙に愛想がいい、おもねるような
goatee (beard) 山羊ヒゲ
extend to (reach) ……にまで及ぶ
prominent (pronounced) 目立つ
profile (side of the face) 横顔

第15章について

▶▶ 魔法界の生き物
cockatrice［コカトリース］

> *Harry Potter and the Chamber of Secrets*に登場したbasilisk（→第2巻16章）の別名。cockatriceは古くから伝説の中に登場してきました。昔の人々の絵によると、蛇のような細長い体に描かれていますが、ただの蛇ではなく、鶏と蛇（またはヒキガエル）を掛けあわせた子孫であると言われています。伝説では、魔法の生き物の中で最も恐ろしい怪物として描かれています。

▶▶ 情報
Lockhart

> Lockhartとは、*Harry Potter and the Chamber of Secrets*に登場する「闇の魔術に対する防衛術」の教師、ギルデロイ・ロックハート先生のこと（→第2巻3章）。ロックハート先生はあまり取り柄のない人物でしたが、極めつけのハンサムでした。当時ハーマイオニーはロックハート先生に熱をあげましたが、それは先生の人格ではなく外見に惹かれたためでした。
>
> この章でハーマイオニーは "...I don't like people just because they're handsome!"（ハンサムだというだけで誰かを好きになったりはしない）と言い、自分がセドリック・ディゴリーに好感をいだいているのは、彼がハンサムだからではないと主張しています。そんなハーマイオニーに、ロンはそれとなく、君がロックハート先生に夢中になったのはまさにそのためじゃなかったっけ？ と思い出させているのです。

第16章 について

基本データ		
語数		6131
会話の占める比率		30.0%
CP語彙レベル1、2 カバー率		78.0%
固有名詞の比率		8.1%

Chapter 16　The Goblet of Fire
──罠

章題

The Goblet of Fire
お気づきのように、この章のタイトルは本のタイトルでもあります。ということは、Goblet of Fire（炎のゴブレット）が何なのか、ここでいよいよわかるのでしょうか。さあ、読んでみましょう。

章の展開

　この章には、最終候補者の中から三大魔法学校対抗試合の代表選手が選出されるまでの過程が描かれています。最後の最後に思いがけない結末が待っている、重要な章です。注目すべきポイントは次のとおり。

1. ダームストラングの候補者を知ったときのロンの驚き。その候補者に対する、ホグワーツの女子生徒たちの反応。
2. 大広間での歓迎会。ボーバトンの候補者に対するロンの反応。
3. ダンブルドア先生のスピーチと、運びこまれた木箱。
4. 各校の代表選手の選出方法についての説明。
5. 木箱の中に入っていたもの。
6. ダンブルドア先生が玄関ホールにかける魔法。
7. フレッドとジョージの計画。
8. ダームストラングの校長に対するムーディ先生の態度。
9. 玄関ホールでフレッドが見舞われた問題。
10. ハグリッドの小屋への訪問。ハグリッドの服装や髪型。
11. 屋敷しもべ妖精の解放運動をすすめるハーマイオニー。
12. 各校の代表選手の発表。
13. ゴブレットが最後に吐き出した羊皮紙。

●登場人物 〈♠新登場あるいは #ひさびさに登場した人物〉

- ♠ **Poliakoff**［ポリアコフ］ダームストラングの生徒
- ♠ **Summers**［サマーズ］ハッフルパフ寮生
- ♠ **Warrington**［ワリントン］スリザリン寮生
- # **Angelina Johnson**［アンジェリーナ・ジョンソン］グリフィンドール寮生→第1巻11章
- ♠ **Fleur Delacour**［フルール・デラクール］ボーバトンの生徒→p.125

語彙リスト

大広間に向かう途中
〈英〉p.219 l.1　　〈米〉p.248 l.1

soles (bottoms) 靴底
loftily (self-importantly) つんとして
squabbling (fighting) 言い争う

大広間で
〈英〉p.219 l.21　　〈米〉p.249 l.6

glum (miserable) むっつりした、陰気な
budge up (move along) どいて
smarm up to... (get friendly with...) ……にお世辞を言う、……にへつらう
see right through him 彼の真意を見抜く ▶p.124
fawning (groveling) こびへつらう、おべっかを使う
kip (sleep) 寝る
avidly (eagerly) 熱心に
resume their seats (sit down again) もう一度席にすわる
bristling (angry) けんか腰になる
pulled out all the stops 最大限の努力をした ▶p.124
Bouillabaisse (seafood stew) ブイヤベース
Bless you お見事に ▶p.124
Thrivin' (= thriving) (flourishing) ぐんぐん育っている
tartly (shortly) ぴしゃりと、辛らつに
blancmange (jelly-like dessert made from cornflour and milk) ブラマンジェ

ダンブルドア先生のスピーチ
〈英〉p.223 l.30　　〈米〉p.253 l.26

casket (wooden chest) 木箱
clarify (make clear) 明らかにする
smattering (small amount) 少しの
jovial (friendly) 陽気な、愛想のいい
encrusted (covered) 覆われた、散りばめられた
prowess (skill) 優れた能力
deduction (calculation) 推理
Aspiring (would-be) 野心を抱く、……志望の
constitutes (amounts to...) ……ということになる、……を意味する
binding (inescapable) 拘束力のある、逃れることのできない
contract (agreement) 契約

大広間で
〈英〉p.226 l.9　　〈米〉p.256 l.18

you're laughing (you have won) こっちの勝ちだ
query (question) 疑問
mulled (warmed) 温めた
Professor, I vood like some vine 先生、ぼくはワインがほしいです ▶p.211, 212 （Durmstrangのなまり）
paternal (father-like) 父親のような

dawn (appear) 現れる
mingled (mixed) 混ざりあった
mutilated (disfigured) 傷だらけの

玄関ホールで
＜英＞p.228　l.4　＜米＞p.258　l.23

rising (getting up) 起きる
gobbed (spat) 吐き出した
fifty-foot 約15m
sizzling (noise like meat cooking) ジュージューいう
sprouted (grew) (ヒゲを) 生やした
nip (run) 急いで行く、駆ける

ハグリッドの小屋で
＜英＞p.231　l.33　＜米＞p.263　l.11

solved (made clear) 答えが見出された、明らかになった
two hundred yards 約180m
elephantine (huge) 象のような、巨大な
grazing (eating grass) 草を食む
makeshift (temporary) 急ごしらえの、間に合わせの
paddock (field) 牧草地
stopped dead (stopped abruptly) ぴたりと止まった
tame (control) なでつける
slicked (smoothed) 油を塗ってなでつけられて
bunches (buns) 束
repressive (warning) 押しとどめるような、警告するような
cured (smoked) 燻製にした

have their work cut out (have a lot of work to do) たくさんしなければならないことがある
unearthed (found) 発見した
talon (claw) 鉤爪
speculating (guessing) 推測する
entrants (participants) 参加者
cosy (comfortable) 心地よい
yarn (cotton) 糸
over the moon (extremely happy) 有頂天の
breed (species) 種族
give us a sec (let me have a moment) ちょっと待て
eau-de-Cologne (perfume) オーデコロン
in their wake (behind them) 彼らの後を

大広間で
＜英＞p.235　l.23　＜米＞p.267　l.20

clean shaven (without beards) きれいにヒゲを剃って
craning (stretching) (首を鶴のように) 伸ばす
fidgeting (restless movement) そわそわする
upswing (increase) 増加

ダンブルドア先生の発表
＜英＞p.236　l.16　＜米＞p.268　l.16

charred (slightly burnt) 焦げた
Bravo (well done) 万歳、やった！
uproar (noise) 騒音

▶▶ **地の文**

pulled out all the stops

> pull out all the stops とは「最大限の努力をする」こと。このフレーズの由来については、次のふたつの説があります。①このフレーズの中のstopsは、「教会のオルガンのストップ（音栓）」のこと。ストップをたくさん引き出せば、それだけ音も豊かで力強くなります。②stopsは「蒸気機関車の制御装置」のこと。この装置のつまみをすべて引き出せば、エンジンは全開になり、最大のスピードが出ます。①と②のどちらが正しいにしても、このフレーズは精一杯の努力が払われていることを示しています。たとえば、すばらしい歌を披露したオペラ歌手はHe/She pulled out all the stops、また、自社ブランドを世間に知ってもらうために奮闘した会社もThey pulled out all the stops. と言うことができます。

▶▶ **せりふ**

see right through him

> see right through... は誰かの「真意を見抜く」こと。ここの場合、ロンは、ビクトール・クラムにいかにも愛想よく話しかけているマルフォイを見て、クラムはこんなことではだまされず、マルフォイが本当はどんな性格か見抜くはずだと言っているのです。

Bless you

> イギリスでは、誰かがくしゃみをしたときに、そばにいる人が必ずと言っていいほど口にするフレーズです。昔の人は、くしゃみをすると体から魂が吐き出されると考えていました。そして魂が出ていった人の中には、神が入ってくるかもしれないし悪魔が入ってくるかもしれない、と。そんなときに "Bless you" と言ってやれば、相手の体のまわりに目に見えない壁が張りめぐらされて悪魔を退け、神がその人の中に戻ってくる機会を与えると考えていたのです。くしゃみの音を聞いたとたんに "Bless you" と言う習慣は、イギリスの文化にあまりに深く染みこんでいるため、自分ひとりだけのとき

もそう口にしてしまう人が多いようです。また、街の中や乗り物の中などで誰かがくしゃみをしたときに、赤の他人がこのフレーズを口にすることも珍しくはありません。

　この場面で、J.K.Rowlingはこの習慣をジョークに用いています。bouillabaisse（ブイヤベース）という語を聞いたことがなかったロンは、ハーマイオニーのくしゃみの音かと思ったふりをしたのです。自分の知らない言葉を耳にしたとき、人々はよくこんなジョークを口にします。

▶▶ **名前**

Fleur Delacour [フルァー・デラコー]

　ボーバトンの代表選手候補Fleur Delacourには、veelaの血が混じっています。その名前はフランス語で「宮廷の花」の意味。つまり、高貴な身分の女性であることを示しています。

第17章 について

基本データ	
語数	4098
会話の占める比率	38.6%
CP語彙レベル1、2 カバー率	78.8%
固有名詞の比率	7.5%

Chapter 17　The Four Champions
――代表選手は 3 + 1

章題

The Four Champions

前章の内容をきちんと読み取れなかった人は、このタイトルを見て「あれっ？」と思うかもしれません。4人の代表選手だって？　そう、4人なのです。物語が盛り上がってきました。さあ、注意を集中させて読みましょう。

章の展開

人々に大きな影響を与えるとても重要なできごとが、ホグワーツで起こりました。本章では、この思いがけない展開に、それぞれがどのように反応したかが描かれています。とくに注目したいのは次の点です。

1. ダンブルドア先生の発表直後の大広間のようす。
2. 大広間の陰の小部屋でのルード・バグマンの発表と、それに対する人々の反応。
3. スネイプ先生の意見。
4. ルード・バグマンの下した決断。
5. ムーディ先生の登場。
6. 第一の課題についてのバーティ・クラウチ氏の説明。
7. グリフィンドール寮の談話室に戻ったハリーが受けた喝采。
8. 共同寝室でハリーとロンが交わした会話。

●**登場人物**〈♠新登場人物〉

♠ **Violet**［ヴァイオレット］肖像画の中の人物

語彙リスト

大広間で
<英> *p*.253　*l*.1　　<米> *p*.272　*l*.1

trod (stepped) 踏んだ　＊現在形はtread。

大広間の陰の小部屋で
<英> *p*.240　*l*.13　　<米> *p*.273　*l*.22

wizened (old and wrinkled) 年老いてしわしわの
flit (move quickly) すばやく動く
mantelpiece (shelf over a fireplace) 暖炉
nonplussed (confused) 途方に暮れた
ducking out (avoiding) 逃げること
down (written) 書かれて
bosom (chest) 胸
C'est impossible (That is impossible) 不可能です（フランス語）
injust unjust（不正な）と言おうとしてまちがえたもの
candidates (potential competitors) 候補者
malice (ill will) 悪意
crossing lines (going too far) 決められた線を越える、規則を破る
discern (understand) 見分ける、読み取る
vehemently (passionately) 激しく
irregular (unusual) 異例の
re-ignite (light again) ふたたび火がつく
negotiations (talks) 交渉
compromises (agreements) 歩み寄り、譲歩
little expected (did not expect) ほとんど予想しなかった
half a mind　半分はその気になって　▶ *p*.128
disdainful (disapproving) 軽蔑的な
two bites at ze apple (= two bites at the apple) (two chanccs) 2倍のチャンス　＊文字通りには「りんごを2回噛む」の意味。
lodging (submitting)（苦情などを）提出する、訴える
assassination (murder) 暗殺
exceptionally (extremely) 並外れて、きわめて
Confundus Charm　錯乱の呪文　▶▶第3巻21章
bamboozle (fool) だます
ingenious (clever) 巧妙な、よくできた
theory (idea) 説、考え
cunningly (cleverly) 巧妙に
basilisk　バジリスク　＊巨大な蛇の姿をした怪物。▶▶ *p*.120、第2巻16章
crack on (continue) 続ける
reverie (trance) 瞑想、忘我の状態
exempted (excused) 免除されて
nightcap (alcoholic drink before bed)（就寝前の）寝酒
deprive (disappoint) 奪う
great deal (lot) たくさん

グリフィンドール寮に向かう途中
<英> *p*.248　*l*.1　　<米> *p*.282　*l*.15

jagged (uneven) ぎざぎざの
disarray (confusion) 混乱状態
ransacked (purposely disturbed)（何かの目的で）ひっかきまわす
fantasised (dreamed) 夢見た
idle (meaningless) 無意味な
treat (reward) 褒美
It most certainly isn't　絶対に……ではない　▶▶ *p*.128
Vi　Violetを短くした呼び方

グリフィンドール寮の談話室で
<英> *p*.249　*l*.30　　<米> *p*.284　*l*.21

closed ranks (moved together) 一緒になって動いた
Butterbeer　バタービール　＊魔法界で人気の飲み物。▶▶第3巻8章

第**17**章について

127

crisps (potato chips) ポテトチップス
sanity (commonsense) 正気
waylay (intercept) 待ち伏せする

グリフィンドール寮の共同寝室で
＜英＞p.251　l.1　　＜米＞p.286　l.3

hastened (hurried) 急いだ

grimace (scowl) しかめ面
melodramatic (theatrical) メロドラマ風の、芝居がかった
sceptical (doubtful) 疑っているような
impression (imitation) もの真似
photocall (photograph session) 写真撮影

▶▶ せりふ

half a mind

> half a mindは直訳すれば「心が半分」。つまり、まだ行動に移すところまではいっていないものの、「半分その気になっている」という意味です。ここの場合カルカロフは、自分の生徒たちをホグワーツから引き上げさせようかという気分になっている、と言っているのです。ただし、このフレーズは常に単なる脅し文句として使われ、このせりふを口にした人がそれを実行に移すことはまずありません。

It most certainly isn't

> このせりふは、ハリーがグリフィンドール寮の談話室に通じるドアを開こうとして口にしたパスワードに対する返答です。この時点でのパスワードはBalderdash。これはnonsense（ナンセンス、たわごと）のやや古めかしい言い方です。Fat Lady（太った婦人）を訪ねてきていたバイオレットは、どうやらそれがパスワードとは知らなかったようです。そのため、ハリーが"Balderdash."と言ったとき、自分の話をばかにされたと思い、「絶対にたわごとなんかじゃないよ！」と答えたのです。

第18章 について

基本データ	
語数	6682
会話の占める比率	24.1%
CP語彙レベル1、2 カバー率	78.6%
固有名詞の比率	8.1%

Chapter 18　The Weighing of the Wands
―― リータ・スキーターの取材と杖調べの儀式

章題　The Weighing of the Wands

「杖の計量」を意味するこのフレーズは、文字どおり「計量」のこと。スポーツの中にはボクシングや競馬など、試合やレースの前に必ず計量が行われるものがあります。そして三大魔法学校対抗試合も例外ではありません。

章の展開

このようなタイトルがついているにもかかわらず、杖調べの儀式は本章のほんの一部でしかありません。ほかにもいろいろと大切なできごとや状況が描かれているので、ここで気を抜いてしまうと、この先物語をたどるのがむずかしくなってしまいます。どうか気を抜かずに読んでください。

1. ホグワーツの校庭でハリーがハーマイオニーと交わした会話。
2. ハリーが送った手紙。
3. 魔法生物飼育学の授業。
4. 魔法薬学の教室の外でのできごと。それに対するスネイプ先生の反応。
5. 魔法薬学の教室にやって来たコリン・クリービー。
6. ハリーが受けた新聞の取材。
7. 杖調べの儀式。ハリーの杖についての説明。
8. ハリーが受け取った手紙。

●登場人物　〈♠新登場あるいは #ひさびさに登場した人物〉

\# **Pansy Parkinson**［パンジー・パーキンソン］スリザリン寮生→第1巻7章
\# **Mr Ollivander**［オリヴァンダー］ダイアゴン横丁にあるオリバンダーの店（魔法の杖を扱う）の店主→第1巻5章
♠ **Gregorovitch**［グレゴロヴィッチ］魔法の杖職人

語彙リスト

学校の敷地内の散歩
＜英＞p.253　l.1　　＜米＞p.288　l.1

inviting (welcoming) 気をそそる
resolutely (with purpose) 意を決して
moored (tied up) 繋がれた
prat (fool) ばか、まぬけ
swap (exchange) 交換する
gawping (staring) じろじろ見る
tentacle (squid arm) (イカなどの) 触手

ふくろう小屋で
＜英＞p.256　l.5　　＜米＞p.291　l.20

picked (selected) 選ばれた
translate (interpret) 訳す、移し変える
rafters (beams of wood on the ceiling) 垂木

薬草学の授業
＜英＞p.257　l.3　　＜米＞p.292　l.21

exacerbated (increased) (悪感情などを) 増加させた
Bouncing Bulbs ピョンピョン球根　▶▶p.132
smacked (hit) 打った

魔法生物飼育学の授業
＜英＞p.257　l.32　　＜米＞p.293　l.24

sycophantically (in a flattering way) ゴマをするように、へつらうように
teetering (unstable) ぐらぐらする
pent-up (accumulated) 積もり積もった
leash (lead) 引き綱

ホグワーツの状況
＜英＞p.259　l.24　　＜米＞p.295　l.24

attitudes (points of view) 態度、受け止め方
board dusters (blackboard wipers) 黒板消し
simpering (smiling in a silly way) ばかみたいな笑い方をする
Double Potions (two periods of Potions) 二時限続きの魔法薬学
intoning (saying) 唱える

魔法薬学の教室の外で
＜英＞p.261　l.8　　＜米＞p.297　l.18

luminous (glowing) 光を発する
dam (barrier) ダム、堰
guts (courage) 勇気
Furnunculus [ファーナンキュラス]　▶▶p.131
Densaugeo [デンソージオ]　▶▶p.131
boils (pimples) 腫れ物
din (noise) 騒音
gist (main essence) 要点

代表選手のミーティング
＜英＞p.265　l.14　　＜米＞p.302　l.15

magenta (bright pink) 赤紫色の
paunchy (plump) 太鼓腹の
elaborate (decorative) 手の込んだ、念入りに仕上げた
rigid (stiff) かっちりした
contrasted (badly matched) 対比をなした、ちぐはぐな

リータ・スキーターのインタビュー
＜英＞p.266　l.26　　＜米＞p.304　l.1

precariously (unstably) 危なっかしげに
Quick-Quotes Quill [クィック・クォーツ・クィル] 自動速記羽根ペン　▶▶p.132
relish (enjoyment) 味を楽しむこと
inflated (oversized) ふくれあがった、誇張された

rebel (nonconformist) 反逆者
trauma (anguish) トラウマ、精神的外傷
mannish (manlike) 男っぽい
obsolete (useless) 時代遅れの、役に立たなくなった
dingbat (fool) ばか、まぬけ
abashed (ashamed) 恥じた

杖調べ
<英> p.269 l.28 　<米> p.307 l.17

Mademoiselle (Miss) マドモアゼル
nine and a half inches 約24cm
inflexible (solid) 曲がりにくい、頑丈な
temperamental (excitable) 興奮しやすい
Orchideous [オーキディアス] ▶▶*p.132*
unicorn ユニコーン、一角獣 ＊馬に似た伝説上の生き物。額に角が1本生えています。 ▶▶第1巻5章
seventeen hands 約173cm
gored (stabbed) 突き刺した
plucked (pulled the hairs from) (毛などを)引き抜いた
Twelve and a quarter inches 約31cm
surreptitiously (secretly) ひそかに、こっそり
patronising (disdainful) 相手を子ども扱いするような
desisted (stopped) やめた
hornbeam クマシデ ＊カバノキ科の樹木。堅く白っぽい木材になります。
Avis [エイヴィス] ▶▶*p.132*
watery (weak) 淡い、弱々しい
eleven inches 約28cm
phoenix フェニックス、不死鳥 ＊自らを焼きつくした灰の中からよみがえる鳥。 ▶▶第1巻5章
core (center) 芯
skulked (hung around) こそこそ歩きまわった
prominence (view) 目立つ位置

グリフィンドール寮で
<英> p.273 l.26 　<米> p.312 l.3

brusquely (impatiently) ぶっきらぼうに
appealing (attractive) 魅力的な
lure (temptation) 誘惑
risky (dangerous) 危険な

第18章について

▶▶ 呪文

Furnunculus [ファーナンキュラス]

> 相手の顔に腫れ物を生じさせる呪文。医学用語で膿のたまった大きな「腫れ物」を意味する*furunculus*に由来します。この語にはなぜか「こそ泥」という意味もありますが、おそらくここでは関係ないでしょう。

Densaugeo [デンソージオ]

> 相手の歯をにょきにょき伸ばす呪文。ラテン語の*dens*（歯）と*augeo*（成長させる、大きくなる）に由来します。英語dentist（歯科医）の語源も*dens*。

Orchideous [オーキディアス]

> 魔法の杖の先に花を咲かせる呪文。英語orchid（蘭）に接尾辞-eousをつけてラテン語風にしたものです。orchidの形容詞形はorchidaceous（蘭の、蘭に似た）なので、そこからacを取ったとも言えるでしょう。

Avis [エイヴィス]

> 魔法の杖の先から鳥を飛びたたせる呪文。avisはラテン語で「鳥」を意味し、英語avian（鳥類の）やaviary（鳥小屋）の語源です。

▶▶ 魔法の道具

Bouncing Bulbs

> これがどんなbulb（球根）なのか、物語を読んだだけではよくわかりません。ただ、やたらと暴れはねまわる（bouncing around）らしいことだけはわかります。電球が発明されたとき、誰かが球根の形を思い浮かべたのでしょう。電球は球根と形が似ていることから、英語ではlight bulbと呼ばれています。

Quick-Quotes Quill [クィック・クォーツ・クィル]

> Quick-Quotes Quill（自動速記羽根ペン）は、人の手を借りずに自動的に文字を書く筆記具。Quick-Quotesという名称は、このペンの機能を十分に伝えるだけでなく、まるでこれが実際に町で売られている商品であるかのような感じを与えます。Quick、あるいはそれを縮めたQuik（ときにはKwik）という語は、消費者にいかにも手軽そうな印象を与えるので、イギリスではよく商品名として使われています。

What's More 7

ふくろうに関連する言葉

「ハリー・ポッター」シリーズで、owlと関連して使われている動詞は次のとおりです。

arrive	到着する	hold	つかむ
beat	（羽を）打ちつける	hoot	ホーホー鳴く
bring	くわえてくる	hunt	狩りをする
carry	運ぶ	keel over	倒れる
click	（くちばしを）鳴らす	land	着地する
clutch	（くちばしに）くわえる	nip	やわらかくかむ
dangle	ぶら下げる	recover	取り戻す
deliver	配達する	return	戻る
dip	（くちばしを）つっこむ	ruffle	（羽を）逆立てる
drink	飲む	screech	甲高い声をたてる
drop	落とす	shriek	鋭い鳴き声をあげる
eat	ついばむ	sleep	眠る
find	見つける	soar	舞い上がる
flap	羽ばたく	stretch	伸ばす
flinch	たじろぐ	stuff	詰めこむ
flutter	羽ばたく	swoop	さっと舞い降りる
fly	飛ぶ	take off	飛びたつ
glide	滑るように飛ぶ	wake	目を覚ます
gulp	がつがつと食べる		

　owlという語が使われたフレーズや慣用表現はそう多くはありませんが、あるにはあります。以下にあげてみましょう。

■ **as wise as an owl**
　ふくろうは昔から非常に賢い生き物と考えられ、「ふくろうのように賢い」というフレーズは、ごくお馴染みのものです。子どもの絵本では、博士や裁判官など、もの知りで賢いキャラクターが、よくふくろうの姿で描かれています。

■ **owl train**
　「夜行列車」の意味。ふくろうが夜行性であることに由来します。

■ **owlish**
　この形容詞にはふたつの意味があり、丸顔で大きな目をした人を指すこともあれば、非常に賢そうな人を指すこともあります。

■ **boiled owl**
　「酔っぱらい」を意味する婉曲的な表現。He went home like a *boiled owl.* は「彼は酔っぱらって帰宅した」。

第19章 について

基本データ		
語数		64.8
会話の占める比率		26.4%
CP 語彙レベル1、2 カバー率		79.8%
固有名詞の比率		7.4%

Chapter 19　The Hungarian Horntail
──ハグリッドがこっそりマダム・マクシームに見せたもの

章題　The Hungarian Horntail

Hungarian Horntail が活躍するのは次の章に入ってからですが、初登場はこの章です。ところで、Hungarian Horntail とはいったい何なのでしょう？　それは読んでのお楽しみです。

章の展開

　この章には、三校対校試合に備えるハリーに重要な影響を及ぼすことになるできごとが描かれています。また、ハリーとロンとの仲たがいについても、大きく取りあげられています。以下の点に注目してみましょう。

1. リータ・スキーターが「日刊予言者新聞」に掲載した記事。その記事に対するほかの生徒たちの反応。
2. ホグズミード村行きに関してハーマイオニーが提案したことへのハリーの反応。
3. Three Broomsticks（三本の箒）でのできごと。ムーディ先生が教えてくれたこと。
4. ハグリッドからの誘い。
5. ハグリッドの小屋を訪ねたハリー。
6. ハグリッドがハリーとマダム・マクシームを連れていった場所。
7. 三校対抗試合に関してハリーが得た情報。
8. ホグワーツ城に戻る途中、ハリーが見かけた人物。
9. グリフィンドール寮の談話室でハリーを待っていたことと、それに続く会話。
10. ロンの登場と、それに続いて交わされた会話。

●登場人物 〈#ひさびさに登場した人物〉

Madam Rosmerta [マダム・ロスマータ] パブThree Broomsticksの女主人→第3巻10章

語彙リスト

ホグワーツの状況
〈英〉p.275 l.1　〈米〉p.313 l.1

sustained (supported) 支えた
barring (blocking) ふさいだ、さえぎった
stragglers (people hanging behind) いつまでもうろうろしている人
Dungbombs クソ爆弾　＊臭い液体の入った玉。▶第3巻10章
skin them alive (punish them heavily) 生皮をはぐ、厳しく罰する
confines (boundaries) 領域内
stunningly (amazingly) 驚くほど
endure (bear) 耐える
hanky (= handkerchief) ハンカチ
stalking (moving deliberately) もったいぶって歩く
apologised (said sorry) 謝った
pang (jab of pain) 痛み
disobliging (unhelpful) 希望に背く、役に立たない
snide (spiteful) 悪意に満ちた
Three Broomsticks 三本の箒　＊ホグズミード村のパブ。▶第3巻8章

ホグズミード村で
〈英〉p.279 l.20　〈米〉p.318 l.17

Honeydukes Sweetshop ハニーデュークス菓子店　＊ホグズミード村にある菓子店。▶第3巻5章
molten (red-hot) 焼けつくような

三本の箒で
〈英〉p.280 l.14　〈米〉p.319 l.14

haven (sanctuary) 安息の場
adept (skillful) 熟練した
appointed (assigned) 任命した
lapsed (fell) (ある状態に) なった、陥った
Chocolate Frog 蛙チョコレート　＊蛙の形をしたチョコレート。有名な魔法使いや魔女のカードがおまけについています。▶第1巻6章
stands (spectator seats) スタンド、観客席
unruffled (composed) 平然とした
mercifully (thankfully) ありがたいことに
tankard (beer mug) ビールのジョッキ
askance (suspiciously) 疑いの目で
mulled mead (alcoholic drink made from honey and drunk warm) 温めた蜂蜜酒 ▶第3巻10章
unattended (unwatched) 誰にも見られていない
pretext (pretence) ふり
cutting ... very fine 時間に遅れること ▶p.137
always assuming (under the condition) ……という条件のもとで
consent (agree) 同意する

ハグリッドとの真夜中の約束
〈英〉p.284 l.13　〈米〉p.324 l.1

Bong-sewer ハグリッドがフランス語でbonsoir (こんばんは) と言ったもの
jogged (ran) 走った
harebrained (stupid) 軽率な、ばかな
scheme (plan) 計画
perimeter (edge) 周囲

135

clump (copse) 木立
bonfires (camp fires) 焚き火
Dragons ドラゴン ▷▷*p.138*
rearing (standing) 後ろ足で立つ
hind (back) 後ろの
enclosure (pen) 囲い地
fringe (line) 縁取り
Mesmerised (transfixed) 催眠術をかけられたように、その場に立ちすくんで
pupils (center of the eye) 瞳孔
yowling (crying) (悲しげに) 叫ぶ
in unison (together) いっせいに、みな同時に
scaly (covered in scales) うろこに覆われた
devoid of...(without...) ……のない
sinewy (muscular) 筋骨たくましい
could have sworn... (was sure...) 確かに……だと思った
quake (shake) 揺れ動く
charges (dragons they are in charge of) 担当しているもの ＊ここの場合、dragon-keeperたちがそれぞれ担当しているドラゴンのこと。
Sleeping Draught (potion to make them sleep) 眠り薬
reverence (worship) 崇拝
enraptured (captivated) うっとりして
gotta = got to ……しなければならない
nesting mothers (female dragons looking after eggs) 営巣中の母親 ＊ここの場合、卵を抱えているメスのドラゴンのこと。

longing (desire) 切望、ほしくてたまらないこと
having kittens とても心配する ▷▷*p.137*
in floods (crying heavily) ひどく泣いて
passed out cold (fainted) 気絶した
fifty-foot-high 約15m
outline (silhouette) 輪郭
snoozing (sleeping) うたた寝する

グリフィンドール寮の談話室で
＜英＞*p.290*　*l.5*　＜米＞*p.330*　*l.23*

wits (senses) 正気
fuller (fatter) 丸みを帯びた
a goner (dead) 死者、見込みのない者 ＊I'm a goner. は「もうだめだ」「もうおしまいだ」の意味。
haunted (persecuted) 取り憑かれたような
notches (degrees) 段階
absorb (understand) 理解する、飲みこむ
convinced (persuaded) 説得した
reading between the lines 行間を読んで ▷▷*p.137*
coming up (scheduled to start) 行われることになっている
bleakly (cheerlessly) 元気なく
paisley (patterned) ペイズリー柄の
nosing (trying to discover secrets) 嗅ぎまわる、詮索する

▶▶ **地の文**

cutting ... very fine

> 文字どおりの意味は、何かを「非常に細かく (fine) 切り刻む」「ぎりぎりまで切り詰める」こと。「時間ぎりぎりになる」ときなどに使われます。ここの場合ハリーは、真夜中にハグリッドに会いにいくと、1時にグリフィンドール寮の談話室でシリウスと会う約束に遅れてしまうのではないかと心配しているのです。

▶▶ **せりふ**

having kittens

> 「非常に心配する」という意味の婉曲表現。子猫を産もうとしているメス猫は落ち着きなく動きまわり、産気づくまで一個所にとどまることができません。そんなメス猫のようすに由来するフレーズです。ウィーズリー夫人がハリーのことを心配し、まるで出産をひかえたメス猫のように、両手をもみ合わせながらそわそわとキッチンの中を行ったり来たりしているようすが、ありありと目に浮かんできますね。

reading between the lines

> 日本にも「行間を読む」という表現がありますが、それと同じで、はっきりと述べられていないことから情報を集めることです。ここの場合、ムーディがホグワーツに来る前の晩、何者かに襲われたという事件について、リータ・スキーターの記事にはデマだったとしか書かれていませんが、シリウスはそこに書かれていない情報を読み取り、たしかに現実に起こったことにちがいないと結論づけたのです。

▶▶ **魔法界の生き物**

Dragons

　Dragonはおそらく、世界の神話や伝説の中で最もよく知られた生き物でしょう。「ハリー・ポッター」シリーズの中だけでも、10種類のドラゴンが登場します。おもしろいことに、どのドラゴンにも原産地名が含まれています。これからあげるドラゴンは、これまでの巻に登場したもの、この巻に登場するもの、第5巻に登場するものですが、これから先の巻にも別のドラゴンが登場するかもしれませんね（ドラゴンに関してのコラム*p.*145もお読みください）。以下の情報は*Fantastic Beasts & Where to Find Them by Newt Scamander* (Obscurus Books, ISBN: 0-7475-5466-8) によるものです。

- **Antipodean Opaleye**（オーストラリア・ニュージーランド・オパールアイ種）
　ニュージーランド原産で、オーストラリアにも生息しています。原産地を知る手がかりは「地球の反対側の」を意味するAntipodeanという語。ニュージーランドとオーストラリアは、イギリスから見ればちょうど地球の反対側にあたります（イギリスから穴をどんどん掘り進んでいくと、ついにはオーストラリアに出ると言われています）。またOpaleyeのopalは、オセアニアでたくさん産出される宝石です。

- **Chinese Fireball**（中国火の玉種）
　唯一のアジア原産のドラゴン。体はつややかな緋色、顔は金色の棘に縁どられ、目が突き出ています。

- **Common Welsh Green**（ウェールズ・グリーン普通種）
　イギリス原産の2種のドラゴンのひとつ。体は緑色で、人里離れたウェールズの山地に棲んでいます。

- **Hebridean Black**（ヘブリディーズ諸島ブラック種）
　イギリス原産のもう1種のドラゴンで、ヘブリディーズ諸島が原産地。Welsh Greenよりも獰猛で、成長すると体長9mにもなります。

- **Hungarian Horntail**（ハンガリー・ホーンテール）
　ハンガリー原産。ドラゴンの中で最も獰猛で、吐き出す炎は15mにもなります。

- Norwegian Ridgeback（ノルウェー・リッジバック種）
  ノルウェー原産。Hungarian Horntailと同じく非常に獰猛で、仲間同士でも攻撃しあいます。
- Peruvian Vipertooth（ペルー・バイパーツース種）
  ペルー原産で、知られているドラゴンとしては最小。vipertooth（viper「毒ヘビ」+tooth「歯」）という語が示すように、牙には猛毒があります。
- Romanian Longhorn（ルーマニア・ロングホーン種）
  ルーマニア原産。金色の長い角で敵を突き刺し、吐く息で焼き殺します。
- Swedish Short Snout（スウェーデン・ショート・スナウト種）
  スウェーデン原産。鮮やかな青い炎を鼻から噴き出します。
- Ukrainian Ironbelly（ウクライナ・アイアンベリー種）
  ウクライナ原産。最大のドラゴンとして知られ、成長すると体重が6トンにもなります。

第19章について

第20章 について

基本データ	
語数	7130
会話の占める比率	27.5%
CP語彙レベル1、2 カバー率	81.2%
固有名詞の比率	6.4%

Chapter 20　The First Task
―― 第一の課題……自分に必要なものを手に入れる

章題: The First Task

ここまでの物語をしっかりたどっていれば、このタイトルに説明は不要ですね。そう、ここでいよいよ三校対校試合の第一の課題が出されるのです。ハリーは無事にそれをクリアすることができるのでしょうか。さっそく読んでみましょう。

章の展開

　情報がぎっしり詰まった長い章です。タイトルが示すとおり、第一の課題の出される日が近づき、当然ながらハリーは不安でいっぱいです。また、ハリーとロンの友情の行方を心配しておられる読者には、この章の後半で朗報があります。ここでは次の点にご注目。

1. ハーマイオニーが図書館でハリーのためにしてくれたこと。
2. ハリーとセドリック・ディゴリーが交わした会話。
3. ムーディ先生の部屋でのできごと。先生がハリーに与えた助言。
4. ハーマイオニーがハリーのために特訓してくれた呪文。
5. 第一の課題についてのルード・バグマンの説明。
6. 課題に挑戦する順番を決めるくじ。
7. ハリーがルード・バグマンと交わした会話。
8. テントで順番を待っているハリーのもとに聞こえてきた実況アナウンス。
9. 第一の課題に挑戦するハリー。
10. ハリーがロン、ハーマイオニーと交わした会話。
11. 得点の発表。
12. 第二の課題についての説明。
13. 選手のテントの外でハリーが出くわした人物。

●登場人物 〈♠新登場人物〉

♠ **Trevor**［トレヴァー］ネビル・ロングボトムのヒキガエル

語彙リスト

校庭で
＜英＞p.295 l.1　　＜米＞p.337 l.1

queasy (ill) むかむかする
pressing (important) 差し迫った、重大な
subdue (defeat) 打ち負かす

図書館で
＜英＞p.295 l.20　　＜米＞p.338 l.4

slay (kill) 殺す
imbues (impregnates) 染みこむ
wine gums (soft sweets) 柔らかい菓子
Vexed (angry) いらいらした、腹をたてた
scalping (removing hair) (髪の毛のついた) 頭の皮をはぐこと

廊下で
＜英＞p.297 l.25　　＜米＞p.340 l.9

Diffindo［デフィンド］ ▶▶ *p.143*
Dead sure (completely sure) 絶対に確かだ
on an even footing (equal) 平等な
＊直訳は「同じ高さの足場に」。

ムーディ先生の部屋で
＜英＞p.299 l.18　　＜米＞p.342 l.9

decent thing (noble action) 立派な行為
plastered (covered) 面に張られた
procured (acquired) 手に入れた
Sneakoscope かくれん防止器 ＊怪しげな人物が近づくと持ち主に警告を発する道具。 ▶▶ 第3巻1章

squiggly (curly) 曲がりくねった
aerial (antenna) アンテナ
Secrecy Sensor 秘密発見器 ▶▶ *p.144*
disable (disconnect) (器具のスイッチを) 切る
mile 約1.6km
Foe-Glass 敵鏡 ▶▶ *p.144*
laddie (young man) 若者
high minded (righteous) 高潔な
favouritism (show favor to) ひいき
clicked (came into focus) (ものごとが) ふと思いあたった、ひらめいた

呼び寄せ呪文の練習
＜英＞p.302 l.12　　＜米＞p.345 l.15

skip (miss) さぼる
point-blank (stubbornly) きっぱりと
skive (miss class) 授業を欠席する

占い学の授業
＜英＞p.302 l.23　　＜米＞p.345 l.26

getting the better of... (defeating) ……を打ち負かす ▶▶ *p.143*
prowess (skill) 優れた能力

グリフィンドール寮の談話室で
＜英＞p.303 l.14　　＜米＞p.346 l.22

Gobstones ゴブストーン ＊ビー玉に似た魔法のゲーム。 ▶▶ 第3巻4章
got the hang of ……の使い方に慣れる ▶▶ *p.143*
Rune ルーン文字 ＊紀元3世紀ごろから使われるようになった、ヨーロッパ北部の古代アルファベット。 ▶▶ 第2巻14章

第一の課題が始まるまで
<英>p.304　l.1　　<米>p.347　l.13

get down to... (visit) ……に出かける
lose his head (become hysterical) 理性を失う
dollops (lumps) 塊
out of hand (out of control) 手に負えない

代表選手のテントで
<英>p.305　l.13　　<米>p.349　l.1

composed (relaxed) 落ち着いた
clammy (sweaty) じとじとして冷たい、冷や汗をかいた
overblown (large) 異常に大きな
fill you in (explain everything) 詳細を説明する
bared (showed) むき出しにした
conspiratorially (as if a collaborator) 共謀しているかのように
pointers (tips) ヒント、助言
underdog (person everyone expects to lose) 勝てそうもない人
counterpart (version) 同等物、対応するもの
entity (being) 存在
tingling (numb) (しびれて) ぴりぴりする
drew its collective breath (breathed in together) いっせいに息をのんだ

ハリー、囲い地へ
<英>p.309　l.1　　<米>p.353　l.7

crescendo (maximum) 最高潮
clutch (collection) (卵の) ひと抱え
furled (wrapped) (翼が) たたまれて
gouge (scratch) (削ってできた) 溝
pinpricks (tiny marks) (ピンで刺したような) 小さな点
fellows (companions) 仲間、同等のもの
residing (situated) ある、置かれている

diversionary tactics (distraction strategies) 陽動作戦、相手の注意をそらす作戦
dizzy (confused) 目がまわる
push it (take the chance) 試みる
stave...off (keep...off) ……を寄せつけない
posing (providing) 与える
swayed (rocked) 揺れた
swat (hit) 叩く
tantalisingly (teasingly) じらすように
mop up (treat) 手当てする
first-aid (medical) 応急手当

救急テントで
<英>p.312　l.27　　<米>p.357　l.17

cubicles (compartments) (仕切りで分けられた) 小部屋
dab (small amount) ひと塗り
adrenaline (bodily chemical that produces excitement) アドレナリン ＊興奮すると体内に生じる化学物質。
Caught on (understand at last) やっとわかった
Barking (completely crazy) すっかり気の狂った
elated (happy) 大喜びの

囲い地に戻って
<英>p.314　l.26　　<米>p.358　l.26

scumbag (cheat) 嫌なやつ

代表選手のテントで
<英>p.315　l.29　　<米>p.359　l.25

immeasurably (much) 測り知れないほど
paste (ointment) 軟膏
mending (curing) 治療する
break (rest) 休息
solve (interpret) 解く、解明する

▶▶ **地の文**

getting the better of...

　get the better of... はdefeatと同じく「……を打ち負かす」の意味。come off better（勝利する）、come off worse（敗北する）などと同様、もともとは戦いと関連したフレーズですが、現在の用法では、もっと軽い意味で使われます。たとえば、ウィスキーを飲みすぎた人についてWhisky is getting the better of him.（ウィスキーは彼を打ち負かしている→彼はウィスキーですっかり酔っぱらっている）と言うことができます。ここの場合は、Harry's temperが getting the better of himとなっており、その意味は「むしゃくしゃした気分がハリーを打ち負かした」、つまり「ハリーは癇癪を抑えきれなくなった」。

got the hang of...

　get the hang of... は「……の使い方（方法）に慣れる」こと。ここの場合、ハリーはSummoning Charm（呼び寄せ呪文）のコツをつかんだという意味です。これはとてもよく使われるフレーズで、さまざまな状況で用いることができます。たとえば車の教習所に通っている人は "I am getting the hang of driving."（運転のコツがつかめてきた）、会社で新しい部署に配属された人は "I am getting the hang of things."（だんだん新しい仕事に慣れてきた）と言うことができます。

▶▶ **呪文**

Diffindo［ディフィンド］

　ものを引き裂く呪文。「裂く」を意味するラテン語*diffindo*に由来します。英語diffuse（散らす）やdifferentiate（区別する）は、*diffindo*から派生した語。

▶▶ **魔法の道具**

Secrecy Sensor

> Secrecy Sensor（秘密発見器）はDark Detector（闇検知器）のひとつで、隠しごとや嘘を感知すると振動します。Secrecy SensorもDark Detectorも英語そのままの名称なので、その用途は読者にとって一目瞭然です。

Foe-Glass

> Dark Detector（闇検知器）のひとつで、敵を常に見張るのに使われます。foeはenemyと同じく「敵」、glassはmirror（鏡）のこと。

What's More 8

ドラゴン

　ドラゴン(dragon)は古くからイギリスの伝説や民話の中で語られてきました。イギリスには他文化の支配を受けた時期が何度かありますが、ドラゴンの姿がさまざまに異なるのは、さまざまな文化の影響を受けたためであると思われます。イギリスの民話に登場するドラゴンのうち最も一般的なものは、worm (wurmと綴ることもあります) と呼ばれています。といっても、ミミズ (earthworm) などの這い虫のことではありません。この語は古代スカンジナビア文化を背景とし、アングロ・サクソン語の*wyrm*に由来します。wormはのちにイギリスの文学に登場することになるドラゴンというより、むしろ大蛇に似ています。うろこに覆われた体には、翼も脚もありません。たとえ切り刻まれても、元どおりの姿に戻ることができます。

　2000年前にローマ人がイギリスにキリスト教を伝えたのち、ドラゴンはwormの蛇のような姿から、絵でよく見かけるようなドラゴンの姿に変化しました。Triwizard Tournament (三大魔法学校対校試合) の第一の課題に登場するのは、このタイプのドラゴンです。ここでドラゴンとキリスト教との深い関わりをお話ししておきましょう。キリスト教は異教のシンボルとしてドラゴンを用いていました。多くの聖人は、この謎に満ちた生き物を殺すことによって名声を得たのです。中でも有名なのは、イングランドの守護聖人Saint Georgeの物語です。しかしドラゴンを退治したのはSaint Georgeだけではありません。CornwallのSaint Sampsonは一匹のドラゴンを荒野の洞窟にある巣から連れ出し、海辺の切り立った崖から突き落として殺しました。また、6世紀のSaint Serfも、PerthshireのDragon Holeに棲んでいたドラゴンを打ち負かしたと言われています。ほかの聖人たちはもう少し穏やかな方法をとりました。Saint Petrocは、Cornwallに出没したドラゴンの耳元で祈りをささやきました。するとドラゴンは沖に去り、二度と戻らなかったと言われています。Saint Carantocは、沼地に棲んでいたドラゴンを "wild place where few ventured" (ほとんど誰も近づこうとしない荒れ果てた土地) に追い払いました。

　ドラゴンを見たという記録は古くから存在しますが、多くの場合、災いの前兆と考えられていました。そのいくつかをご紹介しましょう。793年の冬、Lindisfarneの修道僧たちは、さまざまな色の恐ろしいドラゴンたちが島の上を飛んでいくのを目撃しました。何か悪いことの起こる前触れにちがいないと案じたとおり、まもなく島はヴァイキングの襲撃にあい、修道僧たちは情け容赦なく殺され、修道院の財宝も略奪されてしまいました。1222年、ロンドンの上空で何頭ものドラゴンが目撃され、それに続いて激しい雷雨となりました。きっとドラゴンが空に現れたせいだ、と人々は考えたということです。

　世界の神話や伝説に登場するドラゴンの物語は、なぜ今も謎に包まれたままなのでしょう？　すべての物語はひとつの物語に起源を発し、それが何らかの方法で世界中に広がったのでしょうか。それとも、人類はみな同じ進化の過程をたどってきたのだから、人間の想像力というものは、同じ生き物を生み出すようにできているのでしょうか。

　もちろん、もうひとつ、見過ごすわけにはいかない説があります——これらはみな実際に起こった話なのだ、という説です。もしもハリーに質問したら、この最後の説に賛成するかもしれませんね。

第21章 について

基本データ	
語数	5613
会話の占める比率	37.4%
CP語彙レベル1、2 カバー率	76.9%
固有名詞の比率	9.7%

Chapter 21　The House-Elf Liberation Front
――ウィンキーはクラウチが好き？

章題

The House-Elf Liberation Front

Liberation Front（解放戦線）とは、ある特定の人々の権利のために闘う組織。でも、ここではある特定の「人々」ではなく「生き物」、つまりhouse-elves（屋敷しもべ妖精）の権利を求める運動です。そう、お察しのとおり、ハーマイオニーのS.P.E.W.のことです。

章の展開

前章での興奮は収まり、この章ではふたたびホグワーツの日常生活が描かれます。魔法界で起こっているその他のできごとを読者に思い出させ、これから先の章に向けての背景を準備する役割を担った章です。また、うれしいことに、これまでの巻でお馴染みの、ある生き物と再会することもできます。次の点に注意して読みましょう。

1. 第二の課題について、グリフィンドール寮の談話室で交わされた会話。
2. ハーマイオニーがフレッドにたずねたこと。
3. 魔法生物飼育学の授業。授業中、インタビューをするためにハグリッドのところへやって来た物。
4. ハーマイオニーがハリーとロンを連れていった場所。
5. 大広間の地下にある部屋でハリーを迎えた生き物。
6. ウィンキーが感じている悲しみの原因。
7. ルード・バグマンについてのウィンキーの意見。

語彙リスト

ふくろう小屋で
<英>p.317　l.1　　<米>p.363　l.1

unscathed (without harm) 無傷で
Fits (matches up) 辻褄が合う
incessantly (ceaselessly) 絶えず、ひっきりなしに
little ray of sunshine ▶▶*p.*148
blow-by-blow (detailed) 詳細な

グリフィンドールの談話室で
<英>p.318　l.20　　<米>p.365　l.26

flagons (jugs) 大きなびん
depicted (showed) 描いた
groove (indentation) 溝
prised (forced) こじあけた
banshee (screaming ghost) バンシー、泣き妖怪
peckish (a bit hungry) 少し腹の減った
moulted (feathers fallen off)(羽毛が)抜けた

魔法生物飼育学の授業
<英>p.321　l.3　　<米>p.367　l.25

sleet (rain mixed with snow) みぞれ
pitching (bobbing up and down) 上下に揺れる
trough (drinking container for animals) (家畜のための)水入れ
light headed (slightly drunk) 少し酔って
hibernate (sleep through the winter) 冬眠する
repulsive (horrible) 不快な、気味の悪い
transpired (turned out…) ……であることがわかった
pillow-lined (lined with pillows) 枕を敷きつめた
smouldering (burning slowly) くすぶる

barricaded (blocked) バリケードを築いた
stoutly (firmly) しっかりと
zoological (animal) 動物に関する
Bang-Ended Scoots Blast-Ended Skrewts (尻尾爆発スクリュート) をまちがって発音したもの
consolingly (comfortingly) 慰めるように

占い学の授業
<英>p.324　l.16　　<米>p.371　l.22

Pluto 冥王星
disrupt (disturb) 乱す
frivolous (flippant) 不真面目な
needlework (sewing) 針仕事 (とくに刺繍、レース編みなど)
orb (crystal ball) 玉、球体
overpowered (captured) 圧倒した、捕らえた
crystalline (crystal) 水晶の
outsize (large) ばかでかい
specs (= spectacles) 眼鏡
sinisterly (ominously) 不吉に、不気味に

廊下で
<英>p.325　l.32　　<米>p.373　l.13

rope us into (involve us) 巻きこむ
barging (rushing) 押し入る

ホグワーツの厨房で
<英>p.327　l.14　　<米>p.375　l.7

mounds (piles) (ものが積み重なった)山
midriff (stomach) 横隔膜、上腹部
tea-cosy (cover for a teapot) ティーポットにかぶせる保温カバー
laden (weighed down) 積まれた
foraged (searched) ひっかきまわして捜した

dismissed (fired) 解雇された
stem (stop) 止める、抑える
misery (despair) 惨めさ
welled (filled) わき出た、あふれた
beat him down (negotiated for less) 値切った
barmy old codger (stupid old fool) ばかな変わり者のじいさん
clustered (gathered) 集まった

▶▶ **せりふ**
little ray of sunshine

　little ray of sunshineは、周囲を楽しくさせてくれる人へのほめ言葉。子どもに対して用いる場合がほとんどですが、親切な行いなどで人を喜ばせてくれる大人に対して使うこともあります。しかしここの場合は、第二の課題について悲観的な考えを抱いているハーマイオニーに対し、ロンは皮肉をこめて「ほんとに君って太陽のように明るいね」と言っているのです。

第22章 について

基本データ		
語数		4475
会話の占める比率		33.5%
CP語彙レベル1、2 カバー率		79.6%
固有名詞の比率		7.9%

Chapter 22　The Unexpected Task
――ダンスパーティ、ハリーのお相手は？

章題
The Unexpected Task
このタイトルは三校対抗試合に4つめの課題が加わったという意味なのでしょうか。あるいはそれとは関係なく、ホグワーツの生徒たちに何か別の課題が出されたという意味なのでしょうか。さっそく読んでみましょう。

章の展開

次々と起こるできごとの合間で、ふと息抜きができる章です。冒頭のマクゴナガル先生の発表に、女の子たちは大はしゃぎ。でもほとんどの男子生徒――とくにハリーとロンにとっては、悩みの種がまかれただけのことです。この発表とそれに続く生徒たちの行動が、章全体にわたって描かれていますが、これから先の章にも関係することなので、丁寧に読みましょう。おもなポイントは次のとおり。

1. マクゴナガル先生が生徒たちに発表したこと。三校対校試合の代表選手たちが果たさなければならない役割。
2. この発表を聞いたホグワーツの生徒たちの反応。
3. 自分の受けた取材について、ハグリッドが言ったこと。
4. 金の卵の謎を解くため、ハリーがそれまでにやったこと。
5. フレッドとジョージがロンから借りたもの。
6. チョウを誘ったハリー。それに対するチョウの答え。
7. ロンが誘った相手とその結果。
8. ロンの誘いに対するハーマイオニーの反応。
9. ハリーとロンの誘いを受け入れた相手。

●登場人物 〈♠新登場あるいは#ひさびさに登場した人物〉

- ♠ **Weird Sisters**［ウィアード・シスターズ］魔法界の有名なバンド「妖精シスターズ」
- ♠ **Joey Jenkins**［ジョーイ・ジェンキンズ］クィディッチ・チームChudley Cannonsの選手
- # **Alicia Spinnet**［アリーシア・スピネット］グリフィンドール寮生→第1巻11章
- # **Moaning Myrtle**［モーニング・マートル］ホグワーツの3階の女子トイレに取り憑いている女の子のゴースト「嘆きのマートル」→第2巻8章
- ♠ **Padma Patil**［パドマ・パティル］レイブンクロー寮生。Parvatiの妹

語彙リスト

変身術の授業
〈英〉p.366 l.1　〈米〉p.385 l.1

guinea-fowl ホロホロ鳥
guinea-pig モルモット
adapted (changed) 適合させて
haddock タラ
Yule Ball (Christmas dance party) クリスマス・ダンスパーティ ▶▶p.152
let our hair down 気楽にくつろぐ ▶▶p.151
open the ball (have the first dance) （パーティで）最初のダンスを踊る

ホグワーツの状況
〈英〉p.338 l.18　〈米〉p.388 l.3

cinch (easy thing) 簡単なこと
in the minority (one of the few) 少数派の
packs (groups) グループ
Lasso (capture with rope) 投げ縄
working up the nerve (building up the courage) 勇気を奮い起こす
tribute (a show of respect for) 敬意を示す印
unnerved (uneasy) 自信を失って、狼狽して

ハグリッドとの会話
〈英〉p.340 l.15　〈米〉p.390 l.9

trestle table (a large sheet of wood placed on top of trestle legs) 架台に大きな板をのせたテーブル
salamander 火トカゲ ＊火の中から生まれて火の中に棲み、その火が燃えつづけているあいだだけ生き延びるといわれています。▶▶第2巻8章
delinquent (miscreant) 非行少年

ホグワーツの状況
〈英〉p.341 l.16　〈米〉p.391 l.16

for instance (for example) たとえば
deduced (calculated) 推測した
WWN (Wizarding Wireless Network) 魔法ラジオネットワーク
deflect (prevent) 妨げる
ploughing on (continuing) こつこつと進める、続ける

リフィンドールの談話室で
〈英〉p.342 l.10　〈米〉p.392 l.14

Springing (surprising us with) いきなり持ち出す
revision (studying past schoolwork) 復習
Exploding Snap 爆発ゲーム ＊負けた人のカードが爆発するゲーム。▶▶第2巻12章
constructive (worthwhile) 建設的な、有意義な
Ballycastle Bats バリキャッスル・バッツ ＊プロのクィディッチ・チーム

の名前。
singeing (burning) 焦がす
Nose out (don't be nosey) 詮索するな
appraising (evaluating) 品定めする
piece of cake (very easy thing) すごく簡単なこと

ホグワーツの状況
＜英＞*p.*344　*l.*19　　＜米＞*p.*395　*l.*6

Everlasting (non-melting) 永続する、いつまでも溶けない
icicles (bars of ice) 氷柱
banisters (hand-rails) 手すり
Oh Come, All Ye Faithful「神の御子は今宵しも」 ＊有名なクリスマス・キャロル。
storming (attacking) 襲う、攻めこむ
impregnable (well protected) 難攻不落の
break (recess) 休憩時間
escort (chaperone) お供をする人、連れ
bezoar ベゾアール石　＊山羊などの反芻動物の胃からとられた結石。　▶▶第1巻8章

チョウとの会話
＜英＞*p.*345　*l.*34　　＜米＞*p.*396　*l.*24

Wangoballwimc? (= Want to go to the ball with me?) 僕とダンスパーティに行かない？
overlook (forget) 大目に見る、忘れる
trilled (sang) 声を震わせて歌った
tinsel (strip of metallic paper used for Christmas decorations) ぴかぴか光る紙で作られたクリスマスの飾り

グリフィンドール寮の談話室で
＜英＞*p.*347　*l.*12　　＜米＞*p.*398　*l.*12

ashen (pale) 血の気のない、青ざめた
Thanks a bunch (Thanks very much) 大いにありがとう
put out (annoyed) 困惑して
subside (die down) 収まる、止む

▶▶ **せりふ**

let our hair down

> let one's hair downは、他人の目を気にせず「思いきり楽しむ」、あるいは「気楽にくつろぐ」こと。このフレーズは、昔、女性は人前に出るときに髪を結わなければならなかったことに由来します。女性が髪をドろしていいのは、他人に見られる心配のない、ベッドに入る直前の時間だけでした。現在では、友人同士の外出、パーティ、旅行などで、「思う存分羽を伸ばす」ことです。

What's More 9

クリスマスの季節（1）

　この章の初めに書かれているように、YuleはChristmasの別名です。キリスト教伝来以前、12月25日ごろに祝われていた12日間にわたる祝祭で、その期間はYuletideと呼ばれていました。この語はアングロ・サクソン語「太陽と光」に由来し、一年中でいちばん昼が短い日に、太陽が復活することを指しています。12月25日の日没とともに、Yule Logと呼ばれるオークやトネリコの新しい薪に、前年の薪の燃えさしから火を移し、Yuletideのあいだ燃やしつづけます。Yule Logの灰の一部を包んで家の中に保管しておくと、家を火事や雷から守ると考えられていました。またこの灰は、翌年の豊作を祈ってまわりの畑にもまかれました。いちばん大きな燃えさしは、翌年の12月に新しい薪に火をつけるのに使うため、大切にとっておかれました。この風習は、イギリスではだいぶ昔にすたれましたが、今日でもお菓子の形で残っています。これはチョコレートに覆われた薪の形をしたケーキ（ブッシュ・ド・ノエル）で、クリスマスの時期に町で売られています。

第23章について

基本データ		
語数		8194
会話の占める比率		28.0%
CP語彙レベル1、2 カバー率		78.3%
固有名詞の比率		8.3%

Chapter 23　The Yule Ball
——ハーマイオニー、激怒する

The Yule Ball

章題 わたしたちは前章で、Yule BallがChristmas dance partyの別の呼び方であることを知りました。でもYuleとは、いったい何なのでしょう？ Yuleはクリスマスの日から12日間を指す古い英語で、「太陽と光」を意味するアングロ・サクソン語に由来すると考えられています。

章の展開

　これから先の物語で大きな役割を果たすことになる情報がたくさん詰まった、長い章です。ハリーとロンがホグワーツのバラ園を歩きまわっているときに見かけるできごとには、とくに注意しましょう。

1. ハーマイオニーの歯の変化についてロンが気づいたこと。
2. ピッグウィジョンが運んできた手紙。
3. クリスマスの朝、ハリーが突然目を覚ました理由。
4. クリスマスの日のホグワーツのようす。
5. ロンがダンスパーティに着ていった服。
6. 玄関ホールでハリーとロンが見かけた人々。
7. ビクトール・クラムが連れていた女の子。
8. パーシーとの会話。
9. ロンとハーマイオニーが交わした会話。
10. ハリーとロンがバラ園で漏れ聞いた会話。
11. ハリーとロンがトナカイの石像のそばで漏れ聞いた会話。
12. セドリック・ディゴリーが大理石の階段でハリーに助言したこと。
13. グリフィンドール寮の談話室での、ロンとハーマイオニーの口げんか。

●登場人物　〈♠新登場の人物〉

♠ **Roger Davis**［ロジャー・デイヴィース］レイブンクロー寮生
♠ **Stebbins**［ステビンズ］レイブンクロー寮生

語彙リスト

ホグワーツの状況
<英> p.351　l.1　<米> p.403　l.1

rowdier (noisier) より騒がしい
crisp (potato chip) ポテトチップス
outdoing (surpassing) ……より勝る　＊outdo oneselfで「いつも以上によくやる」。
long-molared (long-toothed) 長い歯の、出っ歯の
Twitchy (nervous) ピクピクする、神経質な
weeny (tiny) 小さな
addressee (person they are addressed to) (手紙の) 受取人
Clear off (go away) さっさと消えろ
scandalised (shocked) ショックを受けて

グリフィンドール寮の談話室で
<英> p.353　l.25　<米> p.406　l.9

holiday steam (built-up energy) 祝祭日 (この場合クリスマス) に向けて蓄えたエネルギー
Conjunctivitis curse ［コンジャンクティヴァイタス・カース］結膜炎の呪い　▶▶ p.156
complacent (smug) (現状に) 満足して
culminated (resulted) ついに……となった
recklessly (impulsively) 向こうみずに
pawns ポーン (歩兵)　＊チェスの駒。
bishop ビショップ (僧正)　＊チェスの駒。

グリフィンドール寮のクリスマスの朝
<英> p.354　l.27　<米> p.407　l.17

prod (poke) 突っつく
tousle (untidy) くしゃくしゃ
bauble (decorative ball) 飾りのボール

knobbly (uneven) ほこぼこした、毛玉だらけの
strewn (covered) まき散らされた、覆われた
selfless (generous) 無欲な、気前のいい
clashed (colours mismatched) (色が) ぶつかり合った、調和しない
Droobles Best Blowing Gum どんどん膨らむドルーブルの風船ガム　▶▶ 第1巻6章
Fizzing Whizzbees フィフィ・フィズビー　＊食べると体が宙に浮き上がるソーダ・キャンディ。▶▶ 第3巻10章

ホグワーツの状況
<英> p.357　l.15　<米> p.410　l.20

Cribbages Wizarding Crackers クリベッジの魔法クラッカー　＊クリスマス・クラッカーの名前。マグル界のクラッカーは、両端を引っ張ると、中から小さな帽子や玩具が出てきます。
lapse (reduction) 一時的に忘れること
trooped (marched) ぞろぞろと行進した
tipsy (drunk) 酔った
Lairy fights　＊酔っぱらっているため、グリフィンドール寮へのパスワードFairy Lightsをまちがって言ったもの

ダンスパーティの開始を待ちながら
<英> p.358　l.22　<米> p.412　l.1

braided (intertwined) 編みこまれた
turquoise (light blue colour) トルコ石色
vicar (priest) 司祭
boulders (rocks) 大きな岩
grotto (small cave) 岩屋、小さな洞窟
Father Christmas (Santa Claus) サンタクロース
thistles アザミ　＊スコットランドの国花。

stationed (situated) 陣取った
floaty (fine) ふわりとした
periwinkle (an evergreen plant with blue flowers) ツルニチニチソウ ＊青紫色の花を咲かせます。
slung (thrown) 投げた、吊り下げた ＊現在形はsling。

クリスマス・ダンスパーティ
＜英＞p.361　l.8　　＜米＞p.415　l.1

garlands (wreaths) 花輪
putting through its paces (making it do tricks) (犬に) 芸をさせる
fiasco (disaster) 失策、不祥事
Blinky　Winkyと言おうとしてまちがえたもの
getting on (getting older) 歳をとりつつある
aftermath (problems resulting from) (悪い) 結果、余波
domains (residences) 領地
amicably (jovially) 友好的に
proportioned (laid-out) 均整のとれた
chamberpots (portable toilets) おまる
criticising (complaining about) けなす、批判する
wood-nymphs (fairies) 森のニンフ
serenade (sing) 歌う
artfully (artistically) 芸術的に
frequently (regularly) たびたび、頻繁に
ungainly (clumsy) ぎこちなく
exuberantly (eagerly) 元気いっぱいに
jiggling (moving) 細かく動く
withering (sneering) 相手をひるませるような
fraternising (keeping company with) 親しくする
tack (direction) (それまでとちがう) 方針、やり方
mulishly (stubbornly) 強情に

accosted (intercepted) 話しかけた
put them in touch with... (introduce them to...) 彼らを……に紹介する
Zonko's Joke Shop　ゾンコ悪戯専門店　＊ホグズミード村にある、いたずらの道具を売っている店。▶▶第3巻8章
hitch (problem) 思いがけない障害、問題
up and about (back to normal) 復帰する
take up the slack (carry out his responsibilities) 彼に代わって責任を果たす
cropped up (occurred) 起こった
consignment (cargo) 積み荷
International Ban on Duelling 国際決闘禁止条約

ホグワーツの校庭で
＜英＞p.370　l.17　　＜米＞p.425　l.20

discomposed (uncomfortable) 動揺して
maternal (mothering) 母親らしい
foghorn (ship's siren) 霧笛
revelations (big news) 驚くような新事実
giantess (female giant) 女の巨人

大広間に戻って
＜英＞p.374　l.3　　＜米＞p.429　l.25

inclination (wish) ……したい気分
wend their way (make their way) 向かった

グリフィンドール寮に戻る途中
＜英＞p.375　l.8　　＜米＞p.431　l.4

mull (think) じっくり考える
pulling his leg (making fun of him) からかう
snoozing (sleeping) 寝息をたてる、居眠りをする

第23章について

▶▶ 呪文

Conjunctivitis curse [コンジャンクティヴァイタス・カース]

> 相手の目を見えなくする呪文。この語の由来は、ラテン語の動詞 *conjugo*（結びつける）から派生したconjunctivitis（ラテン語、英語ともに同じ綴り）で、それがそのまま呪文の名前になっています。conjunctivitisはウィルスやアレルギーが原因でconjunctiva（結膜）に起こる炎症、つまり「結膜炎」のこと。英語ではpink eyeとも呼ばれています。

What's More ❿

クリスマスの季節（2）

　クリスマスとゆかりのあるその他の植物も、もともとはキリスト教伝来以前のYuleの祭りで使われていたようです。イギリスではこうした植物が今も飾りとして使われていますが、厳しい冬のさなかに再生への希望を見いだそうとした当初の目的は、とうの昔に忘れ去られました。ヒイラギ（holly）とキヅタ（ivy）がクリスマスに欠かせないのは、冬でも緑色をしていて、彩りのない冬のさなかに夏を象徴しているかのように思われたからです。緑の葉の中でもヒイラギは男性のシンボル、キヅタは女性のシンボル。このふたつは豊穣のシンボルとして、一年の終わりの闇に閉ざされた季節に、しばしば一緒に飾られました。ケルトの時代にまでさかのぼることのできるクリスマスにゆかりの植物として、ほかにヤドリギ（mistletoe）があります。多産のシンボルであるヤドリギは、子宝に恵まれることを願って、家の中に吊るされました。この時期に子を身ごもると、その子どもは翌年の秋に生まれることになり、暖かい気候や収穫されたばかりの豊富な食べ物のおかげで、他の季節に生まれるよりも生き延びる可能性が高くなります。もともとはそのような理由から、Yuletideに飾られることになったのでしょう。現在でも、クリスマスには家の中にヤドリギを吊るしますが、その目的は部屋の飾りというだけではありません。ヤドリギの下に立っている人には無条件にキスをしていいという風習が、今でも残っているのです。
　クリスマス・ツリーを飾る風習の起源は、①ローマのサトゥルナリア祭に由来。松の木にバッカスの人形が飾られた。②古代の異教徒たちは、冬のあいだ、森の精たちが常緑樹に避難すると考えていた。その木をもっと居心地よくしてやろうと思ったのが始まり——というふたつの説があります。イギリスでクリスマス・ツリーを室内に飾るようになったのは、1841年、ヴィクトリア女王の夫アルバート公が最初です。以来、室内にツリーを飾る風習が全国に広まりました。

第24章 について

基本データ		
語数		6295
会話の占める比率		39.3%
CP語彙レベル1、2 カバー率		78.0%
固有名詞の比率		8.1%

Chapter 24　Rita Skeeter's Scoop
──ハグリッド、辞表を出す

章題　Rita Skeeter's Scoop

scoopという語は日本語にもなっているので、「特ダネ」の意味であることはおわかりですね。そしてRita Skeeterの名前がついていることから、それがDaily Prophet (「日刊予言者新聞」) の記事であることはまちがいありません。

章の展開

　この章は物語の骨組みに肉づけをし、今後のできごとに大きく関わるふたつの質問を投げかけています。また、リータ・スキーターという人物についてさらに知ることができるほか、これまで明かされていなかったハグリッドの子ども時代について知る機会も与えられます。おもなポイントは次のとおり。

1. 金の卵についてのハリーの気がかり。
2. 魔法生物飼育学の授業で生徒たちを待っていた人物。
3. 「日刊予言者新聞」の記事。
4. リータ・スキーターがどこでこの情報を手に入れたかについて、ハリー、ロン、ハーマイオニーが交わした会話。
5. Three Broomsticks (三本の箒) にいた人物。彼がハリーと交わした会話。
6. ハリー、ハーマイオニーとリータ・スキーターとの対立。
7. ハグリッドの小屋への訪問。そこで交わされた会話。
8. ハグリッドの質問に対してハリーが答えた嘘。

●登場人物　〈♠新登場の人物〉

- ♠ **Professor Grubbly-Plank** [グラブリー・プランク] ホグワーツの臨時教員
- ♠ **Fridwulfa** [フリドウルファ] 女巨人
- ♠ **Aberforth Dumbledore** [アバーフォース・ダンブルドア] ダンブルドア先生の兄弟

語彙リスト

グリフィンドール寮の談話室で
＜英＞p.377 *l*.1　＜米＞p.433 *l*.1

Boxing Day (the day after Christmas day) ボクシング・デー ＊クリスマスの翌日。郵便配達員などにちょっとした贈り物をあげる習慣があります。
liberal amounts (large quantity) 大量
Sleekeazy's Hair Potion スリーク・イージーの直毛薬 ▶▶**p.159**
hysteria (panic) ヒステリー
bigotry (prejudice) 偏見

ホグワーツの状況
＜英＞p.377 *l*.24　＜米＞p.434 *l*.8

neglected (avoided) 無視した、ほったらかした
explicit (detailed) はっきりとした、明解な
condensation (water that collects on the inside of windows) 窓の内側に結露した水滴

魔法生物飼育学の授業
＜英＞p.379 *l*.2　＜米＞p.435 *l*.15

indisposed (not available) 具合が悪い
break it (inform) 知らせる
shifty (suspicious) 胡散臭い
eccentric (strange) 風変わりな
controversial (problematic) 問題のある、物議をかもす
jinx-happy (overuses jinxes) 呪いを使用しすぎる
candidates (potential competitors) 候補者
authority (right) 権力
maimed (injured) 負傷させた
Flobberworm レタス喰い虫 ＊体の両端からいやなにおいの粘液を出す這い虫。 ▶▶第3巻6章

dubbed (named) 名づけた
manticores マンティコア ＊獣の胴体と人間の頭をもつ恐ろしい生き物。 ▶▶第3巻11章
petty (small) 些細な、取るに足らない
Bloodthirsty (murderous) 血に飢えた
extinction (non-existence) 絶滅
warring (fighting) 戦う
oaf (fool) のろま、うすばか
Skele-Gro 骨生え薬 ＊骨を生やす魔法薬。 ▶▶第2巻10章
mummies (mothers) ママ
daddies (fathers) パパ
enumerating (explaining) 並べたてて説明する

大広間で
＜英＞p.383 *l*.23　＜米＞p.441 *l*.14

quailing (cowering) たじろぐ、怖気づく

ホグワーツの状況
＜英＞p.384 *l*.21　＜米＞p.442 *l*.18

retaliation (revenge) 復讐
elephant man エレファントマン ▶▶**p.159, 160**
eyes skinned (close lookout) 目を凝らして
slushy (melting snow) 雪が解けかけた、ぬかるんだ
ascertained (confirmed) 確かめた

三本の箒で
＜英＞p.386 *l*.13　＜米＞p.444 *l*.18

Heart sinking (feeling discouraged) がっかりして
run into (meet) ばったり出会う
spill the beans (provide him with information) 情報を漏らす、打ち明ける

en route (during her trip) 途中で
Blowed if I (I fail to) 断じて……ない、どうしても……できない ＊もともとの意味は「もしも……だったら私は（神に）吹き飛ばされるだろう」。
elope (run away to marry) 駆け落ちする
affronted (insulted) 侮辱されて
'ickle (little) 小さな
Bozo リータ・スキーターの連れてきたカメラマンの名前
in tow (accompanying him) 引き連れて
oblivious (not noticing) 気づかない
grenade (bomb) 手榴弾

ハグリッドの小屋で
＜英＞p.392 l.29　＜米＞p.452 l.7

surmised (guessed) 推測した

fended (pushed) 払いのけた
sheepishly (self-consciously) おずおずと
countless (numerous) 数えきれないほどの、大勢の
universal (total) 全世界の
prosecuted (charged) 起訴された
inappropriate (unsuitable) 不適切な
seven or eight feet 約213cmから244cm
dead chuffed (very pleased) 非常に喜んだ
great shakes (very good) 上手な、達者な
banish (get rid of) 追い払う
incomprehensible (complicated) わけのわからない
shelve his pride (put his pride aside)

第24章について

▶▶ **魔法の道具**

Sleekeazy's Hair Potion

　クシャクシャに乱れた髪やはねあがった髪を整えるローション。マグル界にあるごくふつうの整髪剤と、変わりがなさそうです。マグル界の商品名と同じように、J.K.Rowlingはこの製品に、その用途がすぐにわかる名前をつけています。ここの場合、Sleekeazyのsleekは「なめらかでつやのある」「手入れの行き届いた」の意味。eazyはeasyをもじり、そのような理想の髪に「手軽に」近づけることを強調しています。

▶▶ **情報**

elephant man

　不幸にもelephant manと呼ばれた男は、19世紀のイギリスに実在した人物です。1862年に生まれたJoseph Carey Merrick（通称John Merrick）は、頭部と胴体と右腕がひどくふくれあがった奇形

の姿をしていました。彼をelephant manと呼んだのは見世物小屋の興行主。悲しいことに、当時のヨーロッパではそんな見世物小屋が盛んだったのです。彼は有名になり、人々は百年以上たった今も、見目麗しいとは言いがたい人のことをelephant manと呼んだりしています。

What's More 11

エレファントマン

　Elephant Manについてはこの章の中で少し説明しましたが、ここでもっと詳しくお話ししましょう。

　Joseph Carey Merrick (John Merrick) は1862年、レスターに生まれました。ごくふつうの健康な赤ん坊でしたが、2歳になる少し前、突然顔に腫れ物ができました。この腫れ物は見る見るうちに大きなカリフラワーのようになり、顔から体に広がりました。そして右腕の肘から先が、とうとう使い物にならなくなってしまったのです。1873年に母親のMary Jane Merrickが亡くなると、John Merrickは父親Joseph Merrickの手にゆだねられることになりましたが、父親は自分の息子への嫌悪を隠そうともしませんでした。

　雑貨小間物商を営んでいた父親が破産すると、Johnは街角で靴みがきをさせられました。しかし、これでは十分に生計をたてることができなかったため、1879年12月、Johnはレスターの救貧院に収容されてしまいました。奇形のために職を見つけることのできなかったJohnは、救貧院での時間を勉強に費やし、読み書きができるようになりました。これは、当時のその階級としてはまれなことです。また、Johnは非常に雄弁で、魅力に富んだ性格と非の打ちどころのないマナーを身につけていたと言われています。

　職を見つけることはできなかったものの、Johnは1884年に救貧院を離れ、見世物小屋で働きはじめました。その名はElephant Man。なぜなら、皮膚は象のようでしたし、顔には象の牙のような突出部があったのです。

　ロンドンのWhitechapel Hospitalの医師Frederick Trevesは、Johnの姿を目にして興味をひかれ、ふたつの学会でJohnの症例を発表しました。それによれば、Johnは象皮症、すなわちリンパ腺の異常により、体の各部がグロテスクにふくれあがる病気であるという診断でした。その後、非常に重い神経線維腫症、すなわち神経細胞が異常に増殖して巨大な腫瘍ができる病気ではないかという説が登場しました。しかし1979年、Royal London Hospitalに保存されていたJohnの遺体の一部を調査した結果、彼の背骨には、神経線維腫症の患者に見られるはなはだしい湾曲が見られないことが判明。また、神経線維腫症の患者の肋骨は非常に細く、ひびが入っているのが特徴ですが、Johnの肋骨は異常なまでに太かったのです。この発見により、骨や組織が異常に成長する病気の中でも、Johnの場合は、象皮症や神経線維腫症よりさらに珍しい病気だったという説が生まれました。プロテウス症候群と呼ばれるこの病気の症例は、人類の歴史全体を通じて、百件にも達しません。

　1890年4月11日、John Merrickは27歳で世を去りました。その公式の死因は窒息とされています。

第25章について

基本データ		
語数		5579
会話の占める比率		26.5%
CP語彙レベル1, 2 カバー率		78.6%
固有名詞の比率		7.7%

Chapter 25　The Egg and the Eye
──金の卵が大声で泣き出した！

章題

The Egg and the Eye

このタイトルは、すでに物語の中に登場したふたつのものを指しています。eggがハリーの金の卵であることは想像がつきますが、eyeはいったい何を指すのでしょうか。さあ、読んでみましょう。

章の展開

この章の役割は、①第二の課題に備えて金の卵の謎を解こうとするハリーの奮闘を描くこと、②筋をさらに複雑にすること、のふたつです。この章はぜひじっくりと読んでください。これから先、重要となることが書かれています。注意すべきおもな点は次のとおりです。

1. 浴室のようす。
2. 風呂に入っているハリーに話しかけてきた人物。彼女がハリーに与えた助言。
3. この助言に従った結果、ハリーが受け取ったメッセージ。
4. このメッセージの意味を探ろうとしてハリーが考えたこと。
5. Marauder's Map（忍びの地図）に現れた点。
6. ハリーの陥った危機。フィルチの登場。
7. フィルチとスネイプ先生が交わした会話。
8. スネイプ先生とムーディ先生が交わした会話。
9. ムーディ先生がハリーに与えた助けと、それに続く会話。

●登場人物 〈#ひさびさに登場した人物〉

\# **Olive Hornby**［オリーヴ・ホーンビー］元ホグワーツの生徒→第2巻16章
\# **Professor Dippet**［ディペット］元ホグワーツの校長→第2巻13章
\# **Mrs Norris**［ミセス・ノリス］管理人フィルチの飼い猫→第1巻8章

語彙リスト

監督生用の浴室に行く計画
＜英＞p.398　l.1　　＜米＞p.458　l.1

Marauder's Map 忍びの地図
＊ホグワーツにいるすべての人の位置を知らせてくれる地図。　▶▶第3巻10章
forewarned (warned beforehand) 前もって警告されて

浴室で
＜英＞p.399　l.11　　＜米＞p.459　l.18

mermaid (sea creature that is half human and half fish) 人魚
having him on (fooling him) 彼をからかう
gushed (poured) 噴出させた
did a couple of lengths (swam back and forth) 何往復か泳いだ
treading water (staying motionless in the water) 立ち泳ぎをする
Polyjuice Potion ポリジュース薬
＊姿を変身させる薬。　▶▶第2巻9章
replicas (identical models) そっくりの模造品
morose (miserable) むっつりした
bossing (ordering) 命令する
seek (search for) 探す
ponder (consider) 考える
sorely (really) ひどく、心から
renditions (performances) 行動
memorised (remembered) 覚えた
dose (allocation) (薬の) 一服
flushes (operates) 流す
merpeople (collective noun for mermaids) 水中人
Tactless (insensitive) 無神経な
stalking (harassing) 跡をつけて悩ませる
retrieved (collected) 再度手に取った

グリフィンドール寮に戻る途中
＜英＞p.405　l.10　　＜米＞p.466　l.14

coast was still clear (there was no danger of being discovered) 誰かに出くわす危険はない
law-abiding (honest) 規則を守る

階段で
＜英＞p.406　l.5　　＜米＞p.467　l.12

ungainly (clumsy) ぶざまな
My sweet かわい子ちゃん　＊フィルチは愛情をこめて猫に呼びかけています。
pouchy (fleshy) (肉が) たるんだ
pilfering (thieving) こそ泥の
apprehension (foreboding) 不安、嫌な予感
yearningly (longingly) 切実な思いをこめて、未練たっぷりに
forgo (discard) あきらめる、放棄する
plaintively (sadly) 哀願するように
once and for all (forever) 永久に
wretched (damned) いまわしい、軽蔑すべき
lopsided (uneven) ゆがんだ
temple (area at the side of the head) こめかみ
illicit (illegal) 禁じられた、違法の
pulsing (throbbing) ぴくぴくする、脈打つ
prowl (walk around) 歩きまわる
dilating (getting wider) 大きく開く
mangled (misshapen) ずたずたの、傷だらけの
evidence (proof) 証拠
treachery (disloyalty) 裏切り
chirruping (noise like a bird) さえずり
laboriously (with difficulty) 苦労しながら
Close shave (near thing) 危機一髪、ニアミス
haywire (out of control) 手に負えない

Positive (sure) 確かな、まちがいない
sizing him up (checking him out) 彼の品定めをする
sharp (clever) 賢い
roved (moved slowly) ゆっくりと動いた

grim (bad-tempered) 冷酷な
dubious (suspicious) 怪しげな
incriminated (pointed guilt at) (事件などに) 巻きこんだ
on the other hand (conversely) その一方で

What's More 12

イギリスの浴室

　今回初めて、ホグワーツにも浴室があることが証明されました。風呂が大きな役割を果たしている日本文化から見れば奇妙に感じられるかもしれませんが、イギリス文学の中では、筋にとって必要不可欠というのでもない限り、風呂の場面が描かれることはめったにありません。この章に登場するホグワーツの監督生の浴室は、物語の中で重要な役割を果たしています。だからこそ、ここでは風呂の場面に何ページも費やされているのです。

　イギリスでの風呂の入り方は、日本での入り方とまったく違います。まず、誰かが風呂に入ったあと、そのお湯をほかの人が使うことは決してありません。また、イギリスの浴室にはたいてい絨毯が敷かれており、体も髪も浴槽の中で洗い、浴槽の外にお湯をこぼさないように気をつけなければなりません。

　風呂に入るという単純なことの中にも、イギリスと日本では異なる習慣がたくさんあります。たとえば、イギリス人はごく小さいころから、耳を石鹸で洗うようにと教わります。わたしがこの習慣について話すと、妻もほかの日本人も、みな震えあがりました。イギリス人は臍も石鹸でしっかり洗います。またイギリスの場合、病院で出産したばかりの母親がまずやらなくてはならないことは、少量の塩を入れたお湯のお風呂で入浴することです。イギリスと日本でのこうした習慣の違いは、おそらく、その気候の違いから来るのでしょう。イギリスに比べてかなり気温の高い日本では、少なくとも昔は、お湯の中に有害なバクテリアが発生するのを防ぐのがむずかしく、耳や臍や出産直後の母親の体のようにデリケートなものを洗うことを控えたのではないかと思われます。

　イギリスの旧式の家に住んでいる人々にとって最大の問題は、蓄熱ヒーターの湯を使わなければならないことです。蓄熱ヒーターの場合、使えるお湯の量が限られているのです。第二次世界大戦後に普及し、多くの家に備えつけられているこの湯沸し装置は、大きな貯水タンクの中にお湯をため、一定の温度に保つ仕組みです。タンクの中のお湯は、ふつう風呂に1回入るとなくなってしまうので、次の人が風呂に入るには、水がお湯になるまで待たなければなりません。イギリスの家のほとんどは煉瓦造りのため、この装置全体を変えるにはかなりの費用がかかります。最近の湯沸し装置ならお湯が無制限に使えるのはもちろんですが、多大な出費や工事を頼まなければならない面倒を考えると、蓄熱ヒーターのままでなんとかやっていこうとする人が多いのもうなずけます。この不便さに対処する方法は、家庭によってさまざまですが、朝にシャワーを浴び、夜は入りたいときだけ風呂に入る、というのが一般的なようです。

　第25章に描かれた監督生の浴室の描写を読むと、ホグワーツにはまちがいなく、お湯が無制限に出る湯沸し装置があるようですね。いつかホグワーツに行こうと思っている日本の魔法使い・魔女たちは、これでひと安心したことでしょう。

第25章について

第26章について

基本データ		
語数		8054
会話の占める比率		21.1%
CP語彙レベル1、2 カバー率		79.0%
固有名詞の比率		7.4%

Chapter 26　The Second Task
――第二の課題……取り返すべし　大切なもの

章題　The Second Task

第二の課題の日がやって来ました。前章を正しく読んでいれば、何がハリーを待ち受けているのか想像がつくでしょう。でもその詳しい内容は、この章を読まなければわかりません。さあ、まずは読んでのお楽しみ……。

章の展開

ハラハラする場面に満ちた長い章です。このような章を読むと、J.K.Rowlingの想像力の豊かさとストーリーテラーとしての才能に、感嘆せずにはいられません。非常に重要な章なので、流し読みではなくしっかりと読んでください。次の点に注意しましょう。

1. 呪文学の授業中に、ハリーとロンとハーマイオニーが交わした会話。
2. ハリーがシリウスから受け取った手紙。
3. 魔法生物飼育学を教える人物。
4. 図書館でフレッドとジョージがロンとハーマイオニーに伝えたこと。
5. 図書館で眠っていたハリーの目を覚ました生き物。彼がハリーに与えたもの。
6. 第二の課題の開始。
7. 像に縛りつけられ、人質にされていた人々。
8. ほかの人質に対してハリーがとった行動。
9. 湖の岸に戻ったハリーの見た光景。
10. 得点の発表。

●登場人物 〈♠新登場あるいは #ひさびさに登場した人物〉

\# **Madam Pince**［マダム・ピンス］ホグワーツの図書館司書→第1巻12章
♠ **Gabrielle Delacour**［ガブリエル・デラコー］Fleur Delacourの妹
♠ **Merchieftainess Murcus**［マーカス］merpeople（水中人）の女長(おんなおさ)

語彙リスト

呪文学の授業
<英> p.416　l.1　　<米> p.479　l.1

fine-tune (work out more details) 調整する、細部に手を入れる
Banishing Charm 追い払い呪文 ▶▶ *p.167*
for instance (for example) たとえば
recounting (explaining) 説明する
instalments (episodes) (何回かに分けて供給するものの) 一回分
suspended (temporarily expelled) 停学処分にされて

第二の課題を控えたハリーの状況
<英> p.418　l.9　　<米> p.481　l.21

in earnest (eagerly) 熱心に、真剣に
aqualungs (underwater breathing equipment) アクアラング
disqualified (eliminated) 失格にされて
International Code of Wizarding Secrecy 国際魔法秘密綱領
periscope (viewing tube on a submarine) 潜望鏡
volumes (books) 本

魔法生物飼育学
<英> p.420　l.14　　<米> p.484　l.6

unicorn foals (baby unicorns) 一角獣の赤ちゃん
transports (raptures) 有頂天
clapping (placing) 軽く叩く、置く

図書館で
<英> p.421　l.24　　<米> p.485　l.19

mandrake マンドレイク ＊人間に似た根をもつ植物。▶▶第2巻6章
Drought Charm 旱魃の呪文 ▶▶ *p.167*
Olde Oldの昔の綴り
Charmes Charmsの昔の綴り
undoable (impossible) 実行できない、不可能な
Saucy Tricks for Tricky Sorts ▶▶ *p.167*
Animagus 動物もどき ＊動物に変身することができる人。▶▶第3巻6章
Dilemmas (Problems) 困難な状態、問題
ringlets (curls) 巻き毛
grim (bad-tempered) 不機嫌な

グリフィンドール寮の談話室で
<英> p.423　l.33　　<米> p.488　l.5

Madcap Magic for Wacky Warlocks 『突飛な魔法戦士のための突飛な魔法』 ▶▶ *p.168*
exploits (adventures) 冒険、武勇伝
Denizens (creatures)(ある場所に棲む)生き物
crestfallen (disappointed) がっかりした

ハリーを訪ねてきたドビー
<英> p.425　l.7　　<米> p.489　l.19

Where There's a Wand, There's

第26章について

a Way『杖あるところに道は開ける』 ▸▸*p.168*
Gillyweed 鰓昆布(えら) ▸▸*p.168*

第二の課題の会場に向かう途中
＜英＞*p.427* *l.12* 　＜米＞*p.492* *l.5*

pounded (ran fast) 駆けた
encircled (wrapped around) 取り囲んだ
ranged (lined up) 並べられた
bursting point (overflowing) 超満員
babble (chatter) おしゃべり
flat out (as fast as he could) 全速力で

第二の課題の開始
＜英＞*p.428* *l.23* 　＜米＞*p.495* *l.21*

silt (mud) 泥砂
goosepimples (bumps that appear on the skin as a result of coldness) 鳥肌
immersed (covered) 浸された
catcalls (jeers) (人を野次るための) 鋭い口笛
gills (the slits on the side of a fish's head that help it acquire oxygen underwater) (魚の) えら
webbed (skin stretched between the fingers) 水かきのついた
flippers (fins) ひれ
meadow (field) 牧草地、草原
Relashio ▸▸*p.167*

issued (came out) 出た、噴出した
crude (basic) 天然のままの、未加工の
algae (weed) 藻
loomed (gradually appeared) 徐々に姿を現した
choker (necklace) チョーカー、首飾り
hack (cut) 叩き切る
ebb (current) 流れ
aching (in pain) 痛む
waterlogged (saturated) 水浸しの
spout (fountain) 噴出
tooth and nail (very hard) 必死になって
Gerroff (= Get off) やめろ、あっちへ行け
broken free (escaped) ふりほどいた、逃げ出した

湖の岸辺で
＜英＞*p.437* *l.32* 　＜米＞*p.504* *l.16*

straightjacket (a jacket that prevents movement of the arms) 拘束服
Pepper-Up Potion 元気爆発薬
＊風邪や冷えの治療に使われる薬。 ▸▸第2巻8章
commiserating (sympathetic) 同情をこめた
moral fibre (a deep sense of morality) 道徳心
notified (informed) 知らされて
herding (ushering) 引率する

▶▶ **呪文**

Banishing Charm

banishは「追い払う」こと。summon（呼び寄せる）の反対語です。つまりBanishing Charmは、Summoning Charm（呼び寄せ呪文）の反対呪文なのです。

Drought Charm

droughtは、雨が降らず日照りが続いて水不足を引き起こす「旱魃」のこと。ロンによれば、この呪文は水溜りや池を干上がらせることはできますが、大きな湖を干上がらせるほどの威力はありません。

Relashio［レラシオ］

ハリーがGrindelow（水魔）たちをローブから引き離そうとして唱えた呪文。英語release（放す）の語源であるラテン語*relaxo*に由来します。

▶▶ **魔法の道具**

Saucy Tricks for Tricky Sorts

この本には、子どもの本でよく見かけるような、いかにもおもしろそうな語呂のいいタイトルがついています。saucyはcheeky（生意気な）、trickはmagic（魔法）、trickyはcunning（ずるい、油断ならない）、sortsはpeople（人々）の意味ですから、このタイトルを*Cheeky Magic for Cunning People*と言い換えることもできるでしょう。でも、*Saucy Tricks for Tricky Sorts*のほうがずっとリズミカルですね。それはSaucyとSorts、TrickとTrickyが、それぞれ頭韻を踏んでいるためです。

Madcap Magic for Wacky Warlocks

これもまた、とても語呂のいいタイトルです。madcapはreckless（向こう見ずな）、wackyはeccentric（風変わりな）、warlocksはwizards（魔法使い）と同じ意味なので、*Reckless Magic for Eccentric Wizards*と言い換えることもできますが、MとM、WとWが韻を踏んでいるタイトルのほうが、はるかに魅力的に響きます。

Where There's a Wand, There's a Way

これは実によく考え抜かれたタイトルです。よく知られた諺をもじっているだけでなく、読者にその意味を考えさせますし、また、前のふたつのタイトルで説明したような語呂のよさも備えています。元となった諺はWhere there's a will, there's a way、（意志あるところに道は開ける）。ここではwayがwandに置き換えられ、「魔法の杖を持つ者は何でもできる」という意味になっています。たしかに「ハリー・ポッター」の魔法の世界では、そのとおりかもしれませんね。

Gillyweed

マグルの世界には存在しない植物で、魚の「えら」を意味するgillと「雑草」を意味するweedからの造語です。Gillyweedを食べた人は、魚と同じように水中で呼吸できるようになります。

第27章 について

基本データ	
語数	7040
会話の占める比率	44.4%
CP語彙レベル1、2 カバー率	78.7%
固有名詞の比率	8.8%

Chapter 27　Padfoot Returns
── シリウスを囲んで

章題

Padfoot Returns

Padfootは第3巻 *Harry Potter and the Prisoner of Azkaban* に登場しましたので、読んだことのある人はこの名に覚えがあるでしょう。ご存じでない読者のために説明すると、これはある人物がanimagus（動物もどき）に変身したときの名前です。それがいったい誰なのか、さあ、読んでみましょう。

章の展開

　この章はせりふが多く、これまでわたしたちが知っている物語に新しい視点を添えます。章の後半、ホグズミード村のはずれにある洞窟で交わされる会話には、とくに注意を払いましょう。おもなポイントは次のとおりです。

1. ロンが語った大げさな話。
2. ハリーが受け取った手紙。
3. *Witch Weekly*（「週刊魔女」）の記事。記者がどのようにして情報を集めたのかについて交わされた会話。
4. その記事に対するスネイプ先生の反応。彼がハリーに与えた警告。
5. スネイプ先生とカルカロフ先生の会話。
6. ホグズミード村のはずれでハリー、ロン、ハーマイオニーを待っていた生き物。
7. バーティ・クラウチとクィディッチ・ワールドカップについて交わされた会話。
8. アズカバン監獄について語られたこと。

●登場人物 〈♠新登場の人物〉

♠ **Rosier**［ローシアー］元ホグワーツの生徒
♠ **Wilkes**［ウィルクス］元ホグワーツの生徒
♠ **Lestrange**［レストレンジ］元ホグワーツの生徒
♠ **Avery**［エイヴリー］元ホグワーツの生徒

語彙リスト

ホグワーツの状況
＜英＞p.442　l.1　＜米＞p.509　l.1

limelight (spotlight) 脚光、スポットライト
subtly (slightly) 微妙に
tallied (matched up) (話が)一致した
kidnap (abduction) 誘拐
single-handedly (alone) ひとりで、独力で
submission (defeat) 屈服、降伏
waspishly (irritably) いらいらして
tetchy (bad) 怒りっぽい、機嫌の悪い
reverted (returned) 戻った
skinned (removed the skin) 皮膚を赤むけにした
stile (steps for climbing over a fence) 踏み越し段　＊柵に備えつけた階段。人間は踏み越えることができますが、牛、羊などの家畜は踏み越えることができません。
Dervish and Banges ダービッシュ・アンド・バングズ　＊ホグズミード村にある、魔法の機械などを売っている店。▶▶第3巻5章

魔法薬学の授業
＜英＞p.444　l.4　＜米＞p.511　l.18

riffled (flipped) めくった
pangs (pain) 痛み
adolescence (youth) 青年期、思春期
demise (death) 死
solace (comfort) 慰め
shortly (soon) まもなく
smitten (in love with) 心を奪われた

devious (clever) ずる賢い
vivacious (cheerful) 快活な
brainy (intelligent) 頭のいい、賢い
well-wishers (sympathizers) 好意を寄せる人、ファン
bestows (gives) 与える、捧げる
scarlet woman (tart) 売春婦　＊直訳は「緋色の女」。
Wit-Sharpening Potion 頭冴え薬　▶▶p.171
pestle (grinder) 乳棒、すりこぎ
scarab beetles スカラベ、タマオシコガネ
press cuttings (newspaper articles) 新聞・雑誌の記事
ailing (troubling) 苦しめる、悩ます
provoke (annoy) 挑発する、怒らせようとする
delusion (strange idea) 妄想
pint-sized (small) 小型の
feigned (pretended) 見せかけの
fathomless (inscrutable) 底知れない
Boomslang 毒ツルヘビ　＊魔法界にしか存在しない架空の動物。▶▶第2巻10章
Veritaserum 真実薬　▶▶p.171
agitated (frantic) 興奮して
ventriloquist (a performer with the ability to throw his voice) 腹話術師
armadillo アルマジロ
bile (fluid secreted by the liver) 胆汁

ホグズミード村訪問
＜英＞p.450　l.33　＜米＞p.519　l.23

flask (jug) びん

Gladrags Wizardwear グラドラグス魔法ファッション店 ▶▶*p.74*
lurid (colourful) 派手な、けばけばしい
fissure (crack) 裂け目
bundle (package) 包み
drumstick (chicken leg) ドラムスティック、鶏の脚
living off... (eating) ……を食べて生きる
gnawing (chewing) かじる
stray (escaped) 野良犬
on the spot (in the vicinity) その場に
fishier (more suspicious) ますます怪しげな
devour (eat) むさぼり食う
St Mungo's Hospital for Magical Maladies 聖マンゴ魔法疾患傷害病院 ＊魔法界の大病院。
decline (refuse) 拒否する
critical (serious) 深刻な、重大な
comeuppance (punishment) 当然の報い、罰
pin it on... (blame) ……に責任を負わせる、……のせいにする
inferiors (subordinates) 目下の者
trial (court case) 裁判

Department of Magical Law Enforcement 魔法法執行部
tipped (expected to be) 予想された
ruthless (merciless) 無慈悲な、残酷な
wolf down (hungrily eat) がつがつ食べる
tarnish (soil) (名誉などを) 汚す、傷つける
Grief (despair) 嘆き、深い悲しみ
Wasted away (became gradually ill) 衰弱した、憔悴した
had it made (had achieved his ambition) 目的を達成した、野望を果たした
poised (ready) 準備が整った
astray (in the wrong direction) 道を誤って
bickering (arguing) 言い争う
frankly (completely) すっかり、完全に
dodgy (strange) 怪しげな
Blustering on (speaking out of turn) わめく
dim (thick) 鈍い、まぬけな
liability (risk) 不利なもの、厄介者
scrounge (find) あさる、探しまわる

▶▶ **魔法の道具**

Wit-Sharpening Potion

> witsは人の思考力の度合いを示します。sharp witsがある人は思考力に富み、新しい考えが次々に浮かびますが、dull witsの人は思考力に欠け、頭の働きが鈍い、というわけです。この薬には、人のwitsをsharpにし、頭を冴えさせる働きがあります。

Veritaserum [ヴェリタセーラム]

> 人に真実を洗いざらいしゃべらせる強力な魔法薬。ふたつのラテン語 *veritas*（真実）と *serum*（血清）から造られた語です。serumは英語でも綴りと意味が同じ。

What's More 13

犬に関連する言葉

　「ハリー・ポッター」シリーズの中で、dogと関連して使われている動詞は次のとおりです。

bare (teeth)	歯をむき出す	pant	あえぐ
bark	ほえる	pull	引っぱる
bound	跳ねる	rest	休む
bowl (over)	突き飛ばす	scrabble	ひっかく
cower	すくむ	scratch	ひっかく
dash	突進する	sit	すわる
drool	よだれを垂らす	slump	どさっと倒れる
fasten	(歯を) 嚙みしめる	sniff	くんくんかぐ
gnaw	嚙み切る	spring	飛びかかる
growl	うなり声をあげる	trot	駆ける
guard	守る	twitch	ぐいと引く
howl	遠吠えする	whimper	くんくん鳴く
lick	なめる	whine	哀れっぽく鳴く
moan	うめく		

dogという語を使ったフレーズや慣用表現はたくさんあります。その一部をご紹介しましょう。

■ dog
　単独でdogという語が用いられる場合、その文脈によって意味はさまざまです。たとえば、
1) She's a *dog*.（彼女はブスだ）「ブス」の意味。女性にのみ用いられます。
2) He's a lucky *dog*.（あいつは運のいいやつだ）言い換えればfellow（やつ）。男性にのみ用いられます。sly（ずるい）、cunning（ずる賢い）、miserable（みじめな）、happy（幸せな）、sad（哀れな）など、さまざまな形容詞をつけて用います。
3) *Dog* one's footsteps（足跡を追う）このdogは「あとをつける」「つきまとう」を意味する動詞。たしかに犬にはそういう習性がありますね。

■ doggie-bag
　食べきれなかった食べ物をレストランから家に持ち帰るときに使う袋。無駄にするのはもったいないので犬にやる、ということで持って帰るのですが、それを犬にやることはめったにありませんよね？

■ dog-ear
　読みかけの本のページの端を折り、ここまで読んだという目印にするもの。また、dog-earedという形で使うこともありますが、その場合は「みすぼらしい」「ぼろぼろの」の意味。たとえばdog-eared bagは、古ぼけたよれよれの袋のことです。

■ hair of the dog (that bit you)
　ひどい二日酔いを治すために飲む酒のこと。日本語でいえば「迎え酒」です。動物に噛まれた場合、その動物の毛か皮膚を傷口につけると感染を防ぐという古い迷信に由来します。自分を噛んだ犬の毛（hair of the dog）を傷口にあてがうように、前の晩に飲んだアルコールの酔いを癒すためにアルコールを飲む、というわけです。

■ put on dog
　高い身分に見せかけようと、偉ぶったり上品ぶったりすること。わたしはそこらへんの人たちとはちがうんですよ、という態度です。

第**27**章
について

第28章 について

基本データ		
語数		7341
会話の占める比率		34.9%
CP語彙レベル1、2カバー率		75.2%
固有名詞の比率		9.8%

Chapter 28　The Madness of Mr Crouch
―― クラウチに何が起きたか

章題　The Madness of Mr Crouch

えっ、そんなばかな、と思いたくなるようなタイトルです。魔法省高官のバーティ・クラウチ氏にmadness（狂気）とは、まったく似つかわしくありません。パーシーにのべつまくなしおべっかを使われたため、頭がどうかしてしまったのでしょうか。とにかく読んでみましょう。

章の展開

章の前半は状況の説明に費やされていますが、後半になって物語のスピードが増します。物語の筋にとってたいへん重要な章なので、注意を集中させて読みましょう。

1. ハリーがパーシーに送った手紙。
2. 厨房への訪問。ウィンキーのようす。
3. バーティ・クラウチ氏についての会話。
4. 屋敷しもべ妖精たちの態度。ハリーが彼らからもらったもの。
5. ふくろう小屋の窓からハリーが見た光景。
6. ハーマイオニーが受け取った手紙。
7. レプラコーンの金貨についてハリーとロンが交わした会話。
8. リータ・スキーターの情報収集方法について、ハーマイオニーが考えたこと。
9. パーシーからの手紙。
10. 様変わりしたクィディッチのグラウンド。
11. 第三の課題について。
12. ハリーとビクトール・クラムの会話。
13. 禁じられた森から出てきた人物。彼のふるまい。
14. ハリーとスネイプ先生の会話。
15. ダンブルドア先生の登場。
16. 森に残ったクラムに起こったこと。森にやって来たその他の人々。

語彙リスト

ホグワーツの厨房で
＜英＞p.465　l.1　　＜米＞p.535　l.1

ecstatic (overjoyed) 有頂天の
pining (yearning) 思いこがれる、恋しく思う
swayed (rocked) 揺れた
slopping (splashing) こぼす
nosing (trying to discover secrets) 秘密をかぎまわる、詮索する
pry (interfere) ようすをうかがう、干渉する
scoffed (sneered) あざけった

日曜日の午後
＜英＞p.468　l.27　　＜米＞p.539　l.20

sniping at (insulting) 攻撃する、中傷する
enlisted (recruited) 協力を求めた
screech owls メンフクロウ
energetically (eagerly) 精力的に、せっせと
spade (shovel) 鍬、シャベル
prolong (continue) 引き伸ばす、続ける

大広間で
＜英＞p.469　l.17　　＜米＞p.540　l.15

sub-standard (second best) 標準以下の
kippers (smoked herrings) 燻製にしたニシン
jostling (barging) 押し合う
pasted (glued) 貼り合わせた
gingerly (reluctantly) 恐る恐る、いやいや
playing ... false (cheating on ...) ……をだます

魔法生物飼育学の授業
＜英＞p.471　l.8　　＜米＞p.542　l.15

split up (separated with) 別れた
snouts (noses) 鼻づら
Nifflers ニフラーズ ▶*p.177*
mines (underground tunnels for excavating coal, metal or minerals) 鉱山
sparkly (glittering) 光る、輝く
prize (reward) 褒美
cuddly (cute) (抱きしめたくなるほど)かわいい
efficient (capable) 優秀な
slab (piece) 厚い板状のもの
put down (executed) やっつけられて

ホグワーツの午後
＜英＞p.474　l.28　　＜米＞p.546　l.19

ill-wishers (enemies) いやがらせをする人々、敵
rigorous (severe) 厳しい
hex-deflection (spell avoidance) 呪い逸らし
bugged (fitted with a listening device) 盗聴器をつけられて
vendetta (quarrel) 復讐
vengeance (revenge) 復讐
Easter eggs (chocolate eggs) イースター・エッグ ＊卵の形をしたチョコレート。

クィディッチのグラウンドで
＜英＞p.478　l.5　　＜米＞p.550　l.17

hedges (bushes) 生垣
Maze (labyrinth) 迷路
straightforward (simple) 単純明快な
head start (go first) 競争相手より一歩先んじたスタート
fighting chance (opportunity to win) 勝つチャンス
perturbed (troubled) 戸惑って

第28章 について

ビクトール・クラムとの散歩
<英>p.479 l.21　<米>p.552 l.20

set a course (walk in the direction of) ……に向かうコースをたどる
Hermy-own-ninny = Hermione
anew (once again) 改めて、もう一度
tramp (homeless beggar) 浮浪者
thin air (nobody) 見えないもの、存在しない人
rant (lecture) 長ったらしい説教
beggars (people who beg for money in the street) 物乞い
vagrants (vagabonds) 浮浪者
up the number (increase the number) 数を増やす
trickle (thin line) (液体が流れる) 細い筋
spittle (spit) 唾液、よだれ
shortly (soon) まもなく
fluently (rapidly) 流暢に
draft (write) 書く
trigger (cause) ひき起こす
squatted (crouched) しゃがんだ

ホグワーツ城に戻る
<英>p.483 l.24　<米>p.557 l.4

spring to life (become animated) 命を吹きこまれる

禁じられた森で
<英>p.485 l.29　<米>p.559 l.20

thunderous (very loud) (雷鳴のように) 大きな音の
footfalls (footsteps) 足音
crossbow (a weapon that shoots bolts) 石弓
double-dealing (cheating) 裏表のある言動、ごまかし
corruption (dishonesty) 腐敗
ties (links) 絆
differences (arguments) 論争、仲たがい
Apologise (say sorry) 謝れ
get back in me good books 自分の面目を取り戻す ▶▶*p.176*

▶▶ **せりふ**

get back in me good books

　このフレーズの中のmeは、ハグリッドがなまっているためであり、ふつうに言えばmyとなります。よく使われるフレーズで、その意味は、「失った面目を取り戻すために何かをする」こと。このフレーズは、人はみな、他人についての評価を記録するgood books（よい本）とbad books（悪い本）を持っているという前提のうえに成り立っています。もしある人が悪い行いをすれば、その人のことはbad booksに記録され、よい行いをすればgood booksに記録されるというわけです。ここの場合、マダム・マクシームは半巨人であることを否定したため、ハグリッドのbad booksに載せられてしまっています。しかし、ハグリッドから第三の課題についての情報を聞きだすために、彼の機嫌をとってgood booksに戻してもらおうとしているのです。

▶▶ **魔法界の生き物**

Nifflers［ニフラーズ］

> 地下深くに棲む、長い鼻をしたふわふわの生き物。地下に埋もれている宝物を探すのが得意で、名前からもそれがうかがえます。niffは俗語でsmell（においを嗅ぐ）のことですから。また、Nifflerはとてもかわいらしい響きなので、人に危害を加える生き物ではなさそうだとすぐにわかりますね。

第**28**章
について

第29章について

基本データ		
語数		4341
会話の占める比率		43.7%
CP語彙レベル1、2 カバー率		80.1%
固有名詞の比率		7.6%

Chapter 29　The Dream
──激痛を伴う不吉な予兆

章題：The Dream

このタイトルの意味は簡単です。いや、それともむずかしいでしょうか。たしかにひとことで「夢」といっても、眠って見る夢だけでなく、目標や野望のように目をあけたまま見る夢もありますし、悪夢もいい夢もありますね。さて、この章に登場する夢はどんな夢なのでしょう。

章の展開

　比較的短い章なので、楽に読み通せるはずです。前半は、ハリーと友人たちがそれまでのできごとを話しあっている場面。それによってわたしたちは頭の中を整理することができます。しかしタイトルが示すとおり、この章で最も大切なのは夢の部分です。夢について書かれた部分はぜひ丁寧に読みましょう。この章の要点は以下のとおりです。

1. ふくろう小屋でハリー、ロン、ハーマイオニーが話しあったこと。
2. 3人が漏れ聞いた会話。フレッドとジョージの登場。
3. ムーディ先生との会話。
4. シリウスからの手紙。
5. 占い学の授業中にハリーが見た夢。
6. ダンブルドア先生の部屋の外でハリーが耳にした会話。

語彙リスト

ふくろう小屋で
<英>p.490 l.1　<米>p.564 l.1

comes down to this (these are the only explanations) こういうことになる、これしか考えられない
done a runner (escaped) 逃げた
evaporated (disappeared) 蒸発した
raving (speaking like a madman) うわごと、たわごと
sanest (most mentally stable) このうえなく正気の
stringing (connecting) つなぐ、結びつける
rafters (beams of wood along the ceiling) 垂木
blackmail (using threats to make someone pay money) 脅迫
nice fat payoff (lots of money) 多くの見返り、たくさんの報酬
in unison (together) 一緒に
mock (fake) ふざけて真似た、偽の
Let's give it (let's wait until...) ……まで待つことにしよう

魔法史の授業とその終了後
<英>p.494 l.18　<米>p.569 l.12

discarded (thrown away) 捨てた
could have sworn... (was sure...) ……と誓うこともできた、……にちがいないと思った

闇の魔術に対する防衛術の授業
<英>p.495 l.2　<米>p.570 l.2

preamble (delay) 前置き
under his own steam (without assistance) 独力で、誰の助けも借りずに
makings (potential to be) 素質
investigators (detectives) 捜査官、探偵
right up your street お手のもので
▶ p.180

ハリーへの手紙
<英>p.496 l.24　<米>p.572 l.1

hasn't got wind of... (doesn't know about...) まだ気づいていない
wouldn't go amiss (would be a good idea) 無駄にはならない
Keep your head down (do not draw attention to yourself) 目立たないように行動する
biding their time (waiting for the best opportunity) チャンスが来るのを待つ
polish me off (kill me) 僕を消し去る、僕を殺す
duel (fight) 決闘

呪文の練習
<英>p.498 l.10　<米>p.573 l.26

inviting (welcoming) 誘いかける
sacrifices (subjecting them to danger for the sake of a greater objective) 犠牲
aching (in pain) (体が) 痛む
Impediment Jinx 妨害の呪い
▶ p.180
enameled (painted) エナメルを塗られた
boiling (very hot) ひどく暑い

占い学の授業
<英>p.499 l.16　<米>p.575 l.9

swelteringly (extremely) うだるように
Mars 火星
solar system 太陽系
loomed (floated) (薄気味悪く) 迫った、のしかかった
premonition (omen) 不吉な前兆
apparition (manifestation) (幽霊などの) 出現
stimulated (affected) 刺激された

clairvoyant (psychic) 透視の
vibrations (resonance) 振動
unnerved (uneasy) 狼狽して

ダンブルドア先生の部屋に向かう途中
＜英＞p.502　l.17　　＜米＞p.578　l.26

Liquorice wand 杖型甘草飴　▶▶第1巻6章
excruciating (agonizing) ひどい痛みを与える

Sugar quill 砂糖羽根ペン　＊羽根ペンの形をしたキャンディー。　▶▶第3巻5章
Cockroach cluster ゴキブリゴソゴソ豆板　＊ゴキブリ飴をチョコレートで覆ったお菓子。　▶▶第3巻10章
foul play (criminal activity) 不正行為
reserve judgement (delay my decision) 判断を差し控える
fixation (obsession) 執着
wrap up (finish) 終わりにする

▶▶ **せりふ**

right up your street

　right up one's streetは、ある人にとって何かが「打ってつけで、お手のもので」の意味。その人自身の道にあるものは、本人が慣れ親しんだものなので、何の問題もなくこなすことができるという考えに基づいています。ここの場合、ムーディ先生は第三の課題がright up Harry's street (ハリーの得意とするところ) であると考えています。ハリーはこれまでも似たような障害を切り抜けたことがあるので、そういう状況に慣れているだろうというわけです。

▶▶ **呪文**

Impediment Jinx

　Impediment Jinx (妨害の呪い) は敵の動きを鈍らせる呪文。「妨害」を意味するラテン語*impedimentum*に由来します。この呪いをかけるときに唱える言葉は*Impedimenta*。

What's More 14

ネズミに関連する言葉

「ハリー・ポッター」シリーズでは、ratに関連して次のような動詞を使っています。

chew	かじる	scratch	ひっかく
emerge	現れる	shake	震える
escape	逃げる	shoot	飛び出す
fight	けんかする	sink	元気がなくなる
fly	あわてて駆ける	skip	跳ねる
hang	うろつく	squeak	キーキー鳴く
huddle	体を丸める	squeal	キーキーわめく
land	着地する	struggle	もがく
lurk	隠れる	thrash	手足をばたばたさせる
rip	裂く	wiggle	身をよじる
scarper	急いで逃げる	writhe	身もだえする

ratという語を含むフレーズや慣用表現には、次のようなものがあります。

■ **rat**
　人間をrat呼ばわりした場合は、「嫌なやつ」、「クズ」といった意味。相手への軽蔑がこめられています。動詞として使う場合は、「裏切る」、「密告する」の意味。たとえば、あなたが隠れて酒を飲んでいることを、あなたの友人が奥さんに告げ口をした場合、He *ratted* on me. と言うことができます。

■ **rat-bag**
　意味はだいたいratと同じですが、ふつうは女性、とくに他人のことに口出ししたがるオバサンに対して使われます。

■ **like a drowned rat**
　雨でずぶぬれになった人をlook like a drowned ratと言います。ぐっしょりぬれて、ひどくみすぼらしいようすを表しています。

■ **smell a rat**
　悪だくみなどを「嗅ぎつける」、「不審を抱く」という意味。さまざまな状況で使えるフレーズです。たとえば、保険の契約書の約款が不明瞭で、外交員が言うほど甘い話ではないのではないかと疑う場合、あるいは、レストランで高いステーキを注文したのに肉があまり上等でなく、レストランにぼられたのではないかと疑う場合などに、このフレーズを使うことができます。

■ **Oh, rats!**
　ものごとがうまくいかないときに使う感嘆詞。"Oh, damn!" または "Oh, hell!" と言い換えてもいいでしょう。

■ **rat race**
　人間の日常生活の、厳しくも空しい競争を婉曲に表現したもの。たとえば大学を卒業して会社に入社した人は、rat raceに加わったと言えるでしょう。また、rat raceから逃れたがっている人とは、たいていの場合、あわただしい都会を離れて田舎に住みたがっている人のことです。

第29章について

第30章 について

基本データ		
語数		6012
会話の占める比率		36.9%
CP語彙レベル1、2 カバー率		78.5%
固有名詞の比率		7.6%

Chapter 30　The Pensieve
──僕はやっていない！

章題

The Pensieve
Pensieveという語は辞書には載っていません。でも、これによく似た語が手がかりを与えてくれるはずです──その語はpensive（憂いに沈んだ）。それでもまだよくわからない？　それならば……と、さらに詳しい説明を p.184（魔法の道具）に載せておきました。でもその説明を見る前に、まずはこの章を読みましょう。

章の展開

　おそらくこれまでで最も重要なことが書かれた長い章です。今まで断片的に知らされていたことが詳しく描かれており、これから先の展開をしっかりと追っていくためには、この詳細を理解する必要があります。細心の注意を傾けて読みましょう。

1. ダンブルドア先生の部屋の光景。
2. ダンブルドア先生が部屋で飼っているペット。
3. ハリーが見つけた魔法の道具。
4. 奇妙な部屋の光景。
5. カルカロフ先生が登場する場面。
6. スネイプ先生に関する情報。
7. ルード・バグマンに関する情報。
8. それに続いて法廷に立った4人の人物。
9. 部屋に戻ってきたダンブルドア先生。Pensieveについての説明。
10. ハリーの夢に対するダンブルドア先生の反応と、それについての会話。
11. ネビルについてダンブルドア先生が語ったこと。

● 登場人物 〈♠新登場あるいは #ひさびさに登場した人物〉

Fawkes［フォークス］ダンブルドア先生が飼っている不死鳥→第2巻12章
♠ Antonin Dolohov［アントニン・ドロホフ］ヴォルデモートの支持者
♠ Travers［トラヴァース］ヴォルデモートの支持者
♠ Mulciber［マルシバー］ヴォルデモートの支持者
♠ Augustus Rookwood［オーガスタス・ルックウッド］ヴォルデモートの支持者
♠ Frank Longbottom［フランク・ロングボトム］闇祓い

語彙リスト

ダンブルドア先生の部屋で
＜英＞p.505 l.1　＜米＞p.581 l.1

trooped (marched) 行進した
plumage (feathers) 羽
benignly (kindly) やさしく
hilt (handle) (剣の) 柄
ominous (menacing) 不吉な
encircled (wrapped around) 取り巻いた
pitched (thrown) 投げられた

不可思議な部屋でのできごと
＜英＞p.508 l.17　＜米＞p.585 l.6

bleak (cheerless) 陰気な
forbidding (menacing) 悪意に満ちた、不吉な
serried (cramped) ぎっしりと詰めこまれた
recoiled (drew back) 後ずさりした
round up (capture) 一網打尽に捕らえる
dissent (disagreement) 意見の相違、異議
ally (collaborate) 提携させる ＊ally oneselfで「提携する」。
turning all of them in (betraying them) 彼らを警察に引き渡す ▶ p.184
renounce (reject) 否定する
countless (numerous) 数え切れないほど多くの
blow (disappointment) 打撃、痛手
worthless (useless) 役に立たない、無駄な

vouched for (certified) 保証されて
downfall (defeat) 失脚
scepticism (disbelief) 懐疑、疑い
gone to seed (out of condition) 盛りを過ぎた
testimony (witness report) 証言
indulgently (leniently) 寛大に
permanently (irreversibly) 永久に
titters (giggles) 忍び笑い
Despicable (outrageous) 軽蔑に値する、あきれた
wispy (weak) か細い
thickset (stout) がっしりした
petrified (terrified) (恐怖に) 凍りついて
Council of Magical Law 魔法法律評議会
heinous (wicked) いまわしい、極悪な
subjecting (inflicting) (……に) 従わせる、(……の) 影響下に置く
restore (return) 回復させる

ダンブルドア先生の部屋で
＜英＞p.518 l.24　＜米＞p.597 l.3

siphons (extracts) 吸い上げる
prospector (hunter) (砂金などを) 探し求める人
fragments (small pieces) かけら、断片
reprimand (warning) 叱責、非難
correspondent (pen pal) 文通相手
theory (idea) 説、考え
seething (writhing) 波立つ

第30章について

183

▶▶ **せりふ**
turning all of them in

> turn inは、容疑者を警察などに「引き渡す」こと、あるいは、有罪を証拠立てる情報を警察などに「通報する」こと。また、単に「提出する」の意味で使われることもあります。たとえばHe must *turn in* a report on the matter. は、「彼はその件に関するレポートを提出しなければならない」の意味。

▶▶ **魔法の道具**
Pensieve

> Pensieveは浅い石の水盆で、持ち主は頭の中からあふれた想いや記憶をこの中に注ぎこんでおき、時間のあるときに吟味することができます。この語は、フランス語*panzer*と英語sieveから造られています。*panzer*（考える）はラテン語*penso*に由来し、英語pensive（もの思いに沈んだ）もこれに関連しています。またsieveは、固体と液体、あるいは大粒のものと小粒のものとを分ける「ふるい」のこと。したがって、このふたつの語を合わせたPensieveは、想いをふるいにかけて選り分ける盆のことになります。邦訳は「憂いの篩い」。

第31章 について

基本データ	
語数	7967
会話の占める比率	23.7%
CP語彙レベル1、2 カバー率	79.6%
固有名詞の比率	7.5%

Chapter 31　The Third Task
――第三の課題……「武器を去れ！」と「麻痺せよ！」

章題

The Third Task

ついに三校対校試合の最後の課題にたどり着きました。これからがいよいよクライマックスです。わたしたちは今度の課題が迷路であることをもう知っていますが、代表選手たちは迷路の中でいったい何に出会うのでしょうか。

章の展開

手に汗を握るような章で、その長さにもかかわらず、あっというまに読み終えてしまうにちがいありません。タイトルのとおり三校対抗試合の最後の課題を描いたこの章で、物語はいよいよクライマックスにさしかかります。まばたきをしている暇もありません。

1. グリフィンドール寮の談話室でハリー、ロン、ハーマイオニーが交わした会話。
2. 変身術の教室の窓からハリー、ロン、ハーマイオニーが見た光景。
3. 「日刊予言者新聞」の記事と、ハーマイオニーの頭にひらめいたこと。
4. 大広間の脇の小部屋に集まった人々。彼らが訪ねてきた理由。
5. 第三の課題の開始。
6. ハリーが聞いた悲鳴。
7. ハリーが耳にした呪文。それに対してハリーがとった行動。
8. ハリーが解くことになったなぞなぞ。
9. ハリーの身にふりかかった災難と、そこに差しのべられた助け。
10. それに続く話し合いと、その結論。

● 登場人物 〈♠新登場あるいは #ひさびさに登場した人物〉

Sir Cadogan［サー・カドガン］ホグワーツの壁に飾られた絵の中の騎士 →第3巻6章
♠ **Apollyon Pringle**［アポリオン・プリングル］元ホグワーツの管理人
♠ **Ogg**［オッグ］元ホグワーツの森番

語彙リスト

グリフィンドール寮で
〈英〉p.526 *l*.1　〈米〉p.605 *l*.1

get down to it (work hard on it) 真剣に取りくむ
orphan (parentless child) 孤児

ホグワーツの状況
〈英〉p.528 *l*.12　〈米〉p.607 *l*.24

walking in on (interrupting) 出くわす、うっかり邪魔をする
obstruct (block) 妨害する
Reductor curse 粉々呪文　▶▶*p*.188
Four-Point Spell 四方位呪文　▶▶*p*.188
Shield Charm 盾の呪文　▶▶*p*.188
shatter (smash) 粉々にする
Jelly-Legs Jinx くらげ足の呪い　▶▶*p*.188
walkie-talkie (two-way radio) トランシーバー

大広間で
〈英〉p.530 *l*.16　〈米〉p.610 *l*.7

paw (dog's foot) (犬などの) 足
berserk (crazy) 狂った
unstable (mentally weak) 情緒不安定な
relic (remains) 遺物
plea (cry) 必死の願い
Parseltongue (the language of snakes) ヘビ語　▶▶第2巻11章
Duelling Club 決闘クラブ　▶▶第2巻11章

hushed up (hidden) もみ消されて、隠されて
Gone off me a bit (doesn't like me much) ぼくに少し愛想が尽きた

大広間の脇の小部屋で
〈英〉p.534 *l*.25　〈米〉p.615 *l*.13

jabbering away (speaking rapidly) 早口で話す
refrained from (avoided) 避けた
criticising (complaining about) 非難する
telling-off (scolding) 小言

校庭の散歩
〈英〉p.535 *l*.35　〈米〉p.616 *l*.27

Whomping Willow 暴れ柳　＊ホグワーツの校庭に生えている、狂暴な巨木。　▶▶第2巻5章
reminisced (spoke nostalgically) 思い出にふけった
hauled in (taken in) 呼び出された

大広間で
〈英〉p.537 *l*.2　〈米〉p.618 *l*.7

Cornish pasty (meat and potato pie) コーンウォール風パイ　＊肉とじゃがいもを包んだパイ。
brainwave (wonderful idea) すばらしい思いつき
faltering (dropping) たじろぐ、元気をなくす
courses (dishes) (料理の) 一品一品

dusky (twilight) たそがれた、ほの暗い

第三の課題の開始
＜英＞p.539　l.29　　＜米＞p.621　l.14

fork (split path) 分かれ道
***Expecto* Patronum** 守護者を呼び出す呪文　▶▶第3巻12章
stag (male deer) 牡鹿
galloped (ran) 駆けた
Riddikulus Boggart（まね妖怪）を撃退する呪文　▶▶第3巻7章
shape-shifter (creature that can change its shape) 自らの姿を変えることができる生き物（たとえばBoggartなど）
Reducto Reductor curse（粉々呪文）をかけるときに唱える言葉　▶▶p.188
intact (complete) 元のままの、無傷の
chancing (risking) 一か八かやってみる
double back (return the same way) もと来た道を引き返す
junction (crossroads) 交差点
in the running (a competitor) 競争に参加して
Impedimenta Impediment Jinx（妨害の呪い）をかけるときに唱える言葉
backtracked (returned) もと来た道を戻った
brambles (undergrowth) 茨、とげがある低木の茂み

stopped dead (stopped abruptly) ぴたりと動きを止めた
united (unified) 一体になった
sphinx スフィンクス　▶▶p.189
riddle (word game) なぞなぞ
naught (nothing) 無
poem (verse) 詩
cast his mind around (started thinking) 知恵をしぼった
imposter (something pretending to be something else) 他人になりすます人
brilliance (cleverness) 賢さ
bang (right) まさに．ちょうど
plinth (base) 台座
intersected (joined) 交差した
colliding with... (crashing into...) ……と衝突する
aggravating (annoying) 怒らせる
pincers (scissor-like hands)（節足動物の）ハサミ
Expelliarmus Disarming spell（武装解除術）をかけるときに唱える言葉　▶▶第2巻11章
keeled (fell) 倒れた、ひっくり返った
secretion (fluid) 分泌液
sprained (twisted) ひねった、捻挫した
resolution (resolve) 決心
You're on (I agree) 話は決まった、それでいい

第31章について

▶▶ **呪文**

Reductor curse

　この魔法をかけるときに唱える呪文は *Reducto*。第14章に出てくる *Reducio* とそっくりに見えますが、実際はまったく別のものです。*Reducio* は、ふくれあがったものを元の大きさに戻す呪文ですが、こちら *Reducto* はものを粉々にする呪文です。*Reducto* という語の由来は英語 reduce（小さくする）。何かが目に見えないほど小さくされて無になってしまう（reduced to nothing）イメージが思い浮かびます。

Four-Point Spell

　杖で北の方角を指させ、自分の進んでいる方向を確認させる術。Four-Point は、コンパスが指す4つの方位——north、east、west、south のことです。ところで、news という語が、コンパスの4つの方位に由来していることをご存じですか。この頭文字を上記の順に並べると、news になります。つまり、news は「四方から集めた情報」という意味なのです。

Shield Charm

　物語の本文で説明されているとおり、Shield Charm は自分の周囲に見えない壁を築き、あまり強力でない呪いから身を守る魔法です。shield は英語で「盾」の意味。

Jelly-Legs Jinx

　どんな目的で使われるのか、容易に想像のつく魔法です。Jelly Legs と言えば、これしかない！　本文の Jelly-Legs Jinx という語のすぐあとに、ハリーが wobbled around the room for ten minutes（クニャクニャする脚で10分ほど教室を歩きまわった）と書かれていることからも、その推測が正しいことがわかります。

　jelly という語が legs（脚）と関連して使われる場合、そのほとんどは、非常に驚いている人のようすを表しています。たとえば、

Her legs turned to *jelly* when the dog barked at her.（彼女は犬にほえつかれて腰を抜かした）などのように使われます。

▶▶ 魔法界の生き物

sphinx

　ここに登場する sphinx は、その元となったギリシャ神話に忠実に描かれています。ハリーがそこを通り抜けるためには、sphinx と戦うのではなく、sphinx の出すなぞなぞに正しく答えなければならないのです。

　ギリシャ神話で最も有名な sphinx は、テーバイのスフィンクスです。スフィンクスは、ある若者をさらったテーバイの王ライオスを罰するため、女神ヘラによってテーバイに送られました。スフィンクスはテーバイに向かう道の傍らにすわり、道行く旅人たちに謎をかけました。旅人たちは謎に答えずに道を引き返すことはできますが、もしもまちがった答えを言えば、たちまちスフィンクスに殺されてしまうのです。正しい答えを出すことができた者はただひとり——それは、ライオスの息子オイディプスでした。打ち負かされた屈辱のあまり、スフィンクスは自殺し、オイディプスを通したと言われています。

第32章 について

基本データ		
語数		2020
会話の占める比率		3.4%
CP語彙レベル1、2 カバー率		78.7%
固有名詞の比率		5.2%

Chapter 32　Flesh, Blood and Bone
──復活

■章題　Flesh, Blood and Bone

もしこのタイトルを見て、なんだか薄気味悪く感じたとすれば、それは正解です。それぞれの語は文字どおり「肉」「血」「骨」なのですが、それが一緒になると、何か特別な意味を持つように思えます。さて、それはいったいどんな意味なのでしょうか。

章の展開

この巻の中で最も短い章ではありますが、おそらく最も重要な章です。一瞬でも気を散らすわけにはいきません。とくに注意したいのは次の点です。
1. ハリーとセドリックが連れてこられた場所。
2. ふたりのもとにやって来た人物。誰かがかけた呪い。
3. 墓石に彫られていた名前。
4. 小柄な人物の抱えていた包みの中身。
5. 大鍋の中の液体と、その中に加えられたもの。
6. この魔法薬から生じた結果。

●登場人物　〈#ひさびさに登場した人物〉

Tom (Marvolo Riddle)［トム・マーヴォロー・リドル］元ホグワーツの生徒→第2巻13章

語彙リスト

草の生い茂った墓地で
<英>p.552 l.1　<米>p.636 l.1

graveyard (cemetery) 墓地
outline (silhouette) 輪郭
yew tree イチイの木
obscure (hide) 隠す
bundle (package) 包み
headstone (gravestone) 墓石
spread-eagled (laying flat with arms and legs extended) (翼を広げた鷲のように) 手足を広げて
eternity (forever) 永遠
cords (rope) 縄
fretfully (anxiously) そわそわと
slopping (splashing) (液体が) はねる
persistently (purposefully) 粘り強く
agitated (frantic) 興奮した、激しい

encrusted (covered) 散りばめられた
wad (piece) (綿などを丸めた) 塊
revulsion (disgust) 嫌悪感
endurance (tolerance) 忍耐
command (order) 命令
dagger (knife) 短剣
anguished (distressed) 苦悩に満ちた
foe (enemy) 敵
phial (flask) (ガラス製の) 小型容器
stump (remains) (腕などを切断されたあとの) 根元の部分
simmering (boiling gently) ぐつぐつ煮える
obliterating (concealing) 消す、隠す
Robe me (dress me) ローブを着せてくれ

What's More 15

第32章について

ヘビに関連する言葉 (1)

「ハリー・ポッター」シリーズでJ.K.Rowlingがsnakeと関連して使っている動詞は、以下のとおりです。

attack	攻撃する		sink	沈む
bite	嚙む		sleep	眠る
budge	身動きする		slide	すべるように進む
circle	円を描く		slither	するすると動く
coil	とぐろを巻く		slump	どさりと落ちる
crawl	這う		snap	嚙みつく
crush	押しつぶす		snooze	うたた寝する
glide	すべるように進む		spit	つばを吐く
hiss	シューッという音をたてる		stir	かきまわす
hit	叩く		stretch	伸ばす
jab	突き刺す		swallow	飲みこむ
jerk	急に動く		sway	揺らす
lash	前後に激しく動かす		swing	揺り動かす
lunge	突き刺す		thrash	打ちのめす
move	動く		twitch	ぴくっと動く
nod	首をふる		uncoil	(とぐろを) ほどく
raise	持ち上げる		weave	縫うように進む
shake	震わせる		wrap	巻く

191

第33章について

基本データ	
語数	4050
会話の占める比率	61.8%
CP語彙レベル1、2 カバー率	79.7%
固有名詞の比率	4.9%

Chapter 33　The Death Eaters
――欲しいのはハリー・ポッターの血

章題

The Death Eaters

わたしたちはこれまでに、Death Eater（死喰い人）について十分な説明を与えられています。ですから、このタイトルを見てもべつに驚くことはないはずなのですが、彼らの役割を知ればやはり驚かずにはいられません。その役割が明かされるこの章を、細かい点にまで注意を払いながら読みましょう。

章の展開

物語はクライマックスの頂点に達しました。これまでの多くの謎がここで明らかになります。以下の点に注目してください。

1. 墓に葬られている人物についての説明。
2. その場に集まってきた人々の群れ。
3. 魔法薬を混ぜ合わせた人物への褒美。
4. ハリーが昔どのようにして生き残ったかについての説明。
5. これまでの巻で起こったことについての説明。
6. バーサ・ジョーキンズの役割。
7. ハリーへの宣戦布告。

●登場人物 〈♠新登場の人物〉

- ♠ **Macnair**［マクネア］死喰い人
- ♠ **Crabbe**［クラップ］死喰い人。Vincent Crabbeの父親
- ♠ **Goyle**［ゴイル］死喰い人。Gregory Goyleの父親
- ♠ **Nott**［ノット］死喰い人

語彙リスト

死喰い人の登場
<英> p.559 l.1　　<米> p.644 l.1

caressed (stroked) なでた
flexed (stretched) 曲げ伸ばしした
exultant (triumphant) 勝ち誇った
late father (dead father) 死んだ父親
orphanage (institute for parentless children) 孤児院
sentimental (nostalgic) 感傷的な
enclosed (circled) 囲んだ
stench (smell) 悪臭
prompt (swift) 素早い
band (group) 群れ、一団
swore (vowed) 誓った
innocence (not guilty) 無罪
ignorance (unawareness)（ものごとを）知らずにいること
mortal death (human death) 人間の死
immensity (hugeness) 絶大さ
mightier (stronger) より強力な
vanquish (defeat) 打ち負かす
pay allegiance (give loyalty) 忠誠を誓う
champion of commoners 少数者グループの擁護者　▶▶ p.194
Worthless (useless) 価値のない、役立たずの
traitorous (treacherous) 裏切り者の
aiding (helping) 助ける
entombed (imprisoned) 閉じ込められて
prostrate myself (grovel) ひれ伏す
crave (long) 切望する、心から……したい
unwittingly (unknowingly) 知らずに
miscalculated (made a mistake) 誤算した、誤った
meanest (most insignificant) まったく取るに足りない
immortality (everlasting life) 不死、永遠の命
faraway (distant) 遠い
restore (return) 取り戻す
in vain (without success) 無駄に
ill-adapted (badly suited) 不適切な、向いていない
gullible (naive) だまされやすい
thwarted (frustrated) 妨げられた
affinity (bond) 親密さ、親近性

バーサ・ジョーキンズの運命
<英> p.568 l.21　　<米> p.655 l.9

regeneration (rebirth) 再生、よみがえり
presence of mind (level of intelligence) 知性の存在、機転
convinced (persuaded) 説得した
overpowered (captured) ねじ伏せた
veritable (genuine) 真の、まぎれもない
pitiless (merciless) 無慈悲な
rudimentary (basic) 初歩の、未発達な
inhabit (live in) 住む
essential (imperative) 不可欠の
concocted (created) 作りあげられた
venom (poison) 毒
seen to it (made sure) 取り計らった
embrace (accept) 受け入れる
stripped me of... (removed my...) わたしから……を奪った
lingering (everlasting) いつまでも残る
devised (designed) 工夫した
fell to him (became his responsibility) 彼の責任になった
invoked (conjured up)（呪文で）呼び出した

▶▶ **せりふ**
champion of commoners

　ここのchampionは、競技の「優勝者」や三校対抗試合の「代表選手」とは違い、ある少数者グループの「擁護者」の意味で使われています。この場合の少数者グループは、「生まれの卑しい人々」を意味するcommoners（ここではマグルとマグルの血の混じった人々）。そしてchampion of commonersは、彼らの権利を強力に支持する人のことです。たとえば、champion of the environmentと呼ばれる政治家は、環境改革を活発に支援している政治家のこと。屋敷しもべ妖精の権利を擁護しようとしているハーマイオニーのことは、champion of house-elvesと呼んでもいいかもしれませんね。

What's More 16

ヘビに関連する言葉（2）

　snakeという語を使ったフレーズや慣用表現は、そう多くはありませんが、そのいくつかをご紹介します。

■ **snake**
　人間をsnakeと呼ぶ場合は、その人が仲間を裏切るような「狡猾な人」であることを意味します。動詞として使う場合は、「くねくねと進む」こと。この用法にネガティブな意味はなく、たとえば、車が曲がりくねりながら進む（snaking its way）ときなどに使われます。

■ **snake in the grass**
　このフレーズは、上記で説明した名詞snakeと同じように用います。たとえば、もしも「君の上司はsnake in the grassだから気をつけたほうがいいよ」と言われた場合、その上司は一見、人がよさそうに見えるけれど、いつあなたを裏切るかわからない、という意味です。同じ意味で、back-stabber（直訳は「背中を刺す者」）というフレーズも使えます。

■ **snakes and ladders**
　「すごろく」のこと。さいころを振ってその数だけ駒を進め、最初に「上がり」に行き着いた人が勝ちです。イギリスのすごろく盤には、たくさんのヘビと梯子が描かれています。梯子の足の部分が掛かっているマス目に駒が止まれば、駒は梯子をてっぺんまで昇り、すごろく盤の上のほうに移動することができます。一方、ヘビの頭がかぶさっているマス目に駒が止まれば、駒はヘビの体に沿って下降し、すごろく盤の下のほうに移動しなければなりません。

第34章について

基本データ	
語数	2927
会話の占める比率	9.6%
CP語彙レベル1、2 カバー率	79.0%
固有名詞の比率	6.4%

Chapter 34　Priori Incantatem
──決闘

章題

Priori Incantatem

この呪文は第9章に登場しましたので、それがどんな呪文かはおわかりでしょう。ただし第9章には、呪文をかけるときに唱える言葉 *Prior Incantato* は出てきましたが、その呪文の名前は書かれていませんでした。ここにはそれが書かれています──そう、Priori Incantatem（直前呪文）というのですね。

章の展開

　物語が始まってからの筋全体は、この章のできごとに向かって流れていたのです。驚きと興奮に満ちた、展開の速い章です。この章を読むときは、一気に読めるようにまとまった時間をとりましょう。きっと途中で本を置くことができなってしまうはずですから。ここでは以下の点に注目してください。

1. ハリーが縄を解かれた理由。ハリーが手渡されたもの。
2. 服従の呪文（*Imperio*）に対するハリーの反応。
3. ハリーとその敵が同時に呪文をかけたときに起こったこと。
4. ハリーの耳に聞こえてきた調べ。
5. ハリーの敵の杖から出てきたもの。
6. ハリーが受けた助言。ハリーはそれをどうやって実行したか。

語彙リスト

決闘の開始
<英> p.572 l.1   <米> p.659 l.1

gagging (choking) ふさぐ
swipe (slice) ひと振り
closed ranks (moved together) 列のあいだを詰めた、一緒になって動いた
niceties (rituals) 細かい作法
ruthlessly (mercilessly) 容赦なく
all-consuming (total) 全身を消耗させる

virtue (merit) 徳
reflexes (spontaneous movement) 反射神経
hide-and-seek かくれんぼ ▶▶ *p.196*
offshoots (branches) 分かれ出たもの
blossom (bloom) 花のように広がる
torso (body) 胴体
entirety (completeness) 完全さ
encouragement (inspiration) 励まし

▶▶ 情報

hide-and-seek

　世界中の子どもたちがよく遊ぶ「かくれんぼ」のこと。hideは「隠れる」、seekは「探す」の意味です。ふたり以上なら何人でも遊べ、そのうちのひとりが鬼（英語では"It"）になり、隠れているほかの子たちを探します。日本では鬼と隠れている子どもたちが「もういいかい」、「まあだだよ」と呼び交わしますが、イギリスではこのようなやり取りはありません。イギリスのかくれんぼの鬼は、目を覆って、決められた数を数えます。その数は遊んでいる場所の広さによって異なり、屋内なら20か30、屋外では最高100ぐらいがふつうです。鬼はその数まで数え終わると、"Ready or not, here I come."（準備ができていてもいなくても、探しにいくよ！）と大声で叫び、隠れている子どもたちを探しはじめるのです。

第35章について

基本データ	
語数	5964
会話の占める比率	59.7%
CP語彙レベル1、2カバー率	80.5%
固有名詞の比率	7.0%

Chapter 35　Veritaserum
──狂気のはてに

章題

Veritaserum
これも以前に登場した語ですが、覚えておられるでしょうか。そう、第27章でスネイプ先生がハリーに飲ませるといって脅した「真実薬」ですね。その薬が、本章でいったいどのように使われるのでしょうか。

章の展開

　この章はまだクライマックスの一部ではありますが、読者をはらはらさせるというよりは、複雑にからみあった謎を解くことに重点が置かれています。これまでの物語を思い起こさせる記述が多く、わたしたちの中に積み重なっていた小さな疑問がひとつひとつ解きあかされます。注意を集中させてじっくりと読みましょう。とくに、同じ名前を持つふたりの人物が登場しますので、このふたりを混同しないように。おもなポイントは次のとおりです。

1. ハリーが戻るのを待っていた人々。
2. ムーディ先生の部屋でのできごと。ハリーがムーディ先生に話したこと。
3. 炎のゴブレットについての詳細と、それに続く会話。
4. ダンブルドア先生の登場と、彼がハリーに話して聞かせた説明。
5. トランクの中身。
6. 床に倒れた男の正体。
7. その人物が飲まされた薬。それに続く彼の告白。
8. 一連のできごととウィンキーとの関わり。
9. バーティ・クラウチの所在。

語彙リスト

迷路の傍らで
＜英＞p.582　l.1　　＜米＞p.670　l.1

throw up (vomit) 吐く

ムーディ先生の部屋で
＜英＞p.584　l.31　　＜米＞p.673　l.14

funny 奇妙な ▶▶*p.199*
betrayed (abandoned) 裏切った
scum (traitors) 下劣な連中
treacherous (betraying) 裏切り者の
cowards (weaklings) 臆病者
cavort (dance) はしゃぐ、浮かれ騒ぐ
turned their backs on... (stopped supporting) ……に背を向けた、……を見放した
arousing (generating) ひき起こす
detectable (noticeable) 見つけることができる
contend (take into consideration) 取り組む
manipulate (control) 操る
repay (reward) お返しをする、報いる

idiocy (stupidity) 愚かさ
nobility (virtue) 高潔さ

ダンブルドア先生の登場
＜英＞p.589　l.24　　＜米＞p.679　l.5

radiated (came from) (力などが) 広がった、発した
ordeal (bad experience) 試練
respective (corresponding) それぞれ対応する
pit (hole in the ground) (地面や床にあいた) 穴
glutinous (viscous) ねばねばした
withdrawing (receding) 引っ込む
funeral (burial) 葬式
pitied (felt sympathy for) 憐れんだ、同情した
confronted (challenged) 立ち向かった、(証拠などを突きつけて相手を) 問い詰めた
monotonous (single-tone) 一本調子の、抑揚のない

▶▶ **せりふ**

funny

　funnyという語はポジティブにもネガティブにも使えるため、英語を母国語とする人にとっても、どちらの意味で使われているかの判断がむずかしい場合があります。最もわかりやすいのは、もちろん「ユーモラスな」、「おかしな」の意味で使われる場合ですが、「奇妙な」、「怪しげな」などの意味で使われることもあるのです。ここの場合、ハリーは杖が何か「奇妙な」ことをしたと言っているのであり、「滑稽な」ことをしたと言っているわけではありません。このような場合なら迷うこともありませんが、たとえば、ある人がfunny faceをしていると言ったらどうでしょうか。「ユーモラスな顔」とも「怪しげな顔」とも考えられますね。こんなときには、話し手がどちらの意味で言っているのかを確認するために、"Funny, ha ha?"と聞き返すことがよくあります。この"ha ha"は笑い声の真似ですから、つまり、"Funny in a humorous way?"(「ユーモラスな」っていう意味のfunny？) とたずねているわけですね。

第36章 について

基本データ		
語数		6217
会話の占める比率		46.1%
CP語彙レベル1、2 カバー率		79.2%
固有名詞の比率		9.0%

Chapter 36　The Parting of the Ways
――ついに袂を分かつときが来た

章題　The Parting of the Ways

parting of the waysを他の語で言い換えればfarewell（別れ）。誰が別れていこうとしているのかは、読んでみなければわかりませんが、物語も終わりに近づいている今、それを推測するのもむずかしくはないかもしれません。

章の展開

　この章は、物語の締めくくりと次の巻への準備というふたつの役割を担っています。非常に重要な章ですから、細心の注意をこめて読みましょう。とくに以下の点には注目してください。

1. ダンブルドア先生の部屋でハリーを待っていた人物。
2. ハリーが語った話。
3. ハリーの話についてダンブルドア先生が説明したこと。とくにフォークスに関する説明。
4. フォークスがハリーのためにしてくれたこと。
5. 医務室でハリーを待っていた人々。
6. 医務室で目覚めたハリーのそばで交わされた会話。
7. 魔法省大臣が聞かされた説明と、それに対する大臣の反応。
8. ダンブルドア先生が魔法省大臣に与えた助言。
9. スネイプ先生が話の途中で魔法省大臣に見せたもの。
10. 魔法省大臣がハリーに渡したもの。
11. ダンブルドア先生が与えた指示。
12. 医務室の窓辺に現れたハーマイオニーと、そのときに聞こえた物音。

語彙リスト

ムーディ先生の部屋で
<英>p.601　l.1　<米>p.692　l.1

nauseous (ill) 吐き気がする
being sick (vomiting) 吐く

ダンブルドア先生の部屋で
<英>p.602　l.21　<米>p.695　l.28

undisturbed (resting) 邪魔されずに
'Lo = Hello やあ
relive (go through) 記憶をよみがえらせる、思い出す
unwillingly (reluctantly) いやいや、気が進まないようすで
postpone (delay) 延期する、遅らせる
interrogatively (questioningly) もの問いたげなようすで
reawaken (wake again) 呼び覚ます、生き返らせる
shouldered (carried) 背負った
burden (load) 重荷

医務室で
<英>p.607　l.10　<米>p.699　l.13

inexpressible (unexplainable) 言葉に言い表せない
blearily (sleepily) 眠たそうに
fuzzy (unclear) ぼんやりした
Regrettable (unfortunate) 残念な
angry blotches (red patches) 怒りのために皮膚が赤らんだ部分
likewise (also) 同じように
raving lunatic (completely crazy) まったくの狂人
Preposterous (ridiculous) ばかばかしい
permit (allow) 許可する
hackles (hairs on the back of a dog) （犬などの）背中の毛
obstinate (stubborn) 頑固な
funny turns (strange convulsions) 奇妙な発作
hallucinations (imaginary visions) 幻覚
indefinable (unexplainable) 定義できない、説明しがたい
addled (destroyed) 混乱させた
donations (contributions) 寄付
acquitted (found innocent) 無罪とされた
crackpot (crazy) 狂った、とんでもない
destabilise (destroy) くつがえす
scope (range) 範囲
hard pressed (difficult job) むずかしい状況に置かれて
pressed on (continued) どんどん続けた
envoys (diplomats) 使者
aura (atmosphere) オーラ、雰囲気
palpable (tangible) 触れることができる
free rein (freedom) 行動の自由
recoiled (flinched) ひるんだ
distinguishing (identifying) 見分ける
repelled (disgusted) 不快にさせられて、嫌悪を感じて
winnings (prize money) 賞金
discreet (cautious) 用心深い
Poppy　Madam Pomfreyのニックネーム
distress (anguish) 悲嘆、苦しみ
differences (arguments) 争い、仲たがい
apprehension (foreboding) 不安、懸念
irresistible (inescapable) 抵抗しがたい

第36章
について

201

第37章 について

基本データ		
語数		4947
会話の占める比率		41.8%
CP語彙レベル1、2 カバー率		79.2%
固有名詞の比率		8.9%

Chapter 37　The Beginning
──来るもんは来る……来たときに受けて立てばいいんだ

章題　The Beginning

最終章だというのに不思議なタイトルですね。ふつうならThe Endingといったタイトルが予測されるところです。ところがJ.K.Rowlingには、別の考えがあるのです。これは物語の終わりではなく、次の物語の始まりである、と……。

章の展開

　Congratulations!　ついにここまでたどり着きましたね。あとわずかですから、がんばってください。先ほど書きましたように、これは物語の終わりではなく、次の物語の始まりです。皆さんが自信をもって次の巻にも挑戦されることを、わたしは確信しています。この章はとても楽しく、とくにハーマイオニーが考えた復讐の方法には、思わず笑ってしまうにちがいありません。注目すべきポイントは次のとおりです。

1. セドリックに対するハリーの気持ち。
2. ハグリッドの小屋を訪ねたときのこと。
3. ダンブルドア先生の学年末のスピーチ。
4. ボーバトン校やダームストラング校の生徒たちとの会話。
5. 「日刊予言者新聞」についてハリー、ロン、ハーマイオニーがホグワーツ特急の中で交わした会話。
6. ハーマイオニーがふたりに話したこと。彼女がガラスびんの中に入れているもの。
7. ドラコ・マルフォイとの会話と、その結末。
8. フレッドとジョージの登場。「脅迫」についてふたりが語ったこと。
9. ハリーがフレッドとジョージに差し出した贈り物。

語彙リスト

ホグワーツの状況
＜英＞p.621　l.1　＜米＞p.716　l.1

recollections (memories) 記憶
badger (pester) しつこくせがむ
skirting (avoiding) 遠巻きにする、避ける
formulating (making) 作り上げる

ハグリッドの小屋で
＜英＞p.622　l.28　＜米＞p.718　l.7

made it up (became friends again) 仲直りした
doughy (stodgy) 生焼けの
evasively (deceptively) はぐらかすように

ホグワーツ最後の夜
＜英＞p.624　l.10　＜米＞p.720　l.1

Leaving Feast (end of term banquet) お別れの宴
musings (thoughts) もの思い
exemplified (showed) 実証した、体現した
followed suit (did the same thing) 同じことをした
discord (chaos) 不和
enmity (hostility) 敵対心
torn asunder (ripped apart) 引き裂かれた

ホグズミード駅に向かう途中
＜英＞p.628　l.6　＜米＞p.724　l.10

riot of colour (extremely colourful) 色とりどり　▶▶*p.203*
flustered (agitated) うろたえて
impassive (expressionless) 無表情の
gratified (pleased) 喜んで、うれしそうな

ロンドンへ
＜英＞p.629　l.24　＜米＞p.726　l.3

broke off (halted) 中断した
dislodged (knocked out) 落とした
constrained (restrained) 抑制された、抑えた
Not unless she wants me to (otherwise I will) わたしに……されたくなければ
antennae (feelers) 触角
serenely (calmly) 落ち着いて、満足げに
pathetic (pitiful) 哀れな
décor (interior decorations) 室内装飾
jumble (mixture) ごた混ぜ
cough up (pay) しぶしぶ払う
Right in one (yes, he did) そのとおり　＊ここの場合、「いや、ところがバグマンは断ったんだ」の意味。
flabbergasted (amazed) びっくりして

第**37**章について

▶▶ 地の文

riot of colour

　　riotという語は、ふつうは「暴動」を意味しますが、たくさんのものが「氾濫」している場合にも使われます。ここの場合、riot of colourは「色とりどり」のこと。そのほか、riot of noiseならありとあらゆる騒音が入り乱れていること、riot of foodならあり余るほどのさまざまな食べ物のことです。

203

What's More 17

おわりに

　ついに本の終わりにたどり着きましたね。物語の入り組んだ筋をもう一度、楽しく思い返しながら、本を最後に閉じたときのちょっぴりさびしい気持ちを追い払っておられるかもしれません。でも、何よりもまず、自分に「おめでとう」と言いましょう。これほど厚い本を読み終えることは、たいへんな快挙なのですから、「われながらよくやった」と思って当然でしょう。

　わたしは以前、ある巻の中で、外国語の学習はスポーツの習得にたとえることができると書きました。なぜなら、どんなスポーツであれ、教則本で学んだだけで上達した人など存在しません。教則本でゴルフを学んだ人は、ボールから目を離さないようにすることや、フォロースルー（ボールを打ったあと完全にクラブを振り切ること）の必要性を、よく理解しているかもしれません。でも、クラブを握って実際にやってみるのでなければ、その人をゴルファーと呼ぶことはできませんね。同様に、教則本で英文法を学び、理論を完璧に理解していても、学んだ知識を実際に使えるのでなければ、その人をバイリンガルと呼ぶことはできません。

　人々はさまざまな理由から外国語を学びます。試験に合格するために学ぶ人もいれば、より効果的に仕事をしたい、映画を原語で理解できるようになりたい、外国の人たちと友だちになって対等に話ができるようになりたいという人もいますし、もちろん、本を原書で読みたいという人もいるでしょう。学習から最大の効果を引き出すには、なぜ学びたいかという理由をはっきりさせ、そのゴールを目指して集中的に学ぶことが不可欠です。「英語を学ぶ」という言い方は、漠然としすぎています。それはただ「球技がしたい」と言っているスポーツマンのようなもの。たとえ野球がうまくなったとしても、それが、即、サッカーの上達につながるわけではありません。自分の目的を定め、ひとつの分野に集中して努力を傾ける必要があるのです。

　たとえば、あなたの英語を学ぶ目的は、原語で本を読めるようになることだとしましょう。それによって語彙を増やすことができれば、次のステップ——たとえば、英語で流暢に会話できるようになること——への理想的な足がかりになります。もう一度ゴルフのたとえに戻ると、この『「ハリー・ポッター」が英語で楽しく読める本』シリーズは、理論を学ぶための教則本、そして「ハリー・ポッター」の原書はゴルフのクラブです。それではコースに出て、ボールに目を向けて——そしてフォロースルーも忘れずに！

　とにかく、"Practice makes perfect"（習うより慣れろ）です。

なまり

[ハグリッドのなまり]

　Rebeus Hagridはおもな登場人物のひとりで、本の中にたびたび登場します。ですから、物語のおもしろさをとらえ、それを最大限に味わうためには、Hagridのせりふを理解することがぜひとも必要です。

　Hagridのなまりは、イングランド南西部、すなわちSomerset、Cornwall、Devon、Gloucestershireやその周辺のなまりに由来します。イングランド南西部のなまりは、丸みのある母音が特徴で、アメリカの母音の発音にそっくりです。Founding Fathers of Americaとも呼ばれる清教徒たちがメイフラワー号で旅立ったのは、Devon州のPlymouth港。ヨーロッパ人で初めて北米大陸に渡った彼らのイングランド南西部のなまりと、アイルランドのなまりとが混ざりあって、アメリカ英語の母音になったとも言われています。Hagridがyで始まる語を話すとき、その丸母音が最も顕著にあらわれます。たとえば、youはyeh、yourはyerのように聞こえます。

　なまりを理解する助けとなるように、辞書にない単語のリストをこの章の最後に載せましたが、読み進むうちに、Hagridのせりふには一定のパターンがあることに気づかれるでしょう。このパターンは一貫しているので、一語一語確かめるよりも、その話し方の規則を覚えてしまったほうが簡単かもしれません。以下に、その規則を記します。（　）内が標準の英語です。

① 語尾のt、d、gは発音しない。
　・abou'（about）
　・an'（and）
　・anythin'（anything）

② ふたつかそれ以上の語をつなげて、ひとつの語であるかのように発音する。
　・coulda（could have）
　・gotta（got to）
　・outta（out of）

③ 代名詞や不定詞を省略することがある。
　・**Though'** I might look in on it, yeah ［Chap.22］
　　（**I thought** I might look in on it, yes）

④ were と was を混用する。
　・Mum an' dad gone, an' you **was** feelin' like yeh wouldn' fit in at Hogwarts, remember?［Chap.24］
　　（Mum and dad gone, and you **were** feeling like you wouldn't fit in at Hogwarts, remember?）

⑤ my の代わりに me を使う。
　・Harry, meet me tonight at midnight at **me** cabin ［Chap.19］
　　（Harry, meet me tonight at midnight at **my** cabin）
　・**Me** dad was broken-hearted when she wen' ［Chap.23］
　　（**My** dad was broken-hearted when she went）

⑥ me の代わりに us を使う。
　・Jus' give **us** a sec ［Chap.16］
　　（Just give **me** a second）

⑦ didn't の代わりに never を使い、次にくる動詞を過去形にする。
　・but at least he **never saw** me expelled ［Chap.24］
　　（but at least he **didn't see** me expelled）

以下はイングランド南西部のなまりとは関係ありませんが、Hagrid の性格をよく表しています。

⑧ ruddy
　　Hagrid は言葉を強調したいとき、ruddy という語をよく使います。ruddy は bloody のあらたまった形。bloody は罵倒語なので、子どもの本で使うわけにはいかないのです。英語ではこうした語が非常によく用いられるのですが、他の言語に必ずしもうまく置き換えられるとは限りません。その目的は、単に次に来る語を強めること。言葉による感嘆符（！）のようなものです。
　・What were yeh doin' wanderin' off with ruddy Krum?
　　［Chap.28］

Hagridの話す英語は理解しにくいけれども、「ハリー・ポッター」シリーズの中での彼の役柄をとてもよく表しています。心の温かい田舎の青年が、もごもごと話しているといった感じでしょうか。しかし同時に、Hagridは物語の筋の中で重要な役割も果たしているので、そのせりふをどれも注意深く追っていく必要があります。これまで述べたような話し方の特徴に注意をはらいつつ、以下の語彙リストを参照すれば、Hagridのせりふも楽に読めるにちがいありません。右側が標準の英語の綴りです。

Hagrid's Vocabulary

'ave	have	bu'	but
'bout	about	can'	can't
'cos	because	champions're	champions are
'em	them	c'mon	come on
'lo	hello	comin'	coming
'magine	imagine	coulda	could have
'til	until	couldn'	couldn't
abou'	about	cuppa	cup of tea
agains'	against	dancin'	dancing
an'	and	didn'	didn't
anythin'	anything	diff'rent	different
apar'	apart	doesn'	doesn't
aren'	aren't	doin'	doing
aroun'	around	don'	don't
be'er	better	dunno	I don't know
behavin'	behaving	everythin'	everything
bidin'	biding	feelin'	feeling
bin	been	females've	females have
bong-sewer	bonsoir (フランス語)	fer	for
botherin'	bothering	firs'	first

gettin'	getting	S'OK	it's okay
gonna	going to	sorta	sort of
gotta	got to	s'posed	supposed
hasn'	hasn't	straigh'	straight
haven'	haven't	summat	something
havin'	having	takin'	taking
I'd've	I would have	tellin'	telling
insultin'	insulting	ter	to
inter	into	tha'	that
int'rested	interested	tha's	that's
isn'	isn't	though'	thought
jokin'	joking	thrivin'	thriving
jus'	just	trustin'	trusting
killin'	killing	tryin'	trying
las'	last	wan'	want
lettin'	letting	wanderin'	wandering
lot'd	lot had	wasn'	wasn't
migh'	might	wen'	went
missin'	missing	weren'	were not
momen'	moment	wha'	what
mornin'	morning	won'	won't
mus'	must	worryin'	worrying
nothin'	nothing	wors'	worst
o'	of	woulda	would have
ol'	old	wouldn'	wouldn't
on'y	only	y'are	you are
openin'	opening	yeah	yes
outta	out of	yeh	you
righ'	right	yeh'd	you would
roun'	round	yeh'll	you'll
sayin'	saying	yeh're	you are
sec	second	yer	you are
seein'	seeing	yerself	yourself
sittin'	sitting	yerselves	yourselves
s'long	as long		

[ボーバトン校のなまり]

　Triwizard Tournament（三大魔法学校対抗試合）に参加するためにホグワーツにやってきたBeauxbatons校の教師と生徒の話す英語は、フランスなまりの典型です。しかし、イギリス各地の方言よりもずっと単純なので、下記の基本的な規則さえ押さえておけば、理解するのは簡単です。

① 語頭のh音は常に省略。綴りがwhの場合も同様。
- **'Ogwarts** cannot **'ave** two champions. [Chap.17]
- And we **'ave** choirs of wood nymphs, **'oo** serenade us as we eat. [Chap.23]

② th音は常にz音に。ただし、threeのようにrが続く場合を除く。
- Will you please inform **zis** 'Agrid **zat ze** 'orses drink only single-malt whisky? [Chap.15]
- Do **zey** want us back in **ze** hall? [Chap.17]

この規則は、th音が語頭以外にある場合もあてはまります。
- An 'air from ze 'ead of a Veela. One of my **grandmuzzer's**. [Chap.18]
- **Anuzzer** what, precisely? [Chap.23]
- We will see each **uzzer** again, I 'ope. [Chap.37]

③ 短母音eとiを長く伸ばして発音する（下記のvery、mister、neverなど）。
- Oh, **vairy** funny joke, **Meester** Bagman. [Chap.17]
- I 'ave **nevair** been more insulted in my life! [Chap.23]

2語をつなげて発音した場合の短母音eとiも同様（下記のif aなど）。
- We 'ave none of zis ugly armour in ze 'alls, and **eefa** poltergeist ever entaired into Beauxbatons, 'e would be expelled like zat. [Chap.23]

④ 語をまちがって発音することがある（下記のDumbledore、unjustなど）。
- **Dumbly-dorr,** ' ... 'I 'ope I find you well? [Chap.15]
- Ah, but **Dumbly-dorr**— [Chap.17]

⑤ 感情的になると、フランス語で叫ぶ。
- *C'est impossible*. [Chap.17]
- 'Alf-giant? *Moi*? I 'ave—I 'ave big bones. [Chap.23]

⑥ 現在進行形（be動詞＋-ing）で質問することがある。
- Excuse me, are you **wanting** ze bouillabaisse? [Chap.16]

　Beauxbatons校の教師や生徒が使う、辞書にない英語の一覧表です。

Beauxbatons' Vocabulary:

'Agrid	Hagrid	meester	mister (Mr.)
'air	hair	moi（フランス語）	me
'alf-giant	half-giant	nevair	never
'alls	halls	'Ogwarts	Hogwarts
'andling	handling	'oo	who
anuzzer	another	'ope	hope
'Arry	Harry	'oping	hoping
'as	has	'orses	horses
'asn't	hasn't	'ostage	hostage
'ave	have	seemply	simply
'az	has	'uge	huge
C'est impossible（フランス語）	That is impossible	'urt	hurt
		uzzer	other
Cheestmas	Christmas	vairy	very
Dumbly-dorr	Dumbledore	wair	where
'e	he	wiz	with
'eavy	heavy	zair	there
eefa	if a	zat	that
'elped	helped	ze	the
entaired	entered	zere	there
'ere	here	zey	they
grandmuzzer's	grandmother's	zis	this
injust	unjust		

[ダームスタラング校ビクトール・クラムのなまり]

　Durmstrang校から来たViktor Krumはブルガリア人ですから、スラブ系の言葉を話しますが、彼の話す英語はヨーロッパ北部のなまりの典型で、ドイツ、オランダや東欧の諸言語圏の人々に共通するものです。Beauxbatons校の人々のなまりのように、彼のなまりの規則もきわめて単純なので、簡単に覚えることができるでしょう。ちなみに、このなまりはViktor Krumだけに見られ、Professor Karkaroffは完璧な英語を話しています。Viktor Krumのなまりの基本的な規則は次のとおりです。

① w音が常にv音になる。
　・Professor, I **vood** like some **vine**. [Chap.16]
　・**Vill** you **valk vith** me? [Chap.28]
　・I **vos votching** at the first task. [Chap.28]

② v音が常に強いff音になる。
　・Vell, if you see her, tell her I **haff** drinks. [Chap.23]
　・You **haff** a water beetle in your hair, Herm-own-ninny. [Chap.26]
　・You **haff** never... you **haff** not... [Chap.28]

③ 馴染みのない語をまちがえて発音する（Hermioneなど）。おもしろいことにViktorは、ホグワーツ滞在の途中で、Hermioneという語の発音のしかたを変えています（Hermの部分がHermyに）。
　・Vare is **Herm-own-ninny**? [Chap.23]
　・'I vant to know,' ... 'vot there is between you and **Herm-own-ninny**.' [Chap.28]
　・**Hermy-own-ninny** talks about you very often. [Chap.28]

④ 本来、現在進行形（be動詞＋-ing）を使うべきではない個所で現在進行形を使うことがある。
　・...though in vinter, ve have very little daylight, so ve **are** not

enjoying them. [Chap.23]
- But in summer, ve **are flying** every day, over the lakes and the mountains— [Chap.23]

Viktor Krumが使う英語で、辞書にない語は次のとおりです。

Viktor Krum's Vocabulary:

alvays	always	vith	with
haff	have	vont	want
Herm-own-ninny	Hermione	von't	won't
Hermy-own-ninny	Hermione	vood	would
valk	walk	vord	word
vant	want	vos	was
vare	where	vosn't	wasn't
ve	we	voss	was
vell	well	vot	what
vill	will	votching	watching
vine	wine	votever	whatever
vinter	winter		

［屋敷しもべ妖精たちのなまり］

屋敷しもべ妖精のDobbyとWinkyにはなまりはありませんが、話し方に変わった癖があるので、簡単に説明しておきましょう。最も目立つ特徴は、ほとんど代名詞を使わず、目上の人に対して、自分のことを名前で呼ぶことです。以下にその例をあげてみましょう。

- 'Dobby has been hoping and hoping to see Harry Potter, sir...'
  [Chap.21]

- 'Dobby has traveled the country for two whole years, sir, trying to find work...' [Chap.21]
- 'Winky is a disgraced elf, but Winky is not yet getting paid!' she squeaked [Chap.21]

　代名詞を使わないという特徴は、会話の相手に対しても同様です。上記の例文でも、ふつうならyouと言うべきところがHarry Potterやsirになっていますね。この理由として、次のふたつが考えられます。
1. 自分のことをIと言わずに名前で呼ぶのは、話しはじめたばかりの幼児に多いbaby talk（赤ちゃん言葉）。J.K.Rowlingは、house-elvesを子どもっぽくかわいらしく描こうとしているのです。
2. house-elvesは召使いです。彼らの非常に礼儀正しい話し方は、人に仕える者であることの象徴なのです。

　これらの点を除けば、Dobbyは多少のおもしろい欠点はあっても標準的な英語を話します。しかしWinkyの話し方には、特筆すべき変わった癖がいくつかあります。まず、何から何まで現在進行形で話すこと。また、are、was、am、will、have、has、mustなどを使うべきところがみなisになっています。

- Winky is not sunk so low as that! Winky is properly ashamed of being freed! [Chap.21]
  この文の最初の部分は、正しくは "Winky has not..."。

- You is not insulting my master, miss! You is not insulting Mr Crouch! [Chap.21]
  ここでは、mustと言うべきところがisになり、現在進行形になっています。標準的な英語では "You must not insult my master..." です。

- He is needing me, he is needing my help [Chap.21]
  またもや現在進行形が使われていますが、正しくは "he needs me"。

- 'You is seeing my master?' said Winky breathlessly [Chap.21]
  ふつうなら "You have seen my master?" と言うべきところです。

心に残る「ハリー・ポッター」からのひとこと

　J.K.Rowlingは、おなじみの登場人物のセリフを通して、どんなに困難な状況であっても、いつも希望を与えてくれる誰かがいる、というメッセージをわたしたちに伝えようとしています。そしてそのセリフは特にそれを各巻の終わりのほうで用いられているようです。

　今回、コスモピアのウェブサイト上で、「ハリー・ポッター」の物語の中で心に残ったひとことを募集しました。ここで、みなさんにご応募いただいたなかから応募から4編を紹介します。

1 'It is our choices, Harry, that show what we truly are, far more than abilities.'

[*Harry Potter and the Chamber of Secrets*, Chapter 18]

「ハリー、自分がほんとうに何者かを示すのは、持っている能力ではなく、自分がどのような選択をするかということなんじゃよ。」[『ハリー・ポッターと秘密の部屋』邦訳・第18章]

From: ランランさん

ランランさんのComment: 人をはかるのは、生まれや能力ではなくて、どういう選択をするか、つまり人生は自分で選択して生きていくものだというこのダンブルドアの言葉は、とりもなおさず、自分自身で人生を選び生きていってほしいというローリングさんのメッセージだと思います。心に勇気を与える名言だと思います。ほかにもいくつか心を動かされる言葉はありましたが、ひとつだけと言われれば、これ以外に思いつきません。

とてもいい個所を選びましたね、ランランさん。ダンブルドア先生はそれぞれの巻の最後を数多くのすばらしいセリフで締めくくっています。わたしのお気に入りは次の個所です。'Youth cannot know how age thinks and feels. But old men are guilty if they forget what it was to be young…' [Harry Potter and the Order of the Phoenix, Chapter 37]「歳を重ねるということがどういうことか、若いころには見当がつかない。でも、歳をとってから、若いってことがどんなことだったのかを忘れてしまってはいけない」[『ハリー・ポッターと不死鳥の騎士団』第37章]

2 'What's comin' will come, an' we'll meet it when it does.'

[*Harry Potter and the Goblet of Fire*, Chapter 37]

「来るもんは来る……来たときに受けて立てばいいんだ。」[『ハリー・ポッターと炎のゴブレット』邦訳・第37章]

From: 近藤まどかさん

まどかさんのComment: 独特の訛りでいつもハリーたちをなぐさめ、勇気付けてくれるハグリッド。いくら魔法使いでも、過酷なハリーの運命を変えることはできません。「来るものは来る。受けて立つのみ」。ハグリッドらしいリズミカルでジ〜ンとくるひと言だと思います。くじけそうな時に思い出しては、「来るなら来い！」と私も勇気が湧いてきます。

そう、そうでしたね。ハグリッドもときどきいいセリフを言うんです。この巻の一番最後の文章が、'As Hagrid had said, what would come, would come... and he would have to meet it when he did.' [Harry Potter and the Goblet of Fire, Chapter 37]「ハグリッドの言うとおりだ。来るもんは来る……来たときに受けて立てばいいんだ。」[『ハリー・ポッターと炎のゴブレット』邦訳・第37章]と締めくくられているように、J.K.Rowling彼女自身もこのセリフを気に入っていることがよくわかります。

3 'I'm not doing this for you. I'm doing it because I don't reckon my dad would've wanted his best friends to become killers — just for you.'

[*Harry Potter and the Prisoner of Azkaban*, Chapter 19]

「おまえのために止めたんじゃない。僕の父さんは　親友が—おまえみたいなもののために—殺人者になるのを望まないと思っただけだ」[『ハリー・ポッターとアズカバンの囚人』邦訳・第19章]

From: 山下由紀さん

由紀さんのComment: シリウス・ブラックとルーピン先生が、裏切り者のピーター・ペティグリューを今まさに殺そうとする時、ハリーが殺してはいけないとふたりを止めます。例えピーターが裏切り者で、殺人の真犯人だとしても、彼を殺せばふたりは殺人犯になってしまう。亡くなった父がそんなことを望むはずがない。ピーターには憎しみを覚えながらも、父の親友たちを殺人犯にさせまいとするハリーの言葉に心を打たれました。

　そのとおり。若いのに、ハリーはたまにとても思慮深いことをいったり、行動をしたりするんです。わたしの好きな場面のひとつは、『秘密の部屋』の第18章で、彼がルシウス・マルフォイに雇われていたドビーを解放させるところです。ここで記されている文章自体にはそれほど暖かみはありませんが、この裏にあるハリーの気持ちにはいつも胸を打たれます。

4 'We'll see each other again,' he said. 'You are — truly your father's son, Harry...'

[*Harry Potter and the Prisoner of Azkaban*, Chapter 21]

「また会おう」ブラックが言った。「君は—ほんとうに、お父さんの子だ。ハリー……」[『ハリー・ポッターとアズカバンの囚人』邦訳・第21章]

From:松崎さゆりさん

さゆりさんのComment: もっと多くを語りたいのに語る時間がなくてシリウスがハリーに伝えた最後の言葉。この台詞の後にハリーがこの台詞を聞いてどう思ったのか書かれてなくて、ハリーの気持ちを考えたら感動で涙が出てきました。これまでの不遇の境遇がぱっと明るくなったようなそんな気持ちだったんじゃないかな。そして、何より、英語の本を読んで泣いた自分に感動してさらに泣きました（笑）。感動できる台詞は簡単な英語なんですねえ。

　さゆりさん、あなたが選んだ原書の文よりも、わたしはあなたのコメントに感動しました。わたしもハリーと同じく、生まれてすぐに父を亡くしました。だから、わたしは、父親なしで成長していくハリーの姿が強調されている場面にはとても心を打たれるのです。ハリーがこの障害を乗り越えながら、立派（さらにハンサム）なおとなに成長することを祈りましょう、わたしのようにね……？

第4巻のキーワードは？
Harry Potter and the Goblet of Fire の語彙分析から

長沼君主＜清泉女子大学講師＞

厚みを乗り越えられるかどうかの正念場

　ハリー・ポッター・シリーズも4作目ともなるとぐっと厚みをまし、なんとこの巻では19万1694語と、もう少しで20万語の大台です。前の3巻と比べても倍近くの長さがありますが、この巻を読み終えれば累積で約46万語と、もう少しで50万語に手が届きますので、がんばって読んでみてください（ここでいう総語数や以下の異なり語数とは、数字や間投詞のたぐい、また、途中で言いかけてやめたりなどの、語を形成していないゴミなどを省いたもので、あくまでも目安です）。4巻が読めてしまえば、5巻は約26万語ですので、比較するとそれほど増えた感じもせず、ここを乗り越えることができるか、それとも厚みに負けてしまうのかが正念場となってきます。

1回しか出てこない単語が2,469語も

　それでは、単語の種類の多さを表す異なり語数はというと、全体で6,985語となります。3巻からは1,800語ほどの増加です。総語数が78.2％増えているのに対して、異なり語数は34.8％増えていることになります。こうしてみると、結構、語彙の種類も増えており、とても多く感じますが、実際にはこの内、1回しか出現しない単語が2,469語にもなります。つまり、異なり語数の1/3以上の35.3％は、1回限りで2度と現れない、その場限りの単語であることがわかります。もう少し広げて2回までだと3,442語で半分ほど、3回まででは3,989語になり、5回までは4,659語と全体の2/3にまでになります。5回まで繰り返しでてくると、さすがに目につくようになるものもあると思いますが、2回までで考えても半分くらいはいっているわけで、それほど心配しすぎる必要もありません。

繰り返し出てくる単語が多くなる

　語彙の異なり語数（タイプ）を総語数（トークン）で割って割合で表したものを、タイプ／トークン比と呼びますが、語彙の密度を表し、値が低い

ほど繰り返しが多いことを表します。値を逆にして計算をすると、ひとつの単語が平均して何回でてくるかを示す数値となりますが、それぞれの巻で見てみると、1巻でタイプ／トークン比が4.99、平均出現回数が20.0回、2巻で5.37で18.6回、3巻で4.82で20.8回、4巻では3.64で27.4回となっています。比べてみると、この巻ではこれまでになく繰り返しが多くなっていることもわかると思います。そのぶん、読みやすくなっているとも言えるでしょう。

　語彙の種類の多さではなく、語彙の難易度の点からみてみると、中学レベルで習う単語、約500語（中学校学習指導要領平成3年版別表の必修語彙リスト）と高校1年生レベルで習う単語、約1000語（平成12年度版の英語Iの教科書48社分のテキストをデータベース化して作成された既存の語彙リスト－杉浦リスト－をベースに、頻度上位の語彙から中学必修語彙や不規則変化形をのぞいたリスト）を基本語とした4巻全体における割合は、中学レベルの語彙で64.4％、高校1年生レベルの語彙まで含めて77.1％となっており、3巻の中学レベル64.0％、高校1年生レベル76.7％と比べると少し多いですが、それほど変化はありません。固有名詞などを含めると、それぞれ7.7％、8.6％ずつありますので、あわせて84.8％、84.5％とほぼ変わりなくなります。テキストは長くなりましたが、語彙の難易度の点からは変わりがないようです。

　会話文の比率もみてみると、3巻では全体で地の文が68.9％、会話文が31.2％であったのに対して、4巻では67.3％と32.5％となっています。3巻でも地の文が極端に多い章がありましたが（1章で会話文が2.5％、20章で10.6％）、今回も2章で会話文が2.5％、32章で3.4％と圧倒的に低く、他にも34章で9.6％、3章で12.3％となっています。どうやらはじまりと終わりの場面で会話文の少ない章が続けて出てくるようです。1章から暗いはじまり方をする4巻ですが、2章はハリーが額の傷について内省している場面です。3章になってようやくいつものお決まりのダーズリー家でのシーンとなり、少し話も明るくなります。会話の比率こそ少ないですが、クィディッチのワールドカップの話題もでてきて、話が動き出してくるのがわかり、楽しんで読めると思います。最後の方の32章はクライマックスのシーンです。あえて話の内容には触れませんが、それが34章まで続きます。ハリーの成長とともに、物語もシリアスさを増してきますが、それに伴って、会話文も少なくなりがちのようですので、こういったいくつかの場面は、すこしがまんして読む必要がありそうです。

第4巻のキーワードは？

　ここで今回のキーワードとなりそうな単語を少し拾ってみましょう。1巻から3巻までをまとめたテキストと、4巻での単語の出現頻度を比べて、4巻で顕著にでている単語を拾ってみると、上位に来るのは、ほとんどがこの間ではじめて出てくる人物名などになります。例えば、一番上位に来ているのはMoody (369) で、その後にCrouch (336)、Cedric (267)、Bagman (229)、Krum (212)、Winky (156)、Karkaroff (153)、Madame Maxime (98)、Rita (97)、Fleur (95) と続きます（カッコ内は頻度です）。逆にこれまででてきている人物で、この巻で登場の増えているのは、Dumbledore (601)、Voldemort (237)、Wormtail (136) などで、DumbledoreやVoldemortといったこれまで影にかくれていた人物が、物語の表にでてきた形になっています。

　その他、上位にでてくるものとしては、champion [擁護者、優勝者、代表選手] (148)、elf [妖精] (137)、magical [魔法の] (130)、cup [カップ、優勝杯争奪戦] (128)、death [死] (120)、ministry [省] (119)、return [戻る、返し、往復] (114)、task [課題] (111)、tournament [トーナメント戦] (102)、water [水] (99)、egg [卵子] (97)、eater(Death Eater) [死喰い人] (88)、master [主人、長] (88)、curse [呪文] (85)、mark [しるし] (77)、tent [テント] (76)、goblet [ゴブレット] (70)、triwizard [三大魔法学校] (70)、judge [審判] (55)、Bulgarian [ブルガリア人、ブルガリア語] (34)、maze [迷路] (29)、article [記事] (25)、campsite [キャンプ場] (24)、omnioculars [万眼鏡] (22)、portkey [移動キー] (22)、auror [闇祓い] (21)、merpeople [水中人] (21) などの単語があげられますが、いずれも物語に深く関わってくる単語となっていることがわかります（本来は比率の差の大きい順となりますが、頻度順に並びかえています）。

　次に、少し視点を変えて、4巻ではじめて出てくる単語もみてみることにします。人名などの固有名詞を除くと、Bulgarian (34)、campsite (24)、omnioculars (22)、portkey (22)、auror (21)、merpeople (21) といった先ほどキーワードとしてあげられた単語の他、ship [船、乗船する] (19)、pensieve [憂いの篩い] (19)、leprechaun [レプリコーン] (18)、ensure [確実にする] (17)、 enclosure [囲い] (16)、hex [魔術] (16)、headstone [墓石] (14)、hostage [人質] (14)、Niffler [ニフラー] (13)、flask [フラスコ] (12)、foreign [外国の] (12)、quote [引用

する]（11）、gillyweed［鰓昆布］（11）などといった単語があります。その他、8回でてくる単語が6個(towel［タオル］、rosy［ばら色の、明るい］、regulation［規定］、limit［限界］、grapefruit［グレープフルーツ］、Yule［クリスマス］)、7回でてくる単語が7個（connection［連結］、intruder［侵入者］、mascot［マスコット、お守り］、worthy［価値ある］、feint［フェイント］、briefly［手短に］、apparating［姿現しをする］）、6回でてくる単語が12個（vigilance［警戒］、unforgivable［許されない］、twitter［さえずる］、ton［トン］、spew［吐く］、pronounce［発音する］、Hungarian［ハンガリー人、ハンガリー語］、goatee［やぎひげ］、fiery［燃えるような、激しい］、enable［できるようにする］、converse［会話する］、camp［キャンプ］）とあわせて25個ほどです。ここまでくると、多くの語はこれまでに出てきた語で、はじめて出てくる単語で高頻度の語の多くはキーワードとなるような語であることがわかると思います。

　こうしたキーワードのなかで知らない単語があれば、辞書を引いてみるのもいいと思います。わからない単語を片端から辞書を引きながら読むのは、話が中断して流れを逆にわかりにくくしてしまいますし、物語を楽しめなくなってしまいますのでお勧めしませんが、気になる単語などをすこし引いて、より物語を深く理解したり、微妙なニュアンスの差を味わったりするのは、それはそれでまた物語の楽しみ方だと思います。

繰り返し読んで楽しむのも多読のひとつの方法

　テキストの分量も多くなりますので、1回通して読むのがせいいっぱいと思う人も多いかもしれませんが、この巻を読み終わったら、ぜひ、もう一度、繰り返して読んだり、もっといいのは、シリーズを通して読み直してみてください。物語の筋や背景知識が頭に入っていることにより、物語がよりクリアーにイメージされ、深く入り込むことができるようになると思いますし、今度は伏線もわかっているわけですから、これまでに気がつかなかったようなところも目についたりと、新たな楽しみが広がっています。多読にあたっては、どんどんいろいろな本を読んでいくのも、もちろんよいのですが、何度も同じ本を読むことにより、より速いスピードとテンポで、より深い内容まで読めるようになっていくのも、ひとつのやり方だと思います。ぜひ、試してみてください。

＜分析表1＞会話の比率

Vol.4全体と各章における会話文の占める比率を表したものです

表の縦の列は全体と第1章から第37章までを表します。others は分析不可能だったもの、frg は「出現回数」です。横の覧の type は「異なり語数＜語の種類＞」、token は「総語数」、その下の nrt (narration)の下の数字は「地の文の総語数」、cnv (conversation)の下は「会話文の総語数」です。

Each Chapter		type			token			type/token		
		all	nrt	cnv	all	nrt	cnv	all	nrt	cnv
All	frq	6985	5888	3765	191694	129105	62214	3.6	4.6	6.1
without Others	%	-	84.3	53.9		67.3	32.5	27.4	21.9	16.5
Ch01	frq	965	769	420	4189	2786	1403	23.0	27.6	29.9
	%		79.7	43.5		66.5	33.5	4.3	3.6	3.3
Ch02	frq	771	764	46	2863	2790	73	26.9	27.4	63.0
	%		99.1	6.0		97.5	2.5	3.7	3.7	1.6
Ch03	frq	840	809	173	3194	2802	392	26.3	28.9	44.1
	%		96.3	20.6		87.7	12.3	3.8	3.5	2.3
Ch04	frq	813	704	226	2989	2365	624	27.2	29.8	36.2
	%		86.6	27.8		79.1	20.9	3.7	3.4	2.8
Ch05	frq	963	687	493	3804	2189	1615	25.3	31.4	30.5
	%		71.3	51.2		57.5	42.5	4.0	3.2	3.3
Ch06	frq	690	494	352	2369	1351	1018	29.1	36.6	34.6
	%		71.6	51.0		57.0	43.0	3.4	2.7	2.9
Ch07	frq	1254	975	563	5296	3472	1824	23.7	28.1	30.9
	%		77.8	44.9		65.6	34.4	4.2	3.6	3.2
Ch08	frq	1200	1076	377	5855	4769	1086	20.5	22.6	34.7
	%		89.7	31.4		81.5	18.5	4.9	4.4	2.9
Ch09	frq	1258	991	576	7268	4646	2622	17.3	21.3	22.0
	%		78.8	45.8		63.9	36.1	5.8	4.7	4.6
Ch10	frq	872	586	482	3207	1645	1562	27.2	35.6	30.9
	%		67.2	55.3		51.3	48.7	3.7	2.8	3.2
Ch11	frq	904	625	446	3272	1861	1411	27.6	33.6	31.6
	%		69.1	49.3		56.9	43.1	3.6	3.0	3.2
Ch12	frq	1302	1038	558	5493	3887	1606	23.7	26.7	34.7
	%		79.7	42.9		70.8	29.2	4.2	3.7	2.9
Ch13	frq	1104	879	432	3912	2719	1193	28.2	32.3	36.2
	%		79.6	39.1		69.5	30.5	3.5	3.1	2.8
Ch14	frq	1088	889	458	4868	3379	1489	22.4	26.3	30.8
	%		81.7	42.1		69.4	30.6	4.5	3.8	3.3
Ch15	frq	1293	1148	413	5255	4230	1025	24.6	27.1	40.3
	%		88.8	31.9		80.5	19.5	4.1	3.7	2.5
Ch16	frq	1221	967	556	6131	4292	1839	19.9	22.5	30.2
	%		79.2	45.5		70.0	30.0	5.0	4.4	3.3
Ch17	frq	956	690	483	4098	2517	1581	23.3	27.4	30.6
	%		72.2	50.5		61.4	38.6	4.3	3.6	3.3
Ch18	frq	1317	1154	477	6682	5073	1609	19.7	22.7	29.6
	%		87.6	36.2		75.9	24.1	5.1	4.4	3.4
Ch19	frq	1250	1083	459	6408	4717	1691	19.5	23	27.1
	%		86.6	36.7		73.6	26.4	5.1	4.4	3.7
Ch20	frq	1285	1078	510	7130	5169	1961	18	20.9	26
	%		83.9	39.7		72.5	27.5	5.5	4.8	3.8
Ch21	frq	1196	981	496	5613	3512	2101	21.3	27.9	23.6
	%		82.0	41.5		62.6	37.4	4.7	3.6	4.2
Ch22	frq	986	828	400	4475	2975	1500	22	27.8	26.7
	%		84.0	40.6		66.5	33.5	4.5	3.6	3.8
Ch23	frq	1586	1296	642	8194	5899	2295	19.4	22	28
	%		81.7	40.5		72.0	28.0	5.2	3.9	3.6
Ch24	frq	1274	1000	614	6295	3818	2477	20.2	26.2	24.8
	%		78.5	48.2		60.7	39.3	4.9	3.8	4
Ch25	frq	1095	942	414	5579	4098	1481	19.6	23	28
	%		86.0	37.8		73.5	26.5	5.1	4.4	3.6
Ch26	frq	1456	1295	470	8054	6358	1696	18.1	20.4	27.7
	%		88.9	32.3		78.9	21.1	5.3	4.2	3.6
Ch27	frq	1312	1005	701	7040	3911	3129	18.6	25.7	22.4
	%		76.6	53.4		55.6	44.4	5.4	3.9	4.5
Ch28	frq	1391	1100	622	7341	4781	2560	18.9	23	24.3
	%		79.1	44.7		65.1	34.9	5.3	4.3	4.1
Ch29	frq	947	684	496	4341	2442	1899	21.8	28	26.1
	%		72.2	52.4		56.3	43.7	4.6	3.6	3.8
Ch30	frq	1083	773	557	6012	3792	2220	18	20.4	25.1
	%		71.4	51.4		63.1	36.9	5.6	4.9	4
Ch31	frq	1406	1231	519	7967	6081	1886	17.6	20.2	27.5
	%		87.6	36.9		76.3	23.7	5.7	4.9	3.6
Ch32	frq	566	536	50	2020	1951	69	28	27.5	72.5
	%		94.7	8.8		96.6	3.4	3.6	3.6	1.4
Ch33	frq	880	469	600	4050	1546	2504	21.7	30.3	24
	%		53.3	68.2		38.2	61.8	4.6	3.3	4.2
Ch34	frq	641	605	127	2927	2646	281	21.9	22.9	45.2
	%		94.4	19.8		90.4	9.6	4.6	4.4	2.2
Ch35	frq	1065	650	702	5964	2404	3560	17.9	27	19.7
	%		61.0	65.9		40.3	59.7	5.6	3.7	5.1
Ch36	frq	1138	746	690	6217	3354	2863	18.3	22.2	24.1
	%		65.6	60.6		53.9	46.1	5.5	4.5	4.1
Ch37	frq	1051	763	566	4947	2878	2069	21.2	26.5	27.4
	%		72.6	53.9		58.2	41.8	4.7	3.8	3.7

＊type/tokenは厳密には、タイプ／トークン比(type/token ratio)と書かれるべきものであり、異なり語数を総語数で割ったものです。上段に示したのは、それに100をかけて％表記としたもの。この値は語彙の密度を表すことになり、値が低いほど、繰り返しが多く、逆に値が高いほど、種類の多い、繰り返しの少ないテキストであると言えます。

＜分析表2＞基本語彙の比率

Vol.4と各章の高校2年以下のレベルの語彙の占める比率を表しています

表の縦の列は全体と第1章から第37章までを表します。横の欄のJHSはJunior High Schoolの省略で、中学レベルで習う単語「中学校学習指導要領」平成3年度版別表の必修語彙リスト、HSはHigh Schoolを省略したもので、英語Iの教科書48社分のテキストをデータベース化して作成された既存の語彙リスト[杉浦リスト]です（p.217参照）。

Each Chapter		type				token				type/token		
		all	JHS	HS	J/HS	all	JHS	HS	J/HS	JHS	HS	J/HS
All	frq	6985	464	816	1280	191694	123503	24337	147840	0.4	3.4	0.9
without Others	%	-	6.6	11.7	18.3		64.4	12.7	77.1	266.2	29.8	115.5
Ch01	frq	965	288	254	542	4189	2828	640	3468	10.2	39.7	15.6
	%		29.8	26.3	56.1		67.5	15.3	82.8	9.8	2.5	6.4
Ch02	frq	771	278	177	455	2863	1954	327	2281	14.2	54.1	19.9
	%		36.1	23.0	59.1		68.3	11.4	79.7	7.0	1.8	5.0
Ch03	frq	840	277	217	494	3194	2178	364	2542	12.7	59.6	19.4
	%		33.0	25.8	58.8		68.2	11.4	79.6	7.9	1.7	5.1
Ch04	frq	813	257	192	449	2989	1850	352	2202	13.9	54.5	20.4
	%		31.6	23.6	55.2		61.9	11.8	73.7	7.2	1.8	4.9
Ch05	frq	963	287	233	520	3804	2452	429	2881	11.7	54.3	18.0
	%		29.8	24.2	54.0		64.5	11.3	75.8	8.5	1.8	5.5
Ch06	frq	690	237	164	401	2369	1547	275	1822	15.3	59.6	22.0
	%		34.3	23.8	58.1		65.3	11.6	76.9	6.5	1.7	4.5
Ch07	frq	1254	323	278	601	5296	3342	597	3939	9.7	46.6	15.3
	%		25.8	22.2	48.0		63.1	11.3	74.4	10.3	2.1	6.6
Ch08	frq	1200	294	279	573	5855	3541	783	4324	8.3	35.6	13.3
	%		24.5	23.3	47.8		60.5	13.4	73.9	12.0	2.8	7.5
Ch09	frq	1258	306	297	603	7268	4632	882	5514	6.6	33.7	10.9
	%		24.3	23.6	47.9		63.7	12.1	75.8	15.1	3.0	9.1
Ch10	frq	872	269	198	467	3207	2049	352	2401	13.1	56.3	19.5
	%		30.8	22.7	53.5		63.9	11.0	74.9	7.6	1.8	5.1
Ch11	frq	904	273	219	492	3272	2065	388	2453	13.2	56.4	20.1
	%		30.2	24.2	54.4		63.1	11.9	75.0	7.6	1.8	5.0
Ch12	frq	1302	311	314	625	5493	3421	776	4197	9.1	40.5	14.9
	%		23.9	24.1	48.0		62.3	14.1	76.4	11.0	2.5	6.7
Ch13	frq	1104	292	252	544	3912	2360	536	2896	12.4	47.0	18.8
	%		26.4	22.8	49.2		60.3	13.7	74.0	8.1	2.1	5.3
Ch14	frq	1088	287	273	560	4868	3140	630	3770	9.1	43.3	14.9
	%		26.4	25.1	51.5		64.5	12.9	77.4	10.9	2.3	6.7
Ch15	frq	1293	316	307	623	5255	3320	739	4059	9.5	41.5	15.3
	%		24.4	23.7	48.1		63.2	14.1	77.3	10.5	2.4	6.5
Ch16	frq	1221	317	280	597	6131	3895	792	4687	8.1	35.4	12.7
	%		26.0	22.9	48.9		63.5	12.9	76.4	12.3	2.8	7.9
Ch17	frq	956	269	244	513	4098	2632	529	3161	9.1	46.1	16.2
	%		28.1	25.5	53.6		64.2	12.9	77.1	9.8	2.2	6.2
Ch18	frq	1317	329	320	649	6682	4336	807	5143	7.6	39.7	12.9
	%		25.0	24.3	49.3		64.9	12.1	77.0	13.2	2.5	7.9
Ch19	frq	1250	329	297	626	6400	4253	752	5005	7.7	30.5	12.5
	%		26.3	23.8	50.1		66.4	11.7	78.1	12.9	2.5	8.0
Ch20	frq	1285	319	319	638	7130	4787	906	5693	6.7	35.2	11.2
	%		24.8	24.8	49.6		67.1	12.7	79.8	15.0	2.8	8.9
Ch21	frq	1196	308	292	600	5613	3500	742	4242	8.8	39.4	14.1
	%		25.8	24.4	50.2		62.4	13.2	75.6	11.4	2.5	7.1
Ch22	frq	986	281	240	521	4475	3001	543	3544	9.4	44.2	14.7
	%		28.5	24.3	52.8		67.1	12.1	79.2	10.7	2.3	6.8
Ch23	frq	1586	356	357	713	8194	5244	1039	6283	6.8	34.4	11.3
	%		22.4	22.5	44.9		64.0	12.7	76.7	14.7	2.9	8.8
Ch24	frq	1274	331	312	643	6295	4065	773	4838	8.1	40.4	13.3
	%		26.0	24.5	50.5		64.6	12.3	76.9	12.3	2.5	7.5
Ch25	frq	1095	278	273	551	5579	3482	793	4275	8.0	34.4	12.9
	%		25.4	24.9	50.3		62.4	14.2	76.6	12.5	2.9	7.8
Ch26	frq	1456	329	335	664	8054	5254	995	6249	6.3	33.7	10.6
	%		22.6	23.0	45.6		65.2	12.4	77.6	16.0	3.0	9.4
Ch27	frq	1312	332	323	655	7040	4602	872	5474	7.2	37.0	12.0
	%		25.3	24.6	49.9		65.4	12.4	77.8	13.9	2.7	8.4
Ch28	frq	1391	330	327	657	7341	4581	851	5432	7.2	38.4	12.1
	%		23.7	23.5	47.2		62.4	11.6	74.0	13.9	2.6	8.3
Ch29	frq	947	274	235	509	4341	2933	483	3416	9.3	48.7	14.9
	%		28.9	24.8	53.7		67.6	11.1	78.7	10.7	2.1	6.7
Ch30	frq	1083	301	263	564	6012	3945	707	4652	7.6	37.2	12.1
	%		27.8	24.3	52.1		65.6	11.8	77.4	13.1	2.7	8.2
Ch31	frq	1406	326	350	676	7967	5184	1098	6282	6.3	31.9	10.8
	%		23.2	24.9	48.1		65.1	13.8	78.9	15.9	3.1	9.3
Ch32	frq	566	194	129	323	2020	1301	251	1552	14.9	51.4	20.8
	%		34.3	22.0	57.1		64.4	12.4	76.8	6.7	1.0	4.5
Ch33	frq	880	262	223	485	4050	2491	649	3140	10.5	34.4	15.4
	%		29.8	25.3	55.1		61.5	16.0	77.5	9.5	2.9	6.5
Ch34	frq	641	224	155	379	2927	1894	375	2269	11.8	41.3	16.7
	%		34.9	24.2	59.1		64.7	12.8	77.5	8.5	2.4	6.0
Ch35	frq	1065	297	301	598	5964	3825	883	4708	7.8	34.1	12.7
	%		27.9	28.3	56.2		64.1	14.8	78.9	12.9	2.9	7.9
Ch36	frq	1138	296	291	587	6217	4048	806	4854	7.3	36.1	12.1
	%		26.0	25.6	51.6		65.1	13.0	78.1	13.7	2.8	8.3
Ch37	frq	1051	305	278	583	4947	3332	569	3901	9.2	48.9	14.9
	%		29.0	26.5	55.5		67.4	11.5	78.9	10.9	2.0	6.7

221

＜分析表３＞固有名詞の比率

Vol.4全体と各章に占める固有名詞の比率を表したものです

表の縦の列は全体と第1章から第37章までを表します。without others のothersは分析不可能だったものを表します。横の覧の固有名詞は人名・地名・呪文・事物などの総語数を示します。

Each Chapter		all	type			all	token			type/token		
			固有名詞	口語	派生語		固有名詞	口語	派生語	固有名詞	口語	派生語
All without Others	frq	6985	483	156	1395	191694	14821	597	3813	3.3	26.1	36.6
	%		6.9	2.2	20.0		7.7	0.3	2.0	30.7	3.8	2.7
Ch01	frq	965	19	2	47	4189	92	2	49	20.7	100.0	95.9
	%		2.0	0.2	4.9		2.2	0.0	1.2	4.8	1.0	1.0
Ch02	frq	771	32	2	40	2863	189	2	48	16.9	100.0	83.3
	%		4.2	0.3	5.2		6.6	0.1	1.7	5.9	1.0	1.2
Ch03	frq	840	30	0	50	3194	220	0	55	13.6	-	90.9
	%		3.6	0.0	6.0		6.9	0.0	1.7	7.3	-	1.1
Ch04	frq	813	23	5	48	2989	255	6	56	9.0	83.3	85.7
	%		2.8	0.6	5.9		8.5	0.2	1.9	11.1	1.2	1.2
Ch05	frq	963	57	1	68	3804	331	1	84	17.2	100.0	81.0
	%		5.9	0.1	7.1		8.7	0.0	2.2	5.8	1.0	1.2
Ch06	frq	690	39	1	46	2369	201	2	51	19.4	50.0	90.2
	%		5.7	0.1	6.7		8.5	0.1	2.2	5.2	2.0	1.1
Ch07	frq	1254	96	3	101	5296	432	3	137	22.2	100.0	73.7
	%		7.7	0.2	8.1		8.2	0.1	2.6	4.5	1.0	1.4
Ch08	frq	1200	86	7	89	5855	580	9	131	14.8	77.8	67.9
	%		7.2	0.6	7.4		9.9	0.2	2.2	6.7	1.3	1.5
Ch09	frq	1258	65	6	105	7268	534	7	161	12.2	85.7	65.2
	%		5.2	0.5	8.3		7.3	0.1	2.2	8.2	1.2	1.9
Ch10	frq	872	53	4	63	3207	251	4	77	21.1	100.0	81.8
	%		6.1	0.5	7.2		7.8	0.1	2.4	4.7	1.0	1.8
Ch11	frq	904	58	4	58	3272	291	5	68	19.9	80.0	85.3
	%		6.4	0.4	6.4		8.9	0.2	2.1	5.0	1.3	1.2
Ch12	frq	1302	78	6	115	5493	390	14	157	20.0	42.9	73.2
	%		6.0	0.5	8.8		7.1	0.3	2.9	5.0	2.3	1.4
Ch13	frq	1104	62	16	76	3912	318	27	92	19.5	59.3	82.6
	%		5.6	1.4	6.9		8.1	0.7	2.4	5.1	1.7	1.2
Ch14	frq	1088	49	5	87	4868	358	7	114	13.7	71.4	76.3
	%		4.5	0.5	8.0		7.4	0.1	2.3	7.3	1.4	1.3
Ch15	frq	1293	75	12	86	5255	354	15	118	21.2	80.0	72.9
	%		5.8	0.9	6.7		6.7	0.3	2.2	4.7	1.3	1.4
Ch16	frq	1221	64	29	86	6131	497	57	146	12.9	50.9	58.9
	%		5.2	2.4	7.0		8.1	0.9	2.4	7.8	2.0	1.7
Ch17	frq	956	50	14	50	4098	309	23	89	16.2	60.9	56.2
	%		5.2	1.5	5.2		7.5	0.6	2.2	6.2	1.6	1.8
Ch18	frq	1317	74	15	89	6682	538	26	139	13.8	57.7	64.0
	%		5.6	1.1	6.8		8.1	0.4	2.1	7.3	1.7	1.5
Ch19	frq	1250	70	17	86	6408	474	26	131	14.8	65.4	65.6
	%		5.6	1.4	6.9		7.4	0.4	2.0	6.8	1.5	1.5
Ch20	frq	1285	68	5	87	7130	457	8	118	14.9	62.5	73.7
	%		5.3	0.4	6.8		6.4	0.1	1.7	6.7	1.6	1.4
Ch21	frq	1196	58	8	92	5613	545	14	107	10.6	57.1	86.0
	%		4.8	0.7	7.7		9.7	0.2	1.9	9.4	1.8	1.2
Ch22	frq	986	71	14	65	4475	355	26	78	20.0	53.8	83.3
	%		7.2	1.4	6.6		7.9	0.6	1.7	5.0	1.9	1.2
Ch23	frq	1586	95	35	127	8194	682	53	154	13.9	66.0	82.5
	%		6.0	2.2	8.0		8.3	0.6	1.9	7.2	1.5	1.2
Ch24	frq	1274	76	20	84	6295	507	57	125	15.0	35.1	67.2
	%		6.0	1.6	6.6		8.1	0.9	2.0	6.7	2.9	1.5
Ch25	frq	1095	48	2	74	5579	427	7	110	11.2	28.6	67.3
	%		4.4	0.2	6.8		7.7	0.1	2.0	8.9	3.5	1.5
Ch26	frq	1456	81	22	101	8054	592	40	149	13.7	55.0	67.8
	%		5.6	1.5	6.9		7.4	0.5	1.9	7.3	1.8	1.5
Ch27	frq	1312	78	3	87	7040	616	4	141	12.7	75.0	61.7
	%		5.9	0.2	6.6		8.8	0.1	2.0	7.9	1.3	1.6
Ch28	frq	1391	79	39	106	7341	721	88	145	11.0	44.3	73.1
	%		5.7	2.8	7.6		9.8	1.2	2.0	9.1	2.3	1.4
Ch29	frq	947	52	2	61	4341	330	4	84	15.8	50.0	72.6
	%		5.5	0.2	6.4		7.6	0.1	1.9	6.3	2.0	1.5
Ch30	frq	1083	50	1	62	6012	456	4	98	11.0	25.0	63.3
	%		4.6	0.1	5.7		7.6	0.1	1.6	9.1	4.0	1.6
Ch31	frq	1406	88	4	98	7967	594	5	156	14.8	80.0	62.8
	%		6.3	0.3	7.0		7.5	0.1	2.0	6.8	1.3	1.6
Ch32	frq	566	13	2	37	2020	105	2	60	12.4	100.0	61.7
	%		2.3	0.4	6.5		5.2	0.1	3.0	8.1	1.0	1.6
Ch33	frq	880	32	2	37	4050	197	2	68	16.2	100.0	54.4
	%		3.6	0.2	4.2		4.9	0.0	1.7	6.2	1.0	1.8
Ch34	frq	641	23	1	37	2927	186	1	63	12.4	100.0	58.7
	%		3.6	0.2	5.8		6.4	0.0	2.2	8.1	1.0	1.7
Ch35	frq	1065	52	0	57	5964	420	0	107	12.4	-	53.3
	%		4.9	0.0	5.4		7.0	0.0	1.8	8.1	-	1.9
Ch36	frq	1138	65	1	52	6217	560	1	84	11.6	100.0	61.9
	%		5.7	0.1	4.6		9.0	0.0	1.4	8.6	1.0	1.6
Ch37	frq	1051	71	23	41	4947	442	45	58	16.1	51.1	70.7
	%		6.8	2.2	3.9		8.9	0.9	1.2	6.2	2.0	1.4

INDEX

ここにある語句のリストは、各章の登場人物、語彙リスト、そのあとの語句解説で説明を加えた語句を中心に、アルファベット順に並べています。興味のある語句を調べるのに使うのもよし、辞書がわりに使うのもよし、さまざまに工夫してお使いください。

A

a goner	136
A thousand years or more ago	99
abandoned	59
abandoning	27
abashed	131
Aberforth Dumbledore	157
abided	66
Abroad	42
abruptly	29
absent-mindedly	72
absorb	136
absurd	36
abuse	113
Accidental Magic Reversal Squad	59
Accio	59, 61
accosted	155
accusations	40
aching	166, 179
acne	107
acquisition	53
acquitted	201
adapted	150
addled	201
addressee	154
adept	135
admiration	101
adolescence	170
adorned	67
adrenaline	142
aerial	141
aeroplanes	73
affectionately	42
affinity	193
Afflictions	36
affronted	159
aftermath	155
Agatha Timms	63
Ageing Potion	100
aggravating	187
aggressive	108
agitated	170, 191
Ahoy there	65
Aiden Lynch	71
aiding	193
ailing	170
Ailments	36
airborne	36
airy-fairy	108
ajar	27
alarm	29
alas	108
alert	100
algae	166
Ali Bashir	63
Alicia Spinnet	150
all for...	99
all hands on deck	88, 90
All righ', Harry?	93
all-consuming	196
alleging	88
alleviate	118
ally	183
almighty	119
along the lines of	119
always assuming	135
amber	41
ambition	52
ambushed	92
amicably	155
amidst a cloud of suspicion	26, 29
Amos Diggory	58
amused	26
analysis	108
ancient	29
anew	176
Angelina Johnson	122
angry blotches	201
anguished	191
Animagus	165
animosity	112
annoyance	41
annoyed	41
antennae	203
anticipation	64
antics	108
antidotes	118
Antonin Dolohov	183
Apollyon Pringle	186
apologise	135, 176
appalled	100
Apparating	59, 218
apparently	25
apparition	59, 179
appealing	131
appointed	135
appraising	151
appreciatively	74
apprehended	88
apprehension	162, 201
apprehensive	112
appropriate	99
apt	36
aqualungs	165
arced	73
Archie	63
argument	28
Arithmancy	107

223

armadillo	170	backtracked	187	bedraggled	98
arming	112	badger	203	beef casserole	109, 110
Arnie Peasegood	63	badgering	119	beg	100, 112
arousing	198	baggy	41	beggars	176
artfully	155	balaclava	89	being sick	201
article	218	bald patch	27	belladonna	89
as welcome in their house as dry rot	36, 38	baleful	108	bell-pulls	64
		Ballycastle Bats	150	bemused	36
ascertained	158	bamboozle	127	benignly	183
ashen	151	band	193	berserk	186
askance	135	bandy-legged	52	Bertha Jorkins	25
askew	98	bang	187	Bertie Bott's Every Flavour Beans	72
Aspects	119	Bang-Ended Scoots	147		
Aspiring	122	bangles	108	bestows	170
assassination	127	banish	159	betrayed	83, 198
assemble	118	Banishing Charm	165, 167	bewilderment	26
assent	83, 112	banisters	151	bewitch	16, 82
associated	93	banned	66	bezoar	151
assumed	26	banners	119	Biased	119
astonished	41	banshee	147	bickering	171
astray	171	bared	142	bidding	101
Astronomy	98	barging	147	biding their time	179
at his heels	81	barked	25	bigotry	158
at large	84	barking	142	bile	170
at the top of his voice	64	barmy old codger	148	Bill (Weasley)	51
attained	112	barn owl	118	billowing	92
attentive	119	barricaded	147	binding	122
attitude	37, 130	barring	135	Birds of a feather	92, 93
audible	29	baseless	108	bishop	154
Augustus Rookwood	183	Basil	63	bit rich	41
aura	201	basilisk	120, 127	bitterly	108
Auror	92, 94, 218	batch	99	bizarre	36
authority	158	battered	53	blab	113
Avada Kedavra	112, 115	battle	41	blackmail	179
avidly	122	battling	74	blancmange	122
Avis	131, 132	bauble	154	blank	41
awed	100	be in touch	113	blast	27
awestruck	71	beadily	65	Blast-Ended Skrewts	107, 109
awkward	28	beak	41	blatant	67
Axminster	66, 69	beaky	119	blazed	67
Aye	63	beamed	66	bleak	183
Azkaban	36	beat him down	148	bleakly	136
		Beater	64, 73, 77	blearily	201
		Beauxbatons Academy of Magic	82, 84	Bless you	122, 124
B				blessing	27
babble	166	beckoned	29	blighters	72
backside	46	bedecked	65	Blimey	64

224

Blinky	155	brainy	170	burgers	40, 43
blissfully	72	brambles	187	bursting point	166
blisters	51	brandishing	26	bushy	40
bloke	64	brave stab	47	bust	65
Bloodthirsty	158	Bravo	123	bustled	59
Bloody Baron	97	break	142, 151	but there you are	47, 48
blooming	74, 119	break it	158	Butterbeer	127
blossom	196	breathlessly	66, 88	buzzing	84
blotchily	41	breed	123		
blow	183	breeze	60	**C**	
blow-by-blow	147	breezily	66	cackling	81
Blowed if I	159	briefly	218	cadge	72
Bludgers	64, 73, 78	brilliance	187	calluses	51
bluffing	107	brilliant	52	camp	218
blundering	81	brim	99	campaigning	51
blunders	88	brimming	83	campsite	218
blurred	51	bristled	41	Can I have a look at Uranus,	
blurted out	112	bristling	122	too, Lavender?	108, 109
blushed	112	broad daylight	65	candidates	127, 158
blustering on	171	broadly	47	Cannons	35
board dusters	130	broke off	82, 203	canopy	113
boarded	25	broken free	166	Care of Magical Creatures	
boarhound	107	broomstick	35		107
Bode	63	Broomstick Servicing Kit	89	caressed	193
Boggarts	112	broomtail	74	casket	122
boiling	179	broom—	41	cast his mind around	187
boils	130	Brow furrowed	27	casting	27
boisterous	40	brusquely	131	casualties	92
bonfires	136	brutal	73	catastrophes	118
Bong-sewer	135	Bubotubers	107, 110	catcalls	166
booked	64	Buckbeak	35	catch	64
Boomslang	170	budge up	122	cathedrals	71
bore	26	bugged	175	caught on	142
borne	81	build-up	27	cauldron	16, 35
bosom	127	bulbous	83	cavernous	26
bossing	51, 162	Bulgarian	218	cavort	198
bottom	46	bulging	83, 107	ceased	99
Bouillabaisse	122	bulk	47	ceaselessly	100
boulders	154	bulky	60	Ced	60
Bouncing Bulbs	130, 132	bully for	108	Cedric Diggory	58, 218
bowed	67	bummer	119	celestial	108
Boxing Day	158	bunches	123	cells	92
Bozo	159	bundle	93, 171, 191	chamber	118
bracingly	88	Bung	89	chamberpots	155
braided	154	bunk beds	64	champion	218
brainwashed	119	buoyant	82	champion of commoners	
brainwave	186	burden	201		193, 194

225

chancing	187	clicking	41	complied	66
change	64	cloak	16	composed	142
chap	65	clogging up	59	comprehension	83
charged	72	Close shave	162	comprises	100
charges	136	closed ranks	127, 196	compromises	127
Charlie (Weasley)	51	clump	136	compulsively	46
Charm	16, 98	clumsy	28	conceal	47
Charmes	165	clustered	148	concerned	26
charred	123	clutch	142	concluded	26
Chasers	73, 77	clutching	47, 60	conclusion	41
chat	109	cluttered	108	concocted	193
chattering	98	coast was still clear	162	condensation	158
chatting	92	coat of arms	119	conductor	82
cheering	53	cobbing	73	confection	64
Cheers	66	cockatrice	119, 121	confession	83
cheery	47	Cockroach cluster	180	confide	36
chilly	59	Code of Wand Use	82	confines	135
chink	27	cogs	41	confiscated	81
chintz	108	Colin Creevey	97	conflict	41
chippings	47	colliding with...	187	confronted	198
chirruping	162	colluding	119	Confundus Charm	127
chisel	100	colossal	82	confusion	40
chivvied	92	combination	98	congregate	59
Cho Chang	63	Come again	93	conjunction	113
Chocolate Frog	135	come off worst	113	Conjunctivitis curse	154, 156
Chocolate gateau	99	come to pass	108	conjured	53
choker	166	comes down to this	179	connection	218
Chop chop	100	comet	73	Connolly	71
chucked	37	comeuppance	171	consent	135
Chuckling	53	coming up	136	considerable	118
chunk	42	comings and goings	40	consideration	46
cinch	150	command	191	consignment	155
circumstances	98	commending	118	consolingly	147
clairvoyant	180	commiserating	166	conspicuous	92
clambered	71	Committee for the Disposal of Dangerous Creatures	82	conspiratorially	142
clammy	142			constellation	82
clamouring	88	Committee on Experimental Charms	65	constitutes	122
clamped	46			constrained	203
clapping	165	common knowledge	112	constructive	150
clarify	122	commotion	53	consult	36
clashed	154	compartment	92	consultation	108
classified	66	compensation	89	contagious	118
clatter	29	competed	100	contain	88
clause	82	complacent	154	contaminating	83
clean shaven	123	complexion	65	contemptuous	72
Clear off	154	complicated	108	contend	198
clicked	141	complications	59	contend with...	26

contenders	100
contorted	73, 81
contract	41, 122
contrasted	130
contribution	72
controversial	158
converse	218
conversing	46
convey	81
convinced	136, 193
convincing	66
co-ordinated	74
cope with	100
cordially	65
cords	191
core	131
Cornelius Fudge	71
cornered	118
Cornish pasty	186
correspondent	108, 183
corruption	176
cosy	123
cottoning on	52, 54
cough up	203
could have sworn...	136, 179
council	99
Council of Magical Law	183
counter-curses	112
counterpart	142
counting the days	36, 38
countless	159, 183
coupled	37
courage	28
courses	186
courtesy	100
cowardice	28
cowards	198
cowering	83
Crabbe	193
crack of dawn	53
crack on	127
crackling	28
crackpot	201
crammed	46
cramped	64
craning	123
crate	73, 107

crave	193
creak	36
creep	25
creep up on him	26
creepy	25
crescendo	142
crest	60
crestfallen	165
Cribbages Wizarding Crackers	154
crisp	66, 154
crisps	128
critical	171
criticising	155, 186
Croaker	63
croakily	26
crocheted	64
cronies	93
Crookshanks	51
cropped up	155
cross off	46
crossbow	176
crossing lines	127
cross-legged	73
crouched	65
Cruciatus curse	112, 114
Crucio	112, 114
crude	166
cruel	28
crumpled	29
crystalline	147
cubicles	142
cuddly	175
cuffing	113
culminated	154
culprit	83
cunningly	127
cup	218
cuppa	25
curb	119
cured	123
curiosity	26
curiously	40, 60
curse	17, 28, 218
curtly	40
Cuthbert Mockridge	63
cutlery	52

cutting ... very fine	135, 137
C'est impossible	127
C'mon	52

D

dab	142
daddies	158
dagger	191
Daily Mail	40
Daily Prophet	52
dam	130
dangling	51, 65
dank	60
dare	26
daring	112
darning	89
darted	47
dash	71
dawn	83, 123
dawning on...	64
daybreak	25
dazed	72, 74, 88
dazzling	101
dead chuffed	159
dead of night	47
Dead sure	141
Dean Thomas	63
death	218
Death Eaters	84, 85, 192
debating	100
decapitation	113
decay	26
deceived	59
decency	26
decent thing	141
deciphered	108
declared	112
decline	171
deduced	150
deduction	122
Defence Against the Dark Arts	98
defiantly	29
deflect	150
deformed	107
dejected	74
delegations	100

227

Deletrius	83, 85	devoted to	26	disguise	27
delinquent	150	devour	171	disgusting	41
delusion	170	dewy	65	disheveled	59
Dementors	36	Diagon Alley	17, 53	dislodged	203
demise	170	diatribe	46	dismally	100
demolished	99	did a couple of lengths	162	dismissed	148
demonstrated	113	Did sir just call me Dobby?	72	disobedience	83
Denizens	165	Diddy	40	disobeyed	83
Dennis Creevey	97	differences	176, 201	disobliging	135
Densaugeo	130, 131	*Diffindo*	141, 143	disorientated	83
Department for the Regulation and Control of Magical Creatures	60	dignified	42	dispirited	74
		dilating	162	displeasure	119
		Dilemmas	165	disposed of	36
Department of International Magical Co-operation	42	diluting	60	disqualified	165
		dim	35, 171	disrespect	72
Department of Magical Games and Sports	41	diminished	46	disrupt	147
		Dimitrov	71	dissent	183
Department of Magical Law Enforcement	171	dimly	35, 81	dissolved	73
		dimmer	37	distinctly	27
Department of Magical Transportation	59	din	130	distinguishable	109
		dingbat	131	distinguishing	201
Department of Mysteries	65	dingy	26	distract	35
depicted	147	dinner things	25	distracted	74
deposited	82	dirty great	93	distractedly	65
deprive	127	disable	141	distress	201
derelict	25	disagreement	81	diversionary tactics	142
derisive	88	Disapparate	47	Divination	88
Dervish and Banges	170	disappearance	28	dizzy	142
descending	74, 108	disapproval	40	do me a brew	66
descent	72	disarray	127	do you in	36
desert	27, 63	disbanded	36	Dobby	71
desisted	131	discarded	179	dodge	73
despair	112	discern	127	dodgy	171
desperate	66	disclose	66	doling	109
desperately	48	discomfited	83	dollops	142
despicable	183	discomposed	155	domains	155
despise	83	disconcerting	36	don	46
despised	36	discontinued	100	donations	201
destabilise	201	discord	203	done a runner	179
destiny	108	discordant	72	dose	162
detectable	198	discreet	201	Dot	25
detentions	109	disdainful	127	double back	187
determined	26	disembarking	119	Double Potions	130
detest	83	disembowel	112	double-dealing	176
devious	170	disentangled	63	doublet	98
devised	193	disgrace	88	double-takes	66
devoid of	136	disgruntled	74	doubly	37

doughy	203	Dumbledore (Albus)	35, 218	eleven inches	131
down	127	Dumbly-dorr	119	elf	218
downfall	183	dumbstruck	88	Eloise Midgen	107
downpour	93	dump	88	elongating	73
downright	46	Dumpy	41	elope	159
dozed off	84	dung	53	emanating from...	108
dozen	89	Dungbombs	135	embargo	66
Dr Filibuster's Fabulous No-Heat, Wet-Start Fireworks	92	dungeons	109	embarrassed	73
		dunno	36	embarrassing	53
		Durmstrang	92, 94	embrace	193
Draco Malfoy	71	dusk	66	embroidered	25, 29
draft	176	dusky	187	emerged	46
dragged	27	dustpan	52	emitted	52
dragon(s)	51, 136, 138, 145	dwelling	99	Emma Dobbs	97
draught	100	dwindling	99	en route	159
draughty	118	d'you	59	enable	218
drawers	81	décor	203	enameled	179
drawing breath	28			enchanted	46
drawling	81	**E**		enchantment	17
dread	108	eagle owl	107	encircled	166, 183
Drenched	98	ears pricked	27	enclosed	193
dresser	92	earshot	64	enclosure	136, 218
drew	28	ear-splitting	74	encounter	46
drew its collective breath	142	earwax	27	encouragement	196
drifted	73, 108	Easter eggs	175	encrusted	122, 191
drive	98	eater	218	endurance	191
Droobles Best Blowing Gum	154	eau-de-Cologne	123	endure	135
		eavesdropping	113	energetically	175
Drop it	118	ebb	166	*Enervate*	83, 85
dropping you off	41	eccentric	158	engagement	46
droppings	118	Eckeltricity	47	Engorgement Charm	48
dropping-strewn	118	Ecklectic	47	*Engorgio*	112, 114
Drought Charm	165, 167	ecstasy	93	engraved	89
drowsy	59	ecstatic	175	enlisted	175
drumstick	171	Edam	72	enmity	203
dual	98	edged	27	enormous	37
dubbed	158	edgily	82	enough on our plates	53
dubious	65, 163	eerie	118	enquiringly	83
ducked	48	efficient	175	enraptured	136
duck-footed	74	egg	218	enslavement	113
ducking out	127	elaborate	130	en-suite	89
Dudley (Dursley)	35	elated	142	ensure	218
duel	179	elderflower	53	enthusiasm	100
Duelling Club	186	elderly	25	enthusiastically	53
dug	27, 82	Eleanor Branstone	97	entirety	196
dull	27, 108	elephant man	158, 159, 160	entity	142
dull-witted	108	elephantine	123	entombed	193

229

entrants	123	eyeing	40	fiery	218
enumerating	158	eyes skinned	158	fifty feet	36
enviously	93			fifty-foot	123
envoys	201	**F**		fifty-foot-high	35, 136
erect	64	face	25	fighting chance	175
Ernie (Macmillan)	63	fall into disrepair	26	filing	71
Errol	39	faltering	186	fill you in	142
erupted	47, 82	fancy	66, 68	filtering	35
escort	151	Fancy entering?	101	filthy	83
essential	28, 193	fang	36, 107	fine	59
etched	82	Fanged Frisbees	100, 102	fine-tune	165
eternity	191	Fanks	92	Firebolt	53
Eurgh	107	fantasised	127	firmer	29
evade	112	faraway	100, 193	first-aid	142
evaporated	179	fascination	100	fisher	171
evasively	203	Fat Friar	97	fissure	171
Ever-bashing Boomerangs		fat mouth	108	fit for nothing	28
	100, 102	Father Christmas	118, 154	Fits	147
Everlasting	151	fathomless	170	fix	109
every nook and cranny	46	fathoms-deep	99	fixation	180
evidence	65, 162	fat's really in the fire	89, 90	Fizzing Whizzbees	154
evidently	59, 118	favouritism	141	fizzy	40
exacerbated	130	Fawcett(s)	58	flabbergasted	203
exasperation	65	Fawkes	183	flagons	147
exceptionally	73, 127	fawning	122	flailing	109
excruciating	180	fearful	27	flanked	74
exemplified	203	feast	93	flap	64
exempted	127	feeble	40	flapping	83
exhausted	64	feigned	170	flaring up	89
expectantly	99, 113	feint	218	flashy	37
Expecto Patronum	187	feinting	73	flask	170, 218
Expelliarmus Disarming spell		fell to him	193	flat	64
	187	fellows	142	flat out	166
expelling	47	fended	159	flattened	53
expertise	36	ferociously	119	flecks	74
explicit	158	ferocity	73	fled	36
Exploding Snap	150	Ferrari	46	flee	37
exploits	165	ferreting around	89	fleeting	48
explore	27	fertiliser	53	Fleur Delacour	122, 125, 218
expressly	83	fervently	26	flexed	193
extend to	119	fetch	27, 81	flickering	26
extinction	158	fetched	72	flimsy	52
extinguished	36, 81	feverish	71	flinch	28
extracted	28	fiasco	155	flipped	81
extravagant	64	fidgeted	89	flippers	166
exuberantly	155	fidgeting	123	flit	127
exultant	193	fiends	37	floaty	155

Flobberworm	158	fraction	71	gaol	36
Floo Network	47	fractured	118	gaped	47
Floo Powder	46, 49	fragments	183	garlands	155
Floo Regulation Panel	47	Frank Bryce	25	garments	83
flourish	108	Frank Longbottom	183	gash	100
Flourish and Blotts	72	frankly	171	gaunt	99
flowery	65	fraternising	155	gawping	130
fluently	176	fraud	89	gazing	47
flung	29	fraying	83	generous	72
flushes	162	Fred (Weasley)	35	genially	60
flushing	89	free rein	201	genuinely	47
flustered	203	freezing	60	George (Weasley)	35
flutter	66	frequently	155	germs	118
fluttered	42	fretfully	191	Gerroff	166
flyaway	98	fridge	40	gesticulating	73
foe	191	Fridwulfa	157	gesturing	67
Foe-Glass	141, 144	frightened	26	get back in me good books	
foghorn	155	fringe	136		176
followed suit	203	frivolous	147	get cracking	47
fond of...	51	frog-spawn	52	get down to	142
fondly	71	fruity	119	get down to it	186
fool	100	fulfil	28	get on the wrong side of ...	25
foot	35, 59	full extent	28	get round	100
footfalls	176	fuller	136	get shot of him	118
foot-long	36, 47	fund	113	get something on	82
for instance	150, 165	fundamental	41	Get stuffed	108
foraged	147	funeral	198	get to you	93
Forbidden Forest	46	funny	25, 41, 198, 199	getting on	155
forbidding	183	funny turns	201	getting the better of	141, 143
forced	25	furiously	41	ghostly	63
Ford Anglia	46	furled	142	ghoul	89
foreboding	46	*Furnunculus*	130, 131	giantess	155
forefinger	60	furtive	65	gifted	40
foreign	218	fuss	28	gigantic	28
forewarned	113, 162	fuzzy	201	giggling	52
forgo	162			Gilbert Wimple	63
fork	98, 187	**G**		gills	166
forlorn	74	gabbled	113	Gillyweed	166, 168, 218
formed	28	gabbling	72	gilt	71
formidable	93	Gabrielle Delacour	165	gingerly	175
formulating	203	gagging	47, 196	Ginny (Weasley)	51
fortnight	36	gaggle	82	gist	130
foul	112	gale	98	git	51
foul play	180	gallant	74	give their right hands	28, 30
four foot long	51	Galleons	60	give us a sec	123
Four-Point Spell	186, 188	galloped	187	gives a damn	53
four-poster beds	101	galoshes	63	giving off	107

231

glacier	93	grapefruit	218	guts	112, 130	
Gladrags Wizardwear	72, 74, 171	grasping	27	**H**		
		grate	27			
glared	41	gratified	203	habit	26	
gleaming	40	gratitude	118	hack	166	
gleefully	74, 81	gravelly	108	hacked off	99	
glimmering	26	graves	26	hackles	201	
glimpse	27	graveyard	191	had it	92	
gloom	92	graze	108	had it made	171	
gloomily	53	grazing	123	haddock	150	
glorious	37	great deal	41, 127	hag	100	
glory	93	Great Hall	98	haggard	65	
Glosses Over	119	great shakes	159	Hagrid (Rebeus)	39	
glowered	40	greenhouse	107	hailed	65	
glum	122	Gregorovitch	129	half a mind	127, 128	
glutinous	198	Gregory Goyle	92	half-moon spectacles	98	
gnarled	27	grenade	159	hallucinations	201	
gnawing	171	Grief	171	handiwork	64	
gnomes	52	grim	163, 165	handy	60	
go in for it	101	grimace	128	hang around	81	
goatee	119, 218	grimy	118	hanging around	46	
gobbed	123	Grindylows	112	hanging on	108	
Gobbledegook	66, 69	Gringotts	51	hanky	135	
goblet	98, 218	grisly	82	Hannah (Abbott)	107	
Goblin Liaison Office	65	gritted	41	harassed	92	
Gobstones	141	grizzled	100	hard pressed	201	
goggling	83	groggily	59	hard to come by	41	
going to Dobby's head	72, 75	groove	147	harebrained	135	
Golden Snitch	73, 78	groped	26	Harry Potter	25	
Gone off me a bit	186	grotesque	81	harsh	112	
gone slightly to seed	65, 67	grotto	154	hasn't got wind of...	179	
gone to seed	183	grounding	112	Hassan Mostafa	71	
goosepimples	166	grubby	113	hastened	128	
gored	131	grumpily	40	hastily	42	
got his number	89	grumpy	63	hatched	107	
got it in for...	88	grunting	36	haughtily	107	
got off easy	60, 61	Gryffindor	53, 103	hauled in	186	
got the hang of	141, 143	guffawed	93	haunted	136	
got wind of	40, 43	Guidelines for the Treatment of Non-Wizard Part-Humans	88	haunting	37	
gotta	136			have a shot	100	
gouge	142			have their work cut out	123	
Goyle	193	guinea-fowl	150	haven	135	
gracious	119	guinea-pig	150	having him on	162	
Graham Pritchard	97	gullible	193	having kittens	136, 137	
Gran	93	gulped	72	havoc	99	
grandest	25	Gulping gargoyles	83	Hawkshead Attacking Formation	73	
gran'd	101	gushed	162			

haywire	162	Hogsmeade	72	illicit	162
Head Boy	51	Hogwarts	28	illuminated	74
head start	175	Hog—	41	ill-wishers	175
headed	52	hoisted	59	imbues	141
headlong	52	holiday steam	154	imitating	108
headstone	191, 218	Honeydukes Sweetshop	135	immeasurably	142
Hear, hear	99	honeysuckle	53	immense	42
heart	82	hoodwinks	100	immensity	193
Heart sinking	158	hooted	42	immersed	166
hearth-rug	29	hopeless	53	immersed in...	89
heaved	40	hopped	42	imminent	46
hedges	175	horde	74	immortality	193
Hedwig	35	hornbeam	131	impartial	100
heeded	118	hornets	73	impassive	203
heinous	183	horn-rimmed glasses	52	impatience	66
held up	118	hostage	218	impatient	109
hem	83	hot-water bottle	26, 31	impeccably	66
Herbology	98	house tables	98, 103	impeded	83
herding	166	Howlers	89	Impediment Jinx	179, 180
Hermes	51	How're you doing	51, 54	*Impedimenta*	187
Hermione Granger	35	hubcaps	64	*Imperio*	112, 114
Hermy-own-ninny	176	huddle	82	imperiously	119
hex	17, 218	Hufflepuff	60, 103	Imperius curse	112, 114
hex-deflection	175	humiliation	109	implored	81
hibernate	147	Hungarian	218	impose	52, 100
hiccough	65	hurled	41	imposter	187
hide	51	hurtling	73	impregnable	151
hide-and-seek	196, 196	hushed up	186	impression	65, 128
high jinks	72	hysteria	158	Improper Use of Magic	
high minded	141	hysterically	48	Office	52
high-pitched	27	hysterics	119	in a jiffy	47
hillocks	65			in earnest	165
hilt	183	**I**		in floods	136
hind	112, 136	I daresay	46	in his time	92
hindrance	64	I 'ope I find you well	119	in the minority	150
Hinkypunks	112	icicles	151	in the running	187
hinted	118	ideas above his station	72, 75	in the thick of things	113
hip-flask	100	identical	98	in their midst	25
hippo	48	idiocy	198	in their wake	123
Hippogriff	37	idiot	74	in tow	159
History of Magic	118	idle	127	in unison	136, 179
hitch	155	idolised	66	in vain	193
hither and thither	81	ignorance	193	inappropriate	159
Hiya	98	ignoring	88	incantation	17, 82
Hmph!	99	ill-adapted	193	*Incendio*	47, 49
hoarse	28	ill-disguised	25	incessantly	147
hobbled	118	illegal	112	incident	112

233

inclination	155	
inclined	27	
incognito	59	
incoherently	28	
incomprehensible	159	
incredibly	28	
incredulously	72, 83	
incriminated	163	
indefinable	201	
indifferent	100	
indignantly	51, 82	
indignation	47	
indisposed	158	
indistinctly	59	
indulgently	183	
inevitable	67	
inexpertly	63	
inexpressible	201	
infectious	71	
inferiors	171	
inflated	130	
inflexible	131	
ingenious	127	
inhabit	193	
inhabitants	25	
inherited from...	46	
injured	74	
injust	127	
inky	36	
innocence	52, 193	
inns	28	
insanely	98	
inscrutably	113	
inspiration	29	
inspired	84	
instalments	165	
instantaneously	112	
instincts	41	
insult	28	
intact	187	
intense	47	
intensified	98	
intently	27	
intercepted	37	
interference	73	
Inter-House Championship	99	
intermingle	108	
International Ban on Duelling	155	
International Code of Wizarding Secrecy	165	
interrogatively	201	
interruption	119	
intersected	187	
intimidating	46	
intoning	130	
intruder	27, 218	
invaluable	28	
invented him	26	
investigate	107	
investigators	179	
Invisibility Cloak	17, 46	
inviting	130	
inviting	179	
invoked	193	
irregular	127	
irresistible	201	
irresistibly	60	
irresponsible	89	
irritable	46	
isolation	53	
issued	166	
issuing	74	
It most certainly isn't	127, 128	
itching	47	
Ivanova	71	
ivy	25	

J

jabbed	52	
jabbering away	186	
jagged	127	
James Potter	111	
jealous	72	
jeering	81	
Jelly-Legs Jinx	186, 188	
jerked	60	
jiggling	155	
jingling	66	
jinx	19, 92	
jinx-happy	158	
Joey Jenkins	150	
jogged	135	
jostling	175	
jotting	66	
jovial	122	
judge	218	
jumble	113, 203	
jumper	59	
junction	187	
Jupiter	82	
justify	92	

K

Kappas	112	
keeled	187	
keen	107	
keep an eye out	66	
keep on top of things	53, 54	
Keep your fingers crossed	98	
Keep your head down	179	
Keeper	73, 77	
Kevin	63	
Kevin Whitby	97	
kidnap	170	
kip	122	
kippers	175	
knack	36	
kneaded	36	
knickerbockers	40	
knickers	81	
Knight Bus	82	
knob	119	
knobbly	154	
knobs	67	
knowing as how we knows he did it	26	
Knuts	66	

L

laboriously	162	
laboured	82	
LADDIE	108	
laddie	141	
laden	147	
ladle	59	
lain	59	
Lairy fights	154	
landing	27	
lanky	51	

lap it up	113	little ray of sunshine	147, 148	magical	218
lapse	154	livid	40	magnificently	40
lapsed	135	living off	171	maimed	158
lashed	89	loathing	98	makeshift	123
Lasso	150	lobbing	98	makings	179
late father	193	Lockhart	118, 120	Malcom Baddock	97
laundered	89	lodging	127	malevolently	109
Laura Madley	97	loftily	122	malice	127
Lavender Brown	107	lofty	71	maliciously	81
law-abiding	162	lolling	48	mallet	64
lawnmower	53	longing	136	mandrake	165
lawns	26	longingly	67, 88	mangled	162
lax	64	long-molared	154	manifesto	113
laying hands	27	loomed	166, 179	manipulate	198
leaden	89	lopsided	162	manky	60
leaflet	113	lop-sided	112	mannish	131
leakages	52	Lord Voldemort	25, 218	mantelpiece	127
Leaky Cauldron	82	lose his head	142	manticores	158
leash	130	losing his nerve	36	Marauder's Map	162
Leaving Feast	203	lot	81	marching	40
Lee Jordon	107	loud hand	74	marionettes	81
Leprechauns	73, 76, 218	Lovegood(s)	58	mark	218
lest...	27	lovely	59	marquee	99
let our hair down	150, 151	Lucius Malfoy	71	Mars	113, 179
lethal	107	Ludo Bagman	51, 218	marvelling	36
Let's give it...	179	lumbago	64	mascot	218
levitating	83	luminous	67, 130	mass	60
Levski	71	Lumos	81	massaged	41
liability	171	lure	131	massive	47, 59
liberal amounts	107, 158	lurid	171	master	29, 218
lie-in	59	lurking	36	materialised	92
light headed	147			maternal	155
likewise	201	**M**		matron	88
Lily Potter	111	Macnair	193	matted	119
limelight	170	Madam Pince	165	matter-of-factly	59
limit	218	Madam Pomfrey	88	Maze	175, 218
limp	88	Madam Rosmerta	135	meadow	166
limping	26	Madame (Olympe) Maxime		mean	89
limply	81		81, 218	meanest	193
linen	99	Madcap Magic for Wacky		meaningful	88
lingering	193	Warlocks	165, 169	measure	100
lion-fish	89	made it up	203	meddler	27
Liquorice wand	180	Mademoiselle	131	mediwizards	73
litter	60	Mad-Eye (Alastor) Moody		Mega-Mutilation Part Three	
littered	35		92, 218		37
little expected	127	madman	28	melodramatic	128
Little Hangletons	25	magenta	130	memorised	162

235

Memory Charms	28	
menace	27	
mending	89, 142	
Mental	101	
merchandise	67	
Merchieftainess Murcus	165	
mercifully	135	
Mercury	113	
mercy	73	
merely	26	
merged	73	
Merlin's beard	60	
mermaid	162	
Mermish	66	
merpeople	162, 218	
merrily	47	
Mesmerised	136	
mess-ups	89	
midges	66	
midget	108	
midriff	147	
might	28	
mightier	193	
mile	82, 141	
milk	27	
milling	118	
mime	74	
mines	175	
mingled	123	
mingling	65	
miniature	64	
ministry	218	
Ministry of Magic	27	
minute	41	
miraculously	28	
Miranda Goshawk	88	
mirthless	28	
miscalculated	193	
misery	113, 148	
misfortune	83	
misleading	99	
missy	82	
mistreated	41	
mistreatment	51	
mistrusted	26	
misty	35	

Misuse of Muggle Artefacts Office	36	
moaned	52	
Moaning Myrtle	150	
mock	113, 179	
moderately	27	
modified	28	
molten	135	
monotonous	198	
moor	59	
moored	130	
mop up	142	
mopping	64	
moral fibre	166	
morale	40	
Moran	71	
morose	162	
MORSMORDRE	82, 84	
mortal death	193	
mortal peril	89	
mouldering	93	
mouldy-looking	60	
moulted	147	
mounds	147	
mounted	73, 100	
mournfully	99	
mouthed	99	
Mr (Argus) Filch	107	
Mr (Arthur) Weasley	35	
Mr (Barty) Crouch	51, 218	
Mr Obalonsk	71	
Mr Ollivander	129	
Mr Payne	63	
Mr Riddle	25	
Mr Roberts	63	
Mrs (Molly) Weasley	35	
Mrs Arabella Figg	63	
Mrs Finnigan	63	
Mrs Norris	161	
Mrs Riddle	25	
Mudblood	81	
muffled	27	
Muggle	19, 27	
Muggle Artefact	66	
Muggle-Repelling Charms	71	
Mulciber	183	
mulishly	155	

mull	155	
mulled	122	
mulled mead	135	
Mullet	71	
mullioned	27	
mummies	158	
Mundungus Fletcher	88	
muscly	51	
musings	203	
muster	107	
mutilated	123	
mutinous	73	
mutters	46	
My sweet	162	

N

Nagini	25, 30	
Nah	89	
name had been cleared	37	
nancy boy	40	
Narcissa Malfoy	71, 75	
nasty	25	
Natalie McDonald	97	
naught	187	
nauseous	201	
navel	60	
Nearly Headless Nick	97	
needlework	147	
neglected	158	
negotiations	127	
Neptunes	108	
nervy	41	
nesting mothers	136	
nestled	118	
nevertheless	26	
Neville Longbottom	92	
new heart	73	
nice fat payoff	179	
niceties	196	
niche	66	
nick	119	
Nifflers	175, 177, 218	
nightcap	127	
night-gown	65	
nightmare	88	
nine and a half inches	131	
nip	123	

nipped	42	Ogg	186	overt	112
no great shakes	72	Ogwarts	82	overturn	118
no mean feat	66	Oh Come, All Ye Faithful	151	overwhelming	47
nobility	198	old dear	59	Owen Cauldwell	97
none the wiser	83	Olde	165	Owlery	113
nonentity	108	Olive Hornby	161		
nonplussed	127	Oliver Wood	63	**P**	
Norbert	107	ominous	183	paces	47, 118
Norwegian Ridgeback	107, 139	Omnioculars	67, 69, 218	pacifying	113
		on an even footing	141	packs	150
Nose out	151	on balance	48	paddock	123
nosing	136, 175	on his part	26	Padma Patil	150
nostrils	26, 108	on the contrary	66	paining	26
Not a dicky bird	66	on the other hand	29, 163	paisley	136
Not unless she wants me to	203	on the run	37	palominos	119
		on the spot	42, 171	palpable	66, 201
notches	136	on the verge of...	53	pang	135
notified	166	on the warpath	66	pangs	170
notoriously	101	on top of things	82	Pansy Parkinson	129
Nott	193	once and for all	162	panting	74
nourishment	40	open the ball	150	pants bored off you	42, 43
numb	74	opposite number	66	paradise	53
numerals	89	oppression	119	paralysed	28
nursing	27	orb	147	paranoid	92
nutters	84	Orchideous	131, 132	parcel	52, 107
		ordeal	198	parchment	18, 35
O		Orla Quirke	97	Parseltongue	186
O.W.Ls	52	ornamental	119	partially	98
oaf	158	orphan	186	participating schools	100
obedience	89	orphanage	193	parvati Patil	97
objections	83	Otto Bagman	51	passageway	28
obliged	40	Ou est Madame Maxime?		passed out cold	136
obliterating	191	Nous l'avons perdue—	82	paste	142
Obliviate	64	out of hand	142	pasted	175
Obliviator	65	out of the question	99	pasties	40
oblivious	159	out of thin air	51	patched	99
obscure	191	outdoing	154	paternal	122
obsessed	27	outline	136, 191	pathetic	203
obsolete	131	out-of-bounds	100	patronising	131
obstacle	28	outraged	41	pattered	52
obstinate	201	Outrageous	113	paunchy	130
obstruct	186	outsize	147	pavement	59
odd	25	oval	71	paw	53, 186
offended	65, 113	over the moon	123	pawns	154
offender	109	overblown	142	pay allegiance	193
offshoots	196	overlook	151	peckish	147
Ogdens Old Firewhisky	88	overpowered	147, 193	peculiar	47

237

peel		64	pimples	82, 107	poking		46
peered		35	pin it on	171	Poliakoff		122
peers		99	pincers	187	polish me off		179
Peeves		97	pincushion	118	poltergeist		98
peevishly		53	pining	175	Polyjuice Potion		162
pelting		52	pinpricks	142	pompously		53
penetrate		59	pints	107	ponder		162
pensieve	182, 184, 218		pint-sized	170	pooled		66
pensive		113	pit	198	Poppy		201
pent-up		130	pitch	64	poring over		113
Pepper-Up Potion		166	pitch-darkness	93	porky		46
perched		35	pitched	65, 74, 183	porridge		59
Percy (Weasley)		39	pitching	147	Porskoff Ploy		73
perform		28	pitied	198	portents		108
perfumed		53	pitiless	193	portholes		119
perimeter		135	pity	83	Portkeys		61, 218
periscope		165	placidly	64	posing		142
periwinkle		155	plainly	25	Positive		163
Perkins		63	plaintively	162	posted		119
permanently		183	plait	119	postpone		201
permission		42, 82	plastered	141	postscript		42
permit		201	platform nine and three-		potentially		108
permitted		83	quarters	59	potion		19, 73, 98
perplexed		113	playing ... false	175	pottering		26
persistently		191	plea	186	pouchy		162
perspiring		46	pleadingly	113	pouffes		108
perturbed		175	please-men	92	poundage		40
perusing		41	plinth	187	pounded		73, 166
pestle		170	plotting	28	pouring into		27
petrified		183	ploughed	73	prat		130
petrol		107	ploughing on	150	preamble		179
petty		158	plucked	131	prearranged		60
Petunia (Dursley)		35	plumage	183	precariously		130
pewter		107	plummeted	73	precautions		59
phase		118	plump	52	precedes		37
phial		191	plunged into	108	Precisely		83
phoenix		131	plus-fours	64	predicting		107
photocall		128	Pluto	147	preening		67
picked		130	pocketed	83	prefect		18
picked over		25	poem	187	premonition		179
picturing		36, 112	point	51, 84	preoccupation		107
piece of cake		151	point-blank	141	Preposterous		201
pierced		36	pointedly	40	presence of mind		193
Pig (Pigwidgeon)		39, 44	pointers	142	press cuttings		170
pilfering		162	poised	171	pressed on		201
pillock		89	poked out	52	pressing		141
pillow-lined		147	poker-stiff	66	pretence		66

pretending	25, 46	prosecuted	159	Quaffles	64, 78
pretext	135	prospect	100, 113	quailing	158
prime	41	prospector	183	quake	136
Prior Incantato	83, 85	prostrate myself	193	qualified	36
prised	147	prostrating	83	quarter of a mile	63
prising	88	protracted	27	quash	88
privates	65	protruding	48, 73	queasy	141
Privet Drive	35	provoke	170	query	122
prize	46, 100, 175	prowess	122, 141	quibbling	88
proceeds	113	prowl	162	Quick as a flash	40
procession	93	pry	175	Quick-Quotes Quill	130, 132
procured	141	Puddlemere United	65	Quidditch	27, 77
prod	154	pudgy	93	Quietus	74, 76
Professor (Igor) Karkaroff		puffed	65	Quigley	71
	117, 218	puke	107	quill	18, 36
Professor (Minerava)		pull down	82	quivering	66
McGonagall	97	pull themselves together	52	quizzical	64
Professor (Remus) Lupin	97	pulled out all of the stops		quote	218
Professor (Severus) Snape	97		122, 124		
Professor (Sybill) Trelawney		pulling his leg	155	**R**	
	88	pulp	93	racket	72
Professor Binns	117	pulsing	162	racketing	72
Professor Dippet	161	punctuality	46	radiated	198
Professor Fgrubbly-Plank	157	punctuated	36	rafters	130, 179
Professor Flitwick	97	punctured	63	rage	41
Professor Sinistra	97	punish	26	raise	107
Professor Sprout	97	pupils	41, 136	rally	64
Professor Vector	107	puppeteers	81	rambling	108
Professor, I vood like some		puppy-fat	40	rampaging	113
vine	122	purring	113	ranged	166
profile	119	pursed	40	ransacked	127
profusely	83	pursued	53	rant	176
prolong	175	pus	107	raptly	100
prominence	131	push it	142	Raucous	81
prominent	119	put down	118, 175	Ravenclaw	65, 103
promotion	93	put forward	100	raving	179
prompt	193	put his foot down	99, 101	raving lunatic	201
promptly	65	put out	151	raw deal	82
pronounce	28, 40, 218	put them in touch with	155	reading between the lines	
pronto	42	put up with	93		136, 137
proof	26, 83	putting out	89	rearing	136
prop up	82	putting through its paces	155	reassured	48
propelled	107	puzzled	35	reattached	53
proportioned	155	python	48	reawaken	201
proportions	64			rebel	131
proposed	118	**Q**		Rebellions	118
propped	26	Quaffle	73	rebounded	36

239

recall	35	repay	198	Riddikulus Boggart	187
recede	41	repeatedly	93	riddle	187
recklessly	154	repelled	201	riffled	170
reckon	37	replicas	162	riff-raff	92
recoiled	183, 201	repressive	123	rigging	119
recollections	203	reprimand	183	Right in one	203
recommenced	74	repulsive	147	right up your street	179, 180
recounting	165	resembled	72	rigid	130
Red Caps	112	resentfully	47	rigidly	66
red-handed	83, 84	resentment	108	rigorous	175
Reducio	112, 114	reserve judgement	180	rinds	119
Reducto Reductor curse	187	reserve team	65	ringlets	165
Reductor curse	186, 188	residing	142	riot	82
reflexes	196	resolutely	130	riot of colour	203
refrained from	186	resolution	187	ripping	40
regained	28	resorting to	107	ripple	82
regeneration	193	resounding	74	risen to the occasion	40
regime	40	respectable	36	rising	123
register	112	respective	198	Risk	72
registered	82	response	92	risky	131
Registry of Proscribed Charmable Objects	66	rest assured	83	Rita Skeeter	88, 90, 218
Regrettable	201	restore	183, 193	rival	73
regretting	27	restrain	81	riveted	108
regulation	218	restriction	100	roaring trade	25
regurgitated	118	resume	122	rob me	28
re-ignite	127	resurrected	119	robe	18, 35
reinstate	100	retaliation	158	Robe me	191
rejoined	28	retire	27	rock cakes	40
Relashio	166, 167	retorting	118	rocketing	92
reliable	72, 119	retreated	47	Roddy Pontner	63
relic	186	retrieve(d)	73, 162	Roger Davis	153
relief	100	return	218	rolled his eyes	53
relieved	27	reunited	73	Ron Weasley	35
relish	130	revealed	53	rope us into	147
relive(d)	93, 201	revealing	35	rosettes	67
rely	92	revelations	155	rosy	218
remainder	41	reverberating	81	rotated	27
remarkable	118	reverence	136	rotting	29
remedy	107	reverie	127	round up	183
reminisced	186	reverted	170	rounded on...	46
reminiscent	99	revision	150	roused	25
remorse	28	revived	73	routinely	83
renditions	162	revolt	27	roved	163
renounce	183	revulsion	191	row	52
rent	60	revving up	74	rowdier	154
Reparo	93, 94	rickety	52	rubble	47
		ricocheted	52	ruddy	41

ruddy-faced	60
rudimentary	193
ruff	98
ruffled	40
ruined	83
rummaged	64
run amok	83
run into	28, 158
run-down	25
Rune	141
running commentary	65
rustling	82
rusty	26
ruthless	171
ruthlessly	196
Ryan	71

S

S.P.E.W.	113, 115
sack	83
sacrifices	179
salamander	150
sallow-skinned	73
sanctimoniously	53
sandy-haired	65
sanest	179
sanity	128
sarcastically	47
sardonically	113
Saturn	108
Saucy Tricks for Tricky Sorts	165, 167
savage	83
savagely	52
savouring	42
Says who?	98, 101
Scabbers	51
scalping	141
scaly	74, 136
scandalised	154
scanned	82
scar	34
scarab beetles	170
scarce	25
scarlet	52
scarlet woman	170
scathingly	118

scatter	73
scattered	52
sceptical	128
scepticism	183
scheme	135
scoffed	175
scolding	65
scooping	52
scope	201
Scouring Charm	112, 114
scowled	41
scrambled	35
scrambling	46
scraping	27
scrawling	72
Screaming Yo-yos	100, 102
screech owls	175
screening	47
screwed up	29
scribbled	42
scrounge	171
scrubbed	51
scrubby	60
scrutinising	64
scum	198
scumbag	142
scummy	109
seamless	73
Seamus Finnigan	63
Secrecy Sensor	141, 144
secretion	187
see right through him	122, 124
see to	99
seek	162
Seeker	53, 74, 77
seen to it	193
seethed	25
seething	183
seize up	60
seizure	28
selfless	154
semi-transparent	98
sensible line	92
sentimental	193
serenade	155
serenely	203

serpent	82
serried	183
set a course	176
set much store	46
set off	26
set out	27
seven or eight feet	159
seventeen hands	131
severe	40
severed	98
S'far as	26
shabbiness	46
shabby	64
shaggy	119
shameful	36
shamrocks	65
shape-shifter	187
sharp	163
shatter	48, 186
sheaf	59
sheepishly	159
shellshocked	92
shelve his pride	159
Shield Charm	186, 188
shielding	48
shifty	158
shimmering	73
shins	73
ship	218
Shocking	53
shockingly	113
shook himself mentally	36, 37
short-listed	100, 105
shortly	170, 176
shot	41
shouldered	201
showing off	64
shredding	72
shrewdly	89
shrieked	47
shrill	36
shrivel up	65
shrouded	100
shudder	28
shunted	53
sick leave	99
Sickles	66

sidled	99	slimy	47	Sonorus	72, 76
signalling	107	slip	53, 66	soothingly	88
significantly	53	slippery	28	sopping	98
silhouetted	60	slithering	28	sorely	162
silkily	28	sliver	27	Sorting	98
silly	53	sloping	52	Sorting Hat's song	98, 104
silt	166	slopped	65	sour look	40
simmering	191	slopping	175, 191	spade	175
simpering	130	sloshing	119	spangled banner	65
sinewy	136	slouching	82	sparkly	175
singeing	151	slung	155	sparse	27
single-handedly	170	slushy	158	spasm	35
sinisterly	147	Slytherins	98, 104	speared	100
siphons	183	smack	109	specs	147
Sir Cadogan	186	smacked	130	spectacularly	74
Sirius (Black)	35	smarm up to	122	spectre	99
situated	101	smattering	122	speculating	123
six feet	107	Smeltings	40	sped	59
sizeable	99	smirking	65	spell	19
sizing him up	163	smitten	170	spellbound	108
sizzling	123	smouldering	147	Spellotape	89
skated over	40, 42	smuggling	37	spew	218
Skele-Gro	158	smugly	52	sphinx	187, 189
skidded	98	snagged	29	spidery	29
skim	65	snapped	35	spill the beans	158
skimming	72	snatched	37, 93	spine	89
skin them alive	135	snatches	65	spiralled	73
skinned	170	Sneakoscope	141	spiritedly	53
skip	141	sneer	52	spittle	176
skirting	203	snide	135	splashed	65
skive	141	sniggers	59	splattering	92
skulked	131	sniping at	175	splayed	82
skull	82	Snitch	66	Splintered	65
slab	175	snobbish	25	split	72
slack	82	snoozing	136, 155	split up	175
slammed	52	snouts	175	spluttering	28, 47
slap	73	snuffed it	113	spoil	28
slapping	60	soared	42	spoilsport	66
slaughtered	53	sobbing	48	spooky	108
slavery	82	sodden	107	sporadic	89
slay	141	soil	107	sporting	67
sleek	109	solace	170	Spotted dick	99, 103
Sleekeazy's Hair Potion	158, 159	solar system	179	spotting	40
		soles	122	spout	166
Sleeping Draught	136	solve	142	sprained	187
sleet	147	solved	123	sprang	82
slicked	123	somersaulting	112	sprawled	66

spread-eagled	191	steeds	119	stunningly	135
spring to life	176	steered	113	*STUPEFY*	82, 84
springboard	72	stem	148	stupid	36
Springing	150	stench	193	subdue	141
sprinted	52	Stewart Ackerly	97	subjecting	183
sprouted	65, 123	stifle	59, 112	submission	170
spun	51	stile	170	submitting	100
squabbling	122	stimulated	179	subside	151
squashed	47	stinging	35	sub-standard	175
squashy	101	stir	65	substitute	27
squatted	176	stitch	60	subtly	170
squawk	66	stockier	51	suffering	47
squeakily	27	stoked	66	suffocated	26
squealing	67	stone-flagged	108	suffused	71
squelchy	107	stonily	108	Sugar quill	180
squiggly	141	stopped dead	123, 187	suit of armour	101
squinting	60	stoppering	107	sulky	28
squirming	107	storeys	52	sullenness	28
squirts	98	storming	151	summed up	107
St Brutus's Secure Centre for Incurably Criminal Boys	36	stoutly	147	Summers	122
		stowing	92	summoned	25, 82
St Mungo's Hospital for Magical Maladies	171	stragglers	135	Summoning Charm	59, 61
		straightening	46	sundial	64
stab	41	straightforward	175	superb	40
stabbed	26	straightjacket	166	supervising	98
stack	52	strain	40	suppress	107
staff	100	strained	72	surged	83
stag	187	straining	107	surly	65
stagger	59	strangled	26	surmised	159
staggered upright	47	strategic	60	surreptitiously	131
stalking	135, 162	stray	65, 171	survey	35
stammered	83	streaming	83	survive	28
stampeded	74	strewn	154	suspected	47
stamping out	88	strictly speaking	47	suspended	165
Stan Shunpike	81	stringing	179	sustained	135
stand	41	stripped me of...	193	swam into view	63, 67
standby	113	strode	60	swap	130
stands	72, 135	stroke of brilliance	28	swarm	71
starkers	89	struggled	41	swat	142
starving	98	stubble	64	swayed	142, 175
statement	88	stubbornly	26	swear word	41
stationed	155	stuffed	40	sweeping	98
stature	108	stumbling	60	sweet	52
stave...off	142	stump	191	swelled	81
steadying	41	stumped	107	swelling	65
steamy	93	stumping	112	swelteringly	179
Stebbins	153	stunned	66, 83	swig	53

swipe	196	taut	82	ties	100, 176
swirling	60	tawny owl	107	tight corner	112
swish	36	tea-cosy	147	time is ripe	100
swivelled	100	tearfully	40	time of our lives	47
swooshing	42	tea-towel	72	timetables	107
swore	82, 193	teeny	72	timid	27
swotty	40	teetered (...) on the verge of...		tinge	59
sycophantically	130		88	tingling	142
sympathy	47	teetering	130	tinpot	46
symptoms	36	telling-off	186	tinsel	151
s'pose	101	temperamental	131	tipped	171
S'time already?	59	temple	162	tipsy	154
		temptation	47	tip-toe	118
T		ten feet	109	tiptoed	93
tack	155	ten inches	52	titters	183
tacked	64	tend	26	toga	72
tactful	113	tended	46	Tom (Marvolo) Riddle	
Tactless	162	tense	46		25, 190
tad	89	tent	218	ton	218
take his word	82	tentacle	130	Ton-Tongue Toffee	51, 55
take up the slack	155	tentatively	66	took it in turns	100
taken aback	72	terror	26	took off	109
taken him in	26	terse	46	took refuge	41
taken to...	46	testily	93	took the stairs three at a time	
takes ... to task	73	testimony	183		41
taking in	100	tetchy	170	tooth and nail	166
takin' a leaf outta ...'s book		tethered	64	top	81
	118	Thanks a bunch	151	top marks	118
talk of the devil	66, 68	The Burrow	47	tormented	26
tallied	170	theory	127, 183	torn asunder	203
talon	123	thickset	183	torrent	112
tame	123	thin air	64, 176	torso	196
tangled	99	thistles	154	touchy	41
tangles	59	thoroughfare	65	tournament	218
tankard	135	Three Broomsticks	135	tousle	154
tanned	51	threshold	29	towel	218
tantalisingly	142	Thrivin'	122	toyed	89
tantrums	40	throw in	66	trace	28
tap	64	throw up	198	tragic	108
taped	40	thrusting	67	trail	71
tapestry	100	thuggish	93	trainers	98
tarantula	112	thumbscrews	112, 115	traitorous	193
tarnish	171	thumbs-up	99	tramp	176
tartly	122	thundering	52	trampling	82
task force	71	thunderous	73, 176	trance	89
tasks	100, 218	thunderstruck	47	transferred	92
tasseled	72	thwarted	193	transfixed	28

translate		130	tugging	48	undulating		28
transparent		41	tumbling	27	unearthed		123
transpired		147	tumult	74	unenthusiastically		89
transplanted		119	tumultuous	73	unflinching		118
transports		165	turbulent	119	unforgivable		218
trapeze		112	turn up	37, 64	unfounded		89
trauma		131	turned out	25	Unfriendly, like		25, 30
Travers		183	turned their backs on...	198	ungainly		155, 162
travesty		29	turning all of them in	183, 184	ungrateful		41
treacherous		198	turning in	81	unicorn		131
treachery		162	turn-ups	59	unicorn foals		165
treacle		59	turquoise	154	unimpressed		64
Treacle tart		99, 102	turrets	64	united		119, 187
treading water		162	tussle	108	universal		159
treasured		113	tutting	72	unjust		82
treasurer		113	Twelve and a quarter inches	131	unknitted		64
treat		41, 127			unmask		84
trembling		28	twelve feet	28	unnaturalness		41
tremendous		36	twenty feet	65	unnerved		150, 180
tremulous		40	twiddling	72	Unobtrusive		60
trepidation		89	twinge	36	unobtrusive		92
trestle table		150	Twitchy	154	unperturbed		82
Trevor		141	twitter	218	Unplottable		93
trial		171	twittering	42	unrivalled		73
tribute		150	two bites at ze apple	127	unruffled		135
trickle		176	two hundred yards	123	unscathed		147
trickling		35			Unspeakables		65
tricky		92	**U**		unstable		186
trifle		119	unaspected	108	unswerving		89
trigger		176	unattended	135	untroubled		36
trilled		151	unavoidable	36	unwillingly		201
trim		53	unbecoming	72	unwittingly		193
triumph		83	unblemished	112	up and about		155
triumphantly		113	uncivilised	99	up the number		176
triwizard		218	unconcernedly	92	up to		81
trod		127	Unconscious	82	up to scratch		99
Troll		66	unctuous	119	upfield		65
trooped		154, 183	under fire	108	upholding		101
Trotting		64	under his own steam	179	uplifted		109
trough		147	underage	36	upon reflection		81
Troy		71	underdog	142	uproar		89, 123
trudged		60	undermines	51	upset		52, 83
trundled		98	undertone	64	upswing		123
trunk		35	undid	92	uptight		46, 83
Tuck in		99	undiluted	107	Uranus		108, 109
tucking		59	undisturbed	201	used to...		36, 92
tuffets		60	undoable	165	uttered		41

utterly		47

V

vagrants (vagabonds)		176
vaguely		41
Vampire		82
vanished		28
vanquish		193
Veela		72, 76
vehemently		127
Vell, it vos very funny		74
Vell, ve fought bravely		74
vendetta		175
vengeance		175
venom		193
venomous		36
ventriloquist		170
Venus		113
verbal		81
veritable		193
Veritaserum	170, 171, 197
Vernon (Dursley)		35
very taken with...		52
vestiges		66
Vexed		141
Vi		127
vibrations		180
vicar		154
vicious		107
VIGILANCE	112, 218
vigorously		27
Viktor Krum	51, 55, 218
villagers		25
Vincent Crabbe		92
vindictiveness		112
Violet		127
virtue		196
visited		29
visor		101
visualising		100
vivacious		170
vivid		35
vociferously		82
Volkov		71
volumes		165
voluminous		81
vouched for		183

Vulchanov	71

W

wad	191
waddled	46
wages	113
wailed	40
walkie-talkie	186
walking in on	186
wand	19, 29
Wangoballwime?	151
warily	98
warming pans	31, 101
warring	158
Warrington	122
waspishly	170
Wasted away	171
watch your mouth	81
water	218
waterlogged	166
watery	131
wavered	28
waylay	128
wayside	28
wealthy	26
wearily	63
wearisome	27
weather-beaten	51
Weatherby	66
weathered	100
weather-vanes	64
webbed	166
weeds	26
weeny	154
Weezly	64
weird	37
Weird Sisters	150
Weirdos	64
welled	148
wellington boots	52
well-wishers	170
wend their way	155
Went down to...	53
went off	92
werewolves	112
whacking	73
Wha' 'appened?	99

wheeled around		47
Where There's a Wand, There's a Way	165, 168
whereabouts		93
whimper		29
whipped out of...		48
whirling		52
whirlpool		119
whizzing		42
whole-hearted		100
Whomping Willow	102, 186
whoop		41
Wimbourne Wasps		64
winced		59
wine gums		141
winged boars		98
Winky		71, 218
winning streak		99
winnings		201
wispy		183
witch		19, 27
witchcraft		19
with a start		29
withdrawing		198
withering		155
without further ado		72
wits		99, 136
Wit-Sharpening Potion	170, 171
wizard		19, 27
wizardry		19
wizened		127
wobble		98
wolf down		171
wolverines		46
wood-nymphs		155
working up the nerve		150
worlock		19
Wormtail		25, 218
worthless		183
Worthless		193
worthy		218
would-be		41
wouldn't go amiss		179
wrap up		180
wrappers		47
wrath		28

Wreaked	99
wrenched	42
wretched	89, 162
writhing	66
Wronski Feint	73
WWN	150

Y

yarn	123
yearningly	162
yelled	48
Yep	47
yeuch	65
yew tree	191
Yorkshire pudding	99
You-Know-Who	36
your lot	46
you're laughing	122
You're on	187
yowling	136
Yule Ball	150, 218

Z

zig-zagged	52
Zograf	71
Zonko's Joke Shop	155
zoological	147
zooming	35

'Arry	99
'at's be'er	99
'Course	99
'Er-my-knee	99
'ickle	159
'Lo	201
'Mazing	109
'Spect	65
'S'matter?	81
'til	47

著者紹介
クリストファー・ベルトン　Christopher Belton

1955年ロンドンに生まれる。1978年に来日して以来、帰国した4年間を除き、日本在住。1991年以降には、フリーランスのライターおよび翻訳家として活躍。

1997年には処女作、Crime Sans Frontiéres（ブッカー賞ノミネート作品）が、英国で出版され、作家としてのデビューを果たす。

2003年、テクノスリラー3部作のうち、日本を舞台にした第1作目、Isolation を米国で出版。

翻訳家としてもフィクションおよびノンフィクションの幅広い分野で多数の翻訳を手がける。2000年には翻訳家のためのガイドブック『ビジネス翻訳データブック』(DHC)を出版。ハリー・ポッターに関しては『「ハリー・ポッター」が英語で楽しく読める本』『「ハリー・ポッター」Vol.5 が英語で楽しく読める本』『「ハリー・ポッター」Vol.1 が英語で楽しく読める本』『「ハリー・ポッター」Vol.2 が英語で楽しく読める本』『「ハリー・ポッター」Vol.3 が英語で楽しく読める本』（いずれも小社刊）に続いて6冊目。

現在は日本人の妻とビーグル犬と横浜に在住。

「ハリー・ポッター」Vol.4 が英語で楽しく読める本

2004年5月20日　第1版第1刷発行
2014年2月20日　第1版第2刷発行

著者／Christopher Belton
翻訳／渡辺順子

語彙データ分析・記事／長沼君主

英文校正／トーマス・エッゲンバーガー、
　　　　　サマンサ・ロウントリー
編集協力／薬師神有希、野田ゆうこ、前澤　敬

装丁／B.C.（稲野　清、晃留　裕）
表紙イラスト／仁科幸子

DTP／アトム・ビット（達　博之）

発行人／坂本由子
発行所／コスモピア株式会社
〒151-0053　東京都渋谷区代々木4-36-4　MCビル2F
TEL：03-5302-8377 email：editorial@cosmopier.com

http://www.cosmopier.com/
http://www.kikuyomu.com/

印刷・製本　　朝日メディアインターナショナル株式会社

©2004　Christopher Belton／渡辺順子

―― クリストファー・ベルトンの本 ――

「ハリー・ポッター」が英語で楽しく読める本 シリーズ

J・K・ローリングは「名付けの魔術師」。
原書でしか味わえない世界がある！

辞書を引いてもわからない固有名詞の語源や語句のニュアンス、翻訳本を読んでもわからないヨーロッパの歴史的背景まで、イギリス人の著者が詳しく解説するガイドブック。原書で読んでみたい人、原書に挑戦したが途中で挫折した人におすすめです。最後まで自力で読み通した人にとっても、「ああ、そういう意味だったのか」という発見がたくさんあるはず。

各巻の構成

[章　　題] 各章のタイトルに込められた意図を解説
[章の展開] その章の読みどころを提示
[登場人物] その章で初めて登場する人物を紹介。久々に登場する人物は初出の巻と章とともに紹介し、シリーズを通して理解するのに役立ちます
[語彙リスト] 難しい語句の日本語訳。シーンごとにイギリス版とアメリカ版両方の原書の該当ページと行数を表記し、原書との突き合わせが容易。辞書を引かずに読み通せます
[キーワード] 特に注意したいキーワードを、語源や背景知識から解説

「ハリー・ポッター」Vol.1が英語で楽しく読める本　176ページ　定価　本体1,300円＋税
「ハリー・ポッター」Vol.2が英語で楽しく読める本　176ページ　定価　本体1,400円＋税
「ハリー・ポッター」Vol.3が英語で楽しく読める本　208ページ　定価　本体1,500円＋税
「ハリー・ポッター」Vol.4が英語で楽しく読める本　248ページ　定価　本体1,600円＋税
「ハリー・ポッター」Vol.5が英語で楽しく読める本　240ページ　定価　本体1,600円＋税
「ハリー・ポッター」Vol.6が英語で楽しく読める本　264ページ　定価　本体1,600円＋税
「ハリー・ポッター」Vol.7が英語で楽しく読める本　314ページ　定価　本体1,680円＋税

各 A5判書籍
著者：クリストファー・ベルトン
翻訳：渡辺 順子

コスモピア　全国の書店で発売中!!　www.cosmopier.com

―― クリストファー・ベルトンの本 ――

イギリス英語で聞く
「ハリー・ポッターと不思議の国イギリス」

[英文抜粋版]

「ハリー・ポッター」シリーズは、わたしの生い立ち、祖先から受け継いだもの、歴史、子ども時代の夢といったものすべてを映し出す鏡のような存在です―クリストファー・ベルトン

クリストファー・ベルトン初のエッセー集である下記書籍の原文を、ベテランナレーター、スチュワート・アトキンの格調高いイギリス英語の朗読CDでお届けします。書籍の第1部を中心に、特に朗読に適した章を抜粋して構成し、巻末には著者とナレーターの特別対談を収録しています。ブッカー賞ノミネート実績をもつ小説家でもある著者の、美しい英文に浸りきることができる絶好の機会です。ハンディサイズのテキストには英文・対訳・語注を掲載。

【収録内容】
・ハリー・ポッターとわたし
・キングズ・クロス駅
・イギリスのパブ
・イギリスの食事
・イギリスの墓地
・魔法の力が集まる場所
・対談:我が母国を語る
　他

・パッケージの中にCD2枚と小冊子を納めています。

クリストファー・ベルトン 著
渡辺 順子 訳
ナレーション:スチュワート・アトキン
小冊子144ページ+CD2枚(各72分)

価格 本体1,800円+税

ハリー・ポッターと不思議の国イギリス

キングズ・クロス駅、パブリックスクール、オートミール、糖蜜タルト、ノーム、ゴブリン……。ハリー・ポッターを通して、イギリスという国に親しんだ人も多いはず。しかし、実はイギリス人は墓地や幽霊が大好き、魔法使いも日本人が考えるよりはるかに身近な存在……。そう言われてみると、ハリー・ポッターの世界もまた違った風景に見えてきます。ロンドン生まれの著者が、ハリー・ポッターをはぐくんだイギリスの文化、風土、人々の生活や考え方を明らかにするエッセー集です。

・49点の書き下ろしのイラスト、27点の写真や地図を交えてイギリス事情を伝える

第1部
ハリー・ポッターの世界に垣間見る現実世界のイギリス
第2部
ハリー・ポッターに交錯するイギリスの過去と現在
第3部
ハリー・ポッターを生んだ不思議の国イギリス―その非日常の世界

日本図書館協会選定図書

クリストファー・ベルトン 著
渡辺 順子 訳
A5判書籍224ページ

定価 本体1,600円+税

『「ハリー・ポッター」が英語で楽しく読める本』シリーズの人気コラム "What's More" に加筆また新たに書き下ろしたエッセーを加えて、テーマ別にまとめ上げています。本文は日本語です。

コスモピア 全国の書店で発売中!! www.cosmopier.com

―― クリストファー・ベルトンの本 ――

こんなとき、英語ではこう言います
「お世話になっております」って何と言う?

「よろしくお願いします」「いただきます」……、毎日のように口にする言葉がすんなり英語にはならないことが。どうして直訳できないのかを、文化的背景の違いから説明。とっさのひとことや自分の気持ちを伝えたいとき、日本人が口に出してもネイティブが違和感なく理解してくれる言い回しを集めました。

定価 本体1,300円+税

【本書の内容】
[あれ、英語でなんて言う] おたがいさま/お疲れさま
[つい、よく使うひとこと] ウザイ/ムカつく/ヤバイ
[ああ、もどかしい] いいなあ/残念/つらい/まさか
[むむ、見当がつかない] こう見えても/ついでに/微妙 他

著者:クリストファー・ベルトン
翻訳:渡辺 順子
B6判書籍206ページ

この英語、日本語ではこういう意味。
Look at you!で、わあ、びっくり!

英語圏で長く使われ続けているイディオムや比喩表現には、日本人が勘違いしやすいものや、そもそもの由来を知らないと理解できないもの、単語をつなげても意味が想像できないものが少なくありません。辞書を引いてもピンとこない表現の数々をピックアップし、英米の生活習慣や語源を踏まえて解説します。

定価 本体1,300円+税

【本書の内容】
[イディオム] for good/I've had it./That'll do.
[単語とフレーズ] birthday suit/cotton on/peter out
[動物の比喩] as sick as a dog/be a cat
[色の比喩] out of the blue/see pink elephants 他

著者:クリストファー・ベルトン
翻訳:渡辺 順子
B6判書籍194ページ

話す　読む。聞く　語彙　書く

英単語 語源ネットワーク
単語の構造はシンプル&論理的

英語上級者に「どうやって単語を覚えたのですか」と聞くと、異口同音に出てくる回答が語源。ギリシャ語、ラテン語、ゲルマン語にさかのぼる語源にはドラマがあります。丸暗記は不要。興味津々のドラマを知り、語根と接頭辞のマトリクスとネットワーク図で整理すれば、英単語は雪だるま式に自然増殖します。

定価 本体1,800円+税

【本書の内容】
●computer 17世紀から存在した言葉
●culture「文化」は作物のように育つもの
●diet ダイエットと国会の深〜い関係とは!?
●metabolic「変化」を起こすとメタボになる! 他

著者:クリストファー・ベルトン／長沼 君主
翻訳:渡辺 順子
A5判書籍228ページ

ライティング・パートナー
英文のことはプロのライターに聞け!

英文ライティングの基本ルールとテクニック、要注意の文法項目、つい悩むパンクチュエーション・ルールから、さまざまな文書の具体的書き方まで網羅。これ1冊でどんな英文でも書けるようになります。英文を書くプロの目から見た日本人の弱点、子どもっぽい印象を回避して大人の英文に洗練させるテクニックは必読。

定価 本体2,200円+税

【本書の内容】
●スケジュール／日記／メモ／伝言
●グリーティング・カード／手紙／ビジネスレター
●ビジネスeメールからインフォーマルなeメールまで
●スピーチ原稿／プレゼン原稿

著者:クリストファー・ベルトン
翻訳:渡辺 順子
A5判書籍376ページ

コスモピア　全国の書店で発売中!!　www.cosmopier.com

出版案内

英会話1000本ノック〈ビジネス編〉
会話のマナーからプレゼンテクニックまで！

あいさつ、自己紹介から始まり、状況で7段階に使い分けるお礼とお詫びの表現や電話応対を特訓。さらにスケジューリング、大きな単位の数字の攻略、Noをビジネスライクに言う表現、プレゼンまで、1000本ノック方式で練習します。回答例入りと質問のみの、両パターンの音声をMP3形式で用意。

著者：スティーブ・ソレイシィ
A5判書籍218ページ+
CD-ROM
（MP3音声430分）
定価 本体2,000円+税

英会話 超リアルパターン500+
出だしの「パターン」を徹底トレーニング！

「最初のひとことが出てこない」人におすすめ。英文を頭の中で組み立てるのではなく、出だしのパターンをモノにすれば、続けてスラスラと話せるようになります。さらに本書の特長は例文のリアルさ。「覚えてもまず使わない」例文ではなく、生々しくて面白くて、実生活で必ず使う表現で構成。

著者：イ・グァンス／イ・スギョン
A5判書籍293ページ+ミニブック+
CD-ROM
（MP3音声約280分）
定価 本体1,800円+税

英会話 1000本ノック
まるでマンツーマンの英会話レッスン！

ひとりで、どこでもできる画期的な英会話レッスン。ソレイシィコーチが2枚のCDから次々に繰り出す1000本の質問に、CDのポーズの間にドンドン答えていくことで、沈黙せずにパッと答える瞬発力と、3ステップで会話をはずませる本物の力を養成します。ソレイシィコーチの親身なアドバイスも満載。

著者：スティーブ・ソレイシィ
A5判書籍237ページ+
CD2枚（各74分）
定価 本体1,800円+税

英会話 超リアルパターン500+〈ビジネス編〉
パターン作戦で電話も会議も乗り切ろう！

シリーズ第2弾。有用度100%の出だしパターンと、会議、プレゼン、交渉、出張などの仕事の現場をリアルに再現した会話例はワクワクもの。必要なことをしっかり主張しつつ、相手の感情を損ねることのないように微妙なニュアンスも考慮した、ワンランク上の言い回しが学べます。

著者：ケビン・キュン
A5判書籍288ページ+
ミニブック+CD-ROM
（MP3音声約340分）
定価 本体1,800円+税

英会話 1000本ノック〈入門編〉
初心者にやさしいノックがたくさん！

『英会話1000本ノック』のCDに収録されているのが質問のみであるのに対し、『入門編』は質問→ポーズ→模範回答の順で録音されているので、ポーズの間に自力で答えられないノックがあっても大丈夫。5級からスタートして、200本ずつのノックに答えて1級まで進級するステップアップ・レッスンです。

著者：スティーブ・ソレイシィ
A5判書籍184ページ+
CD2枚（72分、71分）
定価 本体1,680円+税

英語で語るニッポン
現代日本の実生活を話してみよう

たこ焼き、発泡酒、ゴミの出しかた……、日本のことを外国人に説明しようというとき、ぴったりの英単語が思い浮かばなくても、今の英語力で上手に表現できるテクニック9つを伝授。日本人の価値観や生活のルールなどの説明も適宜加えながら、やさしい話し言葉スタイルで表現し、外国人との会話が弾むように構成。

コスモピア編集部 編
A5判書籍235ページ
定価 本体1,800円+税

全国の書店で発売中！　　www.cosmopier.com

| コスモピア | 出版案内 |

めざせ！100万語
英語多読入門
やさしい本からどんどん読もう！

「辞書は引かない」「わからないところはとばす」「つまらなければやめる」の多読三原則に従って、ごくやさしい本からたくさん読むことが英語力アップの秘訣。本書を読めば、多読の大きな効果とその根拠、100万語達成までの道のりのすべてがわかります。洋書6冊を本誌に収め、CDには朗読を収録。

監修・著：古川 昭夫
著者：上田 敦子
A5判書籍236ページ＋CD1枚（50分）

定価 本体1,800円＋税

ジャンル別 洋書ベスト500
洋書コンシェルジュが厳選しました！

1995年にアメリカに移住し、現地の編集者や図書館員からも本のアドバイスを求められる著者が、日本人のためにおすすめ洋書500冊を厳選。現代文学、古典、ミステリから、児童書、ビジネス書まで幅広い分野をカバーし、英語レベルは入門から超上級まで5段階表示、さらに適正年齢も表示。

著者：渡辺 由佳里
A5判書籍286ページ

定価 本体1,800円＋税

英語多読完全ブックガイド
〈改訂第4版〉
日本で唯一の本格的洋書ガイド

リーダー、児童書、ペーパーバックなど、多読におすすめの洋書14,000冊を選定。英語レベル別に特選本を詳しく紹介しているほか、すべての本に、読みやすさレベル、おすすめ度、総語数、ジャンル、コメント、ISBNのデータを掲載。次にどの本を読もうと思ったときにすぐに役立つ、多読必携の1冊。

編著：古川 昭夫／
　　　神田 みなみ
A5判書籍524ページ

定価 本体2,800円＋税

読みながら英語力がつく やさしい洋書ガイド
ほんとにほんとにやさしい本から読もう

長年ネットで洋書を紹介している著者が本選びのアドバイス。学習者用リーダーは省き、アメリカの小学生が読む本を中心に選定しています。多民族国家アメリカの行事や習慣がわかる本、その日の気分に合わせて楽しめる本、しつけや教育方針が盛り込まれた本など全202冊。新たな読書の楽しみがきっと見つかります。

著者：佐藤 まりあ
A5判書籍157ページ

定価 本体1,400円＋税

子どもをインターナショナルスクールに入れたいと思ったときに読む本
知られざる多文化世界の泣き笑い体験記

ふたりの子どもを18年間インターナショナルスクールに通わせた著者が、いいところも困ったところもありのままに公開。基本情報から始まって、お金はいくらかかるのか、親の英語力は、子どもの日本語力はどうなるなど、外からは見えにくい内部事情がこれ1冊でわかります。

著者：平田 久子
四六判書籍244ページ

定価 本体1,500円＋税

アメリカの小学校に学ぶ 英語の書き方
ライティングにはメソッドがある

アメリカでは「自分の言いたいことを明確に伝える」手段として、低学年からライティングを学びます。スペルミスだらけの意味不明の文を書いていた子どもが、高学年になると論理的な長文を書くようになるプロセスは、日本人の大人にとってもお手本。誌上に授業の様子を再現し、さまざまなメソッドを紹介します。

著者：リーパーすみ子
A5判書籍156ページ

定価 本体1,400円＋税

全国の書店で発売中！　　　www.cosmopier.com

コスモピア 出版案内

決定版 英語シャドーイング〈超入門〉
ここからスタートするのが正解！

シャドーイングは現在の英語力より何段階か下のレベルから始めると、コツがうまくつかめます。そこでひとつが20〜30秒と短く、かつスピードもゆっくりの素材を集めました。日常会話や海外旅行の定番表現、実感を込めて繰り返し練習できる感情表現がたくさん。継続学習を成功させる記録手帳付き。

編著：玉井 健
A5判書籍210ページ＋CD1枚（73分）
定価 本体1,680円＋税

英語シャドーイング練習帳
多種多様な「なま音声」を聞き取る！

プロのナレーターが台本を読むスタジオ録音と、普通の人が普通に話す英語には相当なギャップが。出身地も年代もバラバラの20名以上の英語をシャドーイングして、音のデータベースを頭の中に築きましょう。ノンネイティブを意識したゆっくりレベル、少しゆっくりレベル、ナチュラルレベルの3段階で構成。

著者：玉井 健／中西のりこ
A5判書籍202ページ＋CD-ROM（MP3音声126分）
定価 本体1,800円＋税

決定版 英語シャドーイング〈入門編〉
聞く力がグングン伸びる！

リスニングに抜群の速効があり、短期間で効果を実感できるシャドーイング。『入門編』では、スピードはゆっくりながら、ひとつが2〜3分とやや長めの素材を提供します。名作の朗読や、小学校の理科や算数の模擬授業、ロバート・F・ケネディのキング牧師暗殺を悼むスピーチなど、やりがい十分です。

編著：玉井 健
A5判書籍194ページ＋CD1枚（71分）
定価 本体1,600円＋税

ジャズで学ぶ英語の発音
スタンダード曲を歌えば、みるみる上達！

「チーク・トゥ・チーク」「ルート66」「慕情」など、すべての英語の発音のポイントを網羅する10曲を選定。発音だけでなく、相手に効果的に伝える表現力も身につきます。CDには著者のノリのいいDJ風講義、ヴォーカリストたちの「練習前」「練習後」の発音、練習の成果を発揮する歌を収録。

著者：中西 のりこ／中川 右也
A5判書籍188ページ＋CD-ROM（MP3音声150分）
定価 本体2,100円＋税

決定版 英語シャドーイング
最強の学習法を科学する！

音声を聞きながら、即座にそのまま口に出し、影のようにそっとついていくシャドーイング。「最強のトレーニング」と評される理論的根拠を明快に示し、ニュースやフリートーク、企業研修のライブ中継、さらにはトム・クルーズ、アンジェリーナ・ジョリーへのインタビューも使って、実践トレーニングを積みます。

著者：門田 修平／玉井 健
A5判書籍248ページ＋CD1枚（73分）
定価 本体1,800円＋税

イギリス英語を聞く THE RED BOOK
すべて現地生取材・生録音！

ウィンブルドン・ミュージアム、セントポール大聖堂、オリンピック・スタジアムなど、9カ所の観光スポットで担当者に生取材・生録音。クリケットの元イギリス代表選手へのインタビューも収録。リアルなイギリス英語の多彩な発音に耳を慣らすことができます。

「THE BLUE BOOK」も好評発売中！

著者：小川 直樹／川合 亮平
協力：米山 明日香
A5判書籍179ページ＋CD1枚（78分）
定価 本体1,800円＋税

全国の書店で発売中！　www.cosmopier.com

出版案内

完全保存版 オバマ大統領演説
キング牧師のスピーチも全文収録！

オバマ大統領の就任演説、勝利宣言、いまや伝説の民主党大会基調演説など5本の演説を全文収録。キング牧師「私には夢がある」演説、ケネディ大統領就任演説も肉声で全文収録。さらにリンカーンとルーズベルトも加えた決定版。英文・対訳・語注とそれぞれの演説の背景解説を付けています。

コスモピア編集部 編
A5判書籍192ページ+
CD2枚（70分、62分）

定価 本体1,480円+税

TOEIC®テスト 超リアル模試600問
カリスマ講師による究極の模試3回分！

600問の問題作成、解説執筆、音声講義のすべてを著者自らが手掛け、細部まで本物そっくりに作り込んだリアル過ぎる模試。各問の正答率、各選択肢の誤答率、難易度を表示し、予想スコアも算出。わかりやすさで定評のある解説は持ち運びに便利な3分冊。花田先生の音声解説67分も収録した決定版。

著者：花田 徹也
A5判書籍530ページ+
CD-ROM
（MP3音声202分）

定価 本体1,800円+税

世界経済がわかる リーダーの英語
ダボス会議の白熱のセッションに学ぶ！

カルロス・ゴーン、キャメロン英首相、フェイスブックのサンドバーグCOOをはじめとする、政財界のリーダー27名の英語スピーチをダボス会議から選定。欧州経済危機、中国やインドの動向などに関するセッションの背景解説から始まり、英文、和訳、語注、キーワード解説、専門用語リストを付けています。

著者：柴田 真一
A5判書籍204ページ+
CD1枚（66分）

定価 本体2,100円+税

新TOEIC®テスト 出る語句1800
ショートストーリーの中で覚える！

1冊まるごとビジネスのストーリー仕立て。PART3形式の短い会話、PART4形式のスピーチやアナウンスの中に、最新のデータから選出した頻出語句が4つずつ入っています。ストーリーの流れに沿って関連語が次々と登場するので、記憶への定着度は抜群。単語の使い方ごと身につきます。

著者：早川 幸治
B6判書籍284ページ+
CD2枚（47分、52分）

定価 本体1,600円+税

表現英文法
表現する視点に立って英文法を体系化

文法項目の羅列ではなく、英文法を全体像からとらえ直して再編成・体系化。学習者の「なぜ」に答える本質的な解説と、小説や映画、スピーチなどから抽出した生きた例文を豊富に収録しています。インデックスは英語と日本語のほか、「質問」からも引ける点が画期的。「使える」文法書の決定版です。

著者：田中 茂範
A5判書籍682ページ

定価 本体1,800円+税

TOEIC®テスト 出まくりキーフレーズ
直前にフレーズ単位で急速チャージ！

TOEICテストの最頻出フレーズ500。わずか1時間で耳と目から急速チャージします。フレーズを盛り込んだ例文は、試験対策のプロ集団がじっくり練り上げたもので、例文中のキーフレーズ以外の単語もTOEICテストやビジネスの必須単語ばかり。ひとつの例文が何倍もの威力を発揮する、まさに短期決戦の特効薬です。

著者：英語工房
B6判書籍188ページ+
CD1枚（57分）

定価 本体1,500円+税

全国の書店で発売中！　www.cosmopier.com

研修採用企業900社突破！目標スコア別4コース

TOEIC®テスト スーパー入門コース

まずはリスニングからスタート。「聞くこと」を通して、英語の基礎固めとTOEICテスト対策の2つを両立させます。

開始レベル	スコア300点前後または初受験
目標スコア	400点台
学習時間	1日20分×週4日
受講期間	3カ月
受講料	14,000円+税

TOEIC®テスト GET500コース

英語を、聞いた順・読んだ順に英語のまま理解する訓練を積み、日本語の介在を徐々に減らすことでスコアアップを実現します。

開始レベル	スコア400点前後
目標スコア	500点台
学習時間	1日20分×週4日
受講期間	3カ月
受講料	19,800円+税

TOEIC®テスト GET600コース

600点を超えるには時間との闘いがカギ。ビジネスの現場でも必須となるスピード対策を強化し、さらに頻出語彙を攻略します。

開始レベル	スコア500点前後
目標スコア	600点台
学習時間	1日30分×週4日
受講期間	4カ月
受講料	28,000円+税

TOEIC®テスト GET730コース

ビジネス英語の実力をつけることで、730点を超えるコース。特に長文パートの攻略に重点を置き、速読と即聴のスキルを磨きます。

開始レベル	スコア600点前後
目標スコア	730点以上
学習時間	1日40分×週6日
受講期間	4カ月
受講料	35,000円+税

監修 田中宏昌 明星大学教授
NHK「ビジネス英会話」「英語ビジネスワールド」の講師を4年にわたって担当。ビジネスの現場に精通している。

●大手企業でも、続々と採用中！
【採用企業例】
NEC／NTTグループ／三菱東京UFJ銀行／日通商事／いすゞ自動車／旭化成／京セラ／伊藤園／エイチ・アイ・エス／ファミリーマート 他

まずはパンフレット（無料）をご請求ください

*本書はさみ込みのハガキが便利です。
www.cosmopier.com

主催 コスモピア 〒151-0053 東京都渋谷区代々木4-36-4 TEL 03-5302-8378

TOEIC is a registered trademark of Educational Testing Service(ETS). This product is not endorsed or approved by ETS.